FERDINAND FABIAN

»ER HAT GESTANDEN«

Fabian Ferdinand (1913–1986), Kgf. Nr. 238, 132
Werschetz im Banat, Lager 233

FERDINAND FABIAN

»ER HAT GESTANDEN«

ERINNERUNGEN AN JUGOSLAWIEN 1945–1951

Aus den Aufzeichnungen des Autors zusammengestellt
von
HANS SCHERMER

Mit einem Vorwort von
PROF. FELIX ERMACORA

HERBIG

Als Vorlage für das Frontispiz auf Seite 2 diente ein Aquarell von Dieter Wien vom 24. 11. 1947

Die Skizzen und Zeichnungen auf den Seiten 274, 275, 276, 277 fertigte F. Fabians Mitgefangener und Schicksalsgenosse Ludwig Schütte.

Die Karte »Sühnemärsche 1945« auf Seite 278/279 wurde der Dokumentation »Zur Geschichte der deutschen Kriegsgefangenen des Zweiten Weltkriegs«, Band I/1, »Die deutschen Kriegsgefangenen in Jugoslawien 1941–1949«, von K. Wilhelm Böhme, München, 1962, Seite 116–117, entnommen.

Umschlaggestaltung: Wolfgang Heinzel
Satz: Filmsatz Schröter GmbH, München
Druck und Binden: Wiener Verlag, Himberg
Gesetzt aus10.5/12.5 Palatino auf Linotronic 300
Printed in Austria
ISBN 3-7766-1675-X

Inhalt

Vorwort

Die Würde des Menschen ist unteilbar

Das Manuskript des vorliegenden Buches wurde mir in der Periode der politischen Auseinandersetzungen um die Kandidatur zur österreichischen Bundespräsidentschaft Dr. Kurt Waldheims übermittelt. Als im Zuge der Politik der Öffnung in den Jahren 1989/90 die Untaten in Erinnerung gerufen wurden, die in Jugoslawien nach dem Zweiten Weltkrieg an Feinden der Kommunisten verübt wurden, und die Zeitungen voll der Berichte waren über die Schrecknisse der Lager Werschetz und Zrenjanin, die deutsche Kriegsgefangene erleben mußten, habe ich die Schrift der Verlagsgruppe Ullstein Langen Müller zur Veröffentlichung empfohlen. Denn es unterstreicht einmal mehr die Tatsachen, die die Wissenschaftliche Kommission für deutsche Kriegsgefangenengeschichte in ihrem Band I/2 (Böhme, Kurt W.: Die deutschen Kriegsgefangenen in Jugoslawien 1949–1953, München 1964) ermittelt hatte.

Ich möchte in diesem Vorwort den menschenrechtlichen Rahmen zeichnen, in dem die Geschehnisse, die das vorliegende Buch ergreifend nahe bringt, damals wie heute zu sehen sind.

Ich habe mich immer zur Unteilbarkeit der Menschenrechte und zur Unteilbarkeit für menschenrechtliche Verantwortlichkeit bekannt. Daß mit dem allgemeinen Erwachen des Bewußtseins für die universelle Bedeutung der Menschenrechte auch die universelle Verantwortlichkeit für die Einhaltung der Menschenrechte verbunden wurde, ist eine historische Tatsache. Sie ist in den Erklärungen der Alliierten und Assoziierten Mächte während des Zweiten Weltkrieges bekundet. Als sich die Allianz der USA und der UdSSR gegen das nationalsozialistisch geführte Deutsche Reich wandte und man offenbar – damals – auf geheimen Kanälen von der Ausrottung der europäischen Juden durch das NS-Regime erfahren hatte, begann der Feldzug gegen Hitler ein Kreuzzug gegen den Rassismus faschistischer Prägung zu werden. Die Atlantik-Charta vom 14. August 1941 und die Moskauer Erklärung vom 1. November 1943 zeigen, daß der Zweite Weltkrieg zu einem Krieg der humanistischen Ideologie gegen eine rassistische Ideologie – mit ihrem Bekenntnis zu den allgemeinen Menschenrechten – wurde.

Mit der Gründung der »Vereinten Nationen des Krieges« wurde die Idee geboren, alle jene zur Verantwortung zu ziehen, denen der Vorwurf gemacht wurde, sie hätten Kriegsverbrechen oder Verbrechen gegen die Menschlichkeit begangen. Es lag in der Natur der Kriegführung, daß die Verantwortlichen nur auf deutscher Seite gesucht wurden. So hieß es in den Texten ausdrücklich: »Sobald einer deutschen Regierung ein Waffenstillstand gewährt wird, werden deutsche Offiziere und Soldaten sowie Mitglieder der Nazi-Partei, die irgend etwas mit Greueltaten in Ländern, die von deutschen Streitkräften überrannt wurden, zu tun hatten, in jene Länder zurückgebracht werden, in denen sie ihre verabscheuungswürdigen Verbrechen begangen haben, um nach den Gesetzen dieser Länder angeklagt und bestraft zu werden.« Verantwortung für den Bombenkrieg gegen die deutsche Zivilbevölkerung, für die gewaltsamen Vertreibungen, für das Wüten sowjetischer Soldaten in Ost- und Westpreußen, standen im Schatten der Furchtbarkeiten, die das NS-Regiment in Europa begangen hatte. Die Verantwortlichkeit für Kriegsverbrechen und Verbrechen gegen die Mensch-

lichkeit fiel einer doppelten Moral zum Opfer. Diese doppelte Moral als willkürlich gezogener Maßstab für Verantwortlichkeiten belastet das Menschengewissen bis in unsere Gegenwart. Erst allmählich reckte sich aus dem Brei manipulierter Informationen die Berichterstattung über das Ausmaß aller wahren Fakten: der systematische Juden-Holocaust einerseits und die systematische Verfolgung wehrlos gemachter Menschen anderer Rassen andererseits; die Hinmordung des Widerstandes gegen den Großtyrannen einerseits und Katyn andererseits.
So formt sich erst allmählich ein Bild der Komplexität von Kriegsverbrechen und Verbrechen gegen die Menschlichkeit. Dazu brauchte es fast vierzig Jahre, bis man sich, wenn auch zögernd, zu dieser Komplexität der Untaten allseits zu bekennen begann.
Der österreichische Bundespräsident Dr. K. Waldheim ist eines der vorläufig letzten Beispiele, das diese Komplexität von Verantwortlichkeit für universell begangene Kriegsverbrechen und Verbrechen gegen die Menschlichkeit kennzeichnet. Wer die Dokumentation um den Fall Waldheim genauer besieht, muß erkennen, daß er im Jahre 1948 auf die UN-Kriegsverbrecher-Liste gesetzt wurde, die seit 1943 von den Vereinten Nationen geführt und von den Siegermächten oder den von deutscher Herrschaft befreiten Staaten mit Material gespeist worden ist. Waldheims Fall ist von jugoslawischen Quellen unter Berufung auf ein jugoslawisches Kriegsverbrechergesetz gespeist worden. Wer diese Quellen – so wie ich – näher durchforscht hat, muß erkennen, daß sie erst dort versiegten, wo es um konkrete Beweise geht oder um Beweise, für die Aussagen ehemaliger deutscher Kriegsgefangener beweiskräftig sein sollten. Solche Zeugen kämpften in jugoslawischer Gefangenschaft aber um ihr Leben.
Paul Carells im Ullstein Verlag erschienenes Buch »Die Ge-

fangenen« (1980), das auf der Dokumentation der Wissenschaftlichen Kommission für deutsche Kriegsgefangenengeschichte gründet, liefert den Nachweis für meine Behauptung. Die Aussagen der deutschen Gefangenen in jugoslawischer Gefangenschaft besiegelten ihr Schicksal, sofern sie nicht von vornherein gegen jedes humanitäre Kriegsrecht ihr Leben in den Straßengräben jugoslawischer »Sühnemärsche« lassen mußten. Es zeigt sich, daß die Verantwortlichkeit für universell gedachte Menschenrechte, für Verbrechen gegen die Menschlichkeit, nicht in ordentlichen Gerichtsverfahren mit den Garantien eines »fair trial« ermittelt worden sind, sondern daß der Anschein, der Verdacht, die Vermutung oder gar die Willkür der Rachelust genügten, um zu verurteilen. Wenn es auch heute nicht mehr gelingt, für diese unzählbaren Vorgänge die menschenrechtliche Verantwortlichkeit geltend zu machen und man den Mantel der Verzeihung über die Geschehnisse breitet, so muß es in Staaten, in denen die Informationsfreiheit ein oberstes Gebot ist, gestattet sein, zumindest literarisch aufzuzeigen, was an Unglaublichem geschehen und was an Unglaublichem verschwiegen worden ist, so daß Touristenströme, europäische Integrationsbekenntnisse, Versöhnungs- und Verbrüderungseuphorie über das Leid und die Ängste der Opfer und über den Schmerz der Familienangehörigen hinweggegangen sind.
Das vorliegende Buch ist eine Mahnung daran, daß die historische Wahrheit keine Einbahnstraße sein darf und »daß die Abkehr von Diktatur und Gewalt jeglicher Art, die Achtung des Andersgläubigen und Andersartigen ...« (Neipperg, OSB) die einzige Garantie für Menschenrechte und Menschenwürde sind.
Die Führer, Staatspräsidenten und Minister, die Generäle und Parteisekretäre sind nicht allein die Verantwortlichen, sondern es sind auch die Hauptleute, die Majore und Obersten, die die Befehle ausführten, die Verantwortlichen, die

auf den »Sühnestraßen«, in den Gefangenenlagern, in den Verhörlokalen gewaltet hatten; wo sind sie geblieben?
Diese Frage hat ein früherer russischer Dissident vor wenigen Wochen anläßlich einer prominenten Veranstaltung über Menschenrechte in Moskau gestellt, als er über den Afghanistankonflikt gesprochen hat.
Diese Frage kommt mir in das Gedächtnis, während ich das Manuskript erneut lese, und ich bekenne mich zu den Worten des Abtes Adalbert Graf von Neippberg, OSB, einer der Symbolfiguren für das Ertragen von Leid und Schmerz der deutschen und österreichischen Gefangenen in Jugoslawien, die er im Dezember 1946 in Werschetz gesprochen hatte: »Die Wahrheit sollte gesagt werden: nicht als Keim zu neuem Haß, sondern um zu begreifen, was das Leben lebenswert macht.«

Wien, am 24. Dezember 1990

DDr. h. c. Dr. Felix Ermacora
Professor für öffentliches Recht

Abt Adalbert Graf
von Neipperg, OSB, (1890–1948)
gewidmet

Zu diesem Buch

Durch ein tragisches Schicksal mußte Ferdinand Fabian nach dem Ende des Zweiten Weltkrieges eine besonders lange und qualvolle Gefangenschaft in Jugoslawien erleben. Davon wollte er der Nachwelt Kenntnis geben und versuchte, seine Erinnerungen schriftlich festzuhalten. In den letzten Lebensjahren nützte er jede Stunde hierzu. Es wurde für ihn nicht leicht, nachdem seine Frau in ihrer schweren Krankheit von ihm Tag und Nacht Pflege verlangte. So konnte er immer wieder nur zwischendurch ungeordnet einige Zeilen zu Papier bringen. In einer Vorahnung, daß er nur mehr kurze Zeit zu leben habe, übergab er mir wenige Wochen vor seinem Tode seine Aufzeichnungen und bat mich, diese in eine lesbare Fassung zu bringen.

Seit den Tagen der Gefangenschaft war ich mit ihm und seiner Familie in freundschaftlicher Verbindung und sah es als meine Pflicht an, ihm diesen Wunsch zu erfüllen.
Das Material ist jetzt chronologisch geordnet und sprachlich korrigiert. Wo es mir für das Verständnis notwendig erschien, habe ich Erklärungen eingefügt, jedoch vermieden, Ergänzungen aus dem eigenen Erleben beizutragen. Die Versuchung hierzu war verständlicherweise gegeben. Was mir für Leser, die jene Zeit nicht miterlebt haben, unverständlich schien oder ich nicht zu interpretieren wagte, mußte ich weglassen. Ich hoffe aber, daß keiner der Gedanken verlorenging, der dem Verfasser wichtig erschien.
Fabians Erinnerungen sind meiner Ansicht nach in zweifa-

cher Hinsicht beachtenswert: Er hat sich ein unwahrscheinliches Namensgedächtnis bewahren können, und so sind in diesem Buche eine große Zahl von Zeitzeugen festgehalten. Es ist somit ein wertvolles historisches Dokument. Zum anderen galt sein besonderes Interesse den seelischen Vorgängen der Menschen in Extremsituationen. Durch deren Aufzeichnung glaubte er, künftigen Generationen einen Dienst zu erweisen.

Für das Verständnis von Freund Fabian erschien mir die Darstellung seines wechselvollen Schicksals wichtig. Hierzu bot sich der von ihm 1955 anläßlich seiner Bewerbung um Einstellung bei der Tiroler Landesregierung verfaßte Lebenslauf an.

Ich kann nur wünschen, daß von den Lesern das, was er als Vermächtnis der Nachwelt überantworten wollte, verstanden wird.

Im Januar 1991 Hans Schermer

Kriegsende in der Untersteiermark

Bei Ran an der Save, einem kleinen Dorf in Slowenien, hörten wir aus einem Lautsprecher die Meldung, der Krieg sei zu Ende. Die Funker des kroatischen Divisionsstabes hatten ihr Gerät in einer engen Stube aufgebaut. Ich gehörte zu dem deutschen Verbindungskommando dieser Division und saß bei den Nachrichtenleuten, während der General wortlos die wenigen Schritte, die in dem Zimmer möglich waren, auf und ab ging. Hochgewachsen und mager war er. Seinen Mantel hatte er lose über die Schulter geworfen. Es war früh am Morgen und feuchtkalt im Raum. Zumindest ich empfand es so, weil ich nach einer unruhigen Nacht schweißgebadet von meinem Lager gekrochen war. Nebelig trüb schien das Licht durch die Fenster, und auf der Straße hatte wieder das Rattern der Räder und das Rufen der Fuhrleute begonnen. Die Rückzugsstraßen waren allesamt verstopft. Zwischen die zurückflutenden Militärkolonnen – teils zu Fuß, teils auf Lastwagen – hatten sich Bauern mit ihren Planwagen und Ochsengespannen geschoben. Immer wieder kam es zu Stockungen und danach zum lärmenden Anfahren mit Schreien und Flüchen.

In der Stube war eine bedrückende Stille, die nur von dem nervösen Schritt des kroatischen Divisionärs unterbrochen wurde. Aus der Küche nebenan roch es nach Gulasch. Die Unteroffiziere waren offensichtlich dabei, noch rasch vor dem Aufbruch ein Frühstück zu bereiten. Da kam ein Bauer, der Besitzer des Hofes, herein und setzte sich zu mir an den Tisch. Er wüßte nicht, was tun. Ob auch er die notwendigsten Habseligkeiten zusammenpacken und auf einen Leiterwagen verladen solle. Er sei erst vor kurzem in dieser Gegend angesiedelt worden. Was ich meinte, ob er bleiben oder sich dem Treck anschließen solle. Ich wußte ihm nicht zu raten und war froh, daß mein Kommandeur Steyrer nach mir rief. Es sei Zeit zum Aufbruch. Wir waren nur mehr unser sechzehn Deutsche bei diesem Kommando. Major Steyrer, der Zahlmeister Paul Schönfeld, vier Unteroffiziere, neun Mann und ich, der ich als sprachkundiger Verbindungsoffizier diesem Stabe zugeteilt war.

Bald waren wir auf der Straße in Richtung Norden unterwegs. Nur ruckweise kamen wir voran. Immer ungeordneter erschienen die Heerhaufen. Die Einheiten lösten sich in größere Gruppen auf. Die einen schleppten sich müde mit ihren Rucksäcken dahin, während andere auf Bespannwagen saßen. Als Gotscheer Bauern auf einen Seitenweg einbogen, kam etwas mehr Bewegung in das Ganze. Die Motorisierten waren zurückgeblieben, die Marschierenden versuchten, querfeldein über Hügel und Gräben voranzukommen.

Der Nebel hatte sich gehoben und gab die Sicht auf den Höhenzug linker Hand frei. Da sahen wir rechts von uns in dem schmalen Tale plötzlich eine Schwarmlinie von Partisanen. Auch über dem Hang vor uns waren welche im Anmarsch. Es war wohl schon nahe von Cilli, der kleinen Stadt an der San. Damit geriet die Kolonne für längere Zeit ins Stocken.

Es mußte mit den Partisanen verhandelt werden, ansonsten würde die Straße unter Beschuß genommen. In einem abseits gelegenen Gehöft trafen sich die Parlamentäre. Einzelne Gruppen versuchten, im Schutze der hereinbrechenden Dunkelheit in den nahen Stauden zu verschwinden und durch den Wald nordwärts zu kommen. Doch vergeblich, am Morgen fanden wir sie wieder bei uns auf der Straße.

Es ging weiter. Irgendwoher hatten unsere Leute eine brüchige Kutsche organisiert, die sie zogen und schoben. Wir konnten die Rucksäcke darauf verladen und hinterhermarschieren. Da sprengten Feldgendarmen mit Pferden und einem kleinen Pritschenwagen an uns vorbei. Es kamen noch mehrere derartige Fahrzeuge. Paul und ich sprangen auf dem letzten Wagen auf. Es war eine Wohltat, die Füße rasten zu lassen. Es ging die längste Zeit flott voran, die Männer mit der Kutsche blieben immer weiter zurück, und schließlich verloren wir sie ganz aus den Augen. Das schlechte Gewissen ließ uns abspringen und am Straßenrand warten. Der Strom von Soldaten verschiedenster Einheiten wälzte sich an uns vorbei, von den Unseren war nichts zu sehen. So entschlossen wir uns, ein Stück zurückzumarschieren. Endlich keuchten sie mit ihren Rucksäcken daher. Sie hatten Pferd und Wagen abgeben müssen. Damit waren unser Gepäck und auch unsere Mäntel, die wir auf die Kutsche geworfen hatten, weg. Uns blieb nur mehr das Wenige, das wir im Brotbeutel hatten.
Es ging gegen Abend, und die Luft war feucht und kühl. An einer Straßenkreuzung kamen wir nich mehr weiter. Von Osten her kreuzte ein Heerhaufen von Ustaschen unseren Weg. Schwerbewaffnet zogen sie mit ihren Geschützen an uns vorbei.
Die Ustaschi waren 1929 aus national-kroatischen Heimwehrverbänden im Kampf gegen den damaligen großserbischen Zentralismus entstanden. Ihr Begründer und Anführer Ante Pavelič fand die Unterstützung von Ungarn und dem faschistischen Italien. Nach dem Einmarsch der deutschen Truppen in Jugoslawien 1941 wurde er als Staatschef, als »Poglavnik von Kroatien«, eingesetzt. In dem grausamen Bürgerkrieg kämpften sie bis 1945 an der Seite des deutschen Militärs, wie auch das reguläre kroatische Militär, die Domobranen genannt.

Es galt, die Nacht abzuwarten. In einem Schuppen fanden wir Unterschlupf. Die Wirtin im nahen Gasthaus hatte uns nach langem Betteln eine Decke herausgerückt und wunderte sich, daß wir sie am Morgen wieder ablieferten.
Am folgenden Tag brachen wir früh auf und glaubten, so schneller voranzukommen. Es war Sonntag. Der Weg war naß, denn die Sonne war noch nicht über dem Berg. Die Kameraden neben mir hatten etwas zum Kauen. Mich plagte der Hunger, doch ich wollte sie nicht anbetteln. Meine letzten eßbaren Reserven waren im Rucksack geblieben.
Paul sah aus einem nahen Bauernhof eine Frau treten. Der Kleidung nach war sie wohl zur Kirche unterwegs. »Spring schnell«, sagte Paul, »du verstehst die Sprache. Schau, ob du nicht ein Stück Brot ergattern kannst!« Ich lief hin und bat um etwas Eßbares. Doch sie wollte nichts wissen. Sie habe es eilig zur Messe zu kommen und habe keine Zeit. Ich gab nicht nach und beschwor sie, eine gute Tat zu tun. Schließlich ging sie ins Haus und kam mit ein paar Äpfeln zurück. Brot habe sie selbst keines mehr.
Je näher wir zur Grenze kamen, um so zäher ging es voran. Die uns bekannten kroatischen Einheiten hatten wir wieder eingeholt. Niemand wußte zu sagen, warum es kein Weiterkommen gab. Alle plagte der Hunger. Wir durchstreiften das Gelände und erreichten gegen Abend ein leerstehendes Haus.
Im Dunkeln tappten wir durch die Räume, fanden im Lichtschein eines Streichholzes ein Bett mit einem Maisstrohsack und auf der Kommode daneben ein Säckchen mit einem grünen Pulver. Es waren gemahlene Erbsen und jeder von uns steckte eine Handvoll in seinen Brotbeutel als Notverpflegung.
Am folgenden Tage stießen wir auf einer großen Wiese zu deutschen Soldaten. Zu Tausenden lagen oder standen sie umher. Darunter fand ich Bekannte, die berieten, wie sie

einen Weg über die Karawanken fänden. Leutnant Bartels aus Berlin war es mit zwei Wienern, Hauptmann Weiser und Leutnant Schenk. Andere saßen an Lagerfeuern und waren dabei, ihre Soldbücher zu verbrennen. »Seid Ihr verrückt!« sagte ich. »Das ist doch für Euch der einzige Nachweis, daß Ihr nicht von der SS oder von der Ustascha seid.« Ich hatte zuvor meine Pistole samt Munition sowie die Kriegsorden und deren Verleihungsurkunden – es war das Kriegsverdienstkreuz II. Kl. und eine kroatische Auszeichnung – weggeworfen. Jetzt riß ich aus dem Soldbuch noch die letzten Seiten heraus, auf denen die Nahkampftage vermerkt waren. Verständnislos sahen mir dabei einige Unteroffiziere zu. Ich versuchte, ihnen begreiflich zu machen, daß es besser sei, sich von solchen Dingen zu trennen. »Wir wollen beisammenbleiben und uns als geschlossene Gruppe über die Berge schlagen. Kommen Sie! Seien Sie unser Führer, Herr Oberleutnant!« baten mich die Landser, mit denen ich die letzten Monate das Schicksal geteilt hatte. Ich sah keine Möglichkeit durchzukommen. Wir versuchten, näher an die Drau heranzugelangen, wichen dann beim nächsten Stau gegen Westen aus. Aus dem Süden war eine langanhaltende Schießerei zu hören.
Auf einem Saumpfad abseits der Straße kam uns ein Maultier entgegen gelaufen. Es hatte das Traggestell am Rükken. Den Woilach, die Pferdedecke zog ich weg. Die konnten wir gut gebrauchen, hatten wir doch die letzten Nächte nie etwas zum Zudecken gefunden. Ustaschen kamen denselben Steig und eilten an uns vorbei, ohne sich um das Tragtier zu kümmern, das ihnen offensichtlich entlaufen war.
Gewitterwolken zogen auf, und bald prasselte ein schwerer Regen nieder. Paul und ich zogen die Decke über unsere Köpfe. Dieses Ungetüm von einem Bindfadenflickwerk bot nur mangelhaft Schutz und wurde schwerer und

schwerer. Auch als es zu regnen aufhörte, wollte die Decke nicht trocknen.
In der folgenden Nacht traf ich am Lagerplatz ein Mädchen. Sie würde auf jeden Fall nicht in Gefangenschaft geraten wollen. Die Internierung würde sicher zwei oder drei Jahre dauern. In Wolfsberg sei sie einige Zeit interniert gewesen und habe ihre Erfahrung gesammelt. Die Grenze sei von bulgarischen Einheiten besetzt. Sie dürften nicht die Gehässigsten sein. Über der Grenze müßte man allerdings achtgeben, daß man nicht in die Hände der »Scherzer-Brigade« falle. Es sei dies eine berüchtigte Partisaneneinheit. Sie könnte mir schon über die Grenze helfen. Um 5000 Kuna würde sie mir einen Zivilanzug ihres Bruders oder eine Partisanenuniform beschaffen. Ihre Mutter sei Schneiderin und habe solche genäht. Wir sollten uns weiter gegen Süden halten. Dort, in einem kleinen Seitental, fänden wir den Hof ihres Onkels. Der kenne alle Wege in der Gegend. Wir sollten ihn aufsuchen. Sie redete viel, und ich wußte nicht recht, was ich von diesen Ratschlägen halten sollte.
Im Morgengrauen zog ich mit Paul gegen Süden und fand das Bauernhaus in dem beschriebenen Tal. Paul blieb mit dem Maultier vor der Tür, das wir bis jetzt mitgeführt hatten. In der Stube traf ich den Bauern, und mit ihm saßen mehrere Nachbarn in der Runde. Auf meine Fragen erhielt ich nur zögernd, eher widerwillig, Antworten. Der Weg über die Grenze sei nicht begehbar. Der Schnee liege in den Bergen noch viel zu hoch. Er habe Gruppen von deutschen Soldaten gesehen, bepackt mit ihren Rucksäcken seien sie nach zwei Tagen völlig erschöpft wieder zurückgekommen. Als ich ihm das Muli überließ, wurde er freundlicher. Mehr als etwas Brot und einige Äpfel konnten wir aber von ihm nicht bekommen. Wir zogen über eine Anhöhe weiter und stießen bald wieder auf die lagernden Haufen. Deutsches Militär, Bauern aus der Gotschee mit ihren Familien, Domobranen in

ihren braunen und die Ustaschen in ihren blauen Uniformen. Letztere waren ursprünglich zur Ausrüstung der finnischen Truppen als Hilfslieferung der deutschen Verbündeten bestimmt.
Ein Ustaschen-Major hatte sich auf einem Tisch postiert und hielt eine feurige Ansprache. Man solle sich ihm anschließen, er gehe in die Wälder und werde weiterkämpfen. Wenige schenkten ihm Gehör, auch Paul Schönfeld hatte dazu keine Lust, als ich ihm die Rede übersetzte.

Die Gefangennahme

Ein neuer Morgen begann, und so wie wir, drängten andere in Richtung Drau. Wir sahen die Brücke und an dem Ufer bulgarische Truppen. Hüben und drüben stauten sich ungeordnet Uniformierte. Mit dem Kommandeur der II. bulgarischen Armee verhandle jetzt der Ustaschen-Oberst Ljuburić, hörte ich erzählen von denen, die neben mir im Grase lagen. »Was, der? Mit dem habe ich einmal üble Erfahrungen machen müssen«, sagte ich zu Paul, und er drängte mich, mein damaliges Erlebnis zu schildern.

Es war in den bosnischen Bergen, als mir der Ia unserer Brigade, Oberst Janković, den Auftrag gab, in das Lager der Ustaschen nach Jasenovac zu fahren und den dortigen Kommandanten zur Herausgabe von Geschützen zu bewegen. Bei unserem Rücktransport seien deren zwei von einem gewissen Ljuburić beschlagnahmt worden.

Auf der Fahrt dahin kamen wir durch Dörfer, die einen trostlosen Anblick boten. Ganze Häuserreihen waren niedergebrannt. Vereinzelt standen nur Mauerreste mit zerschlagenen Fenstern und geborstenen Türen, die noch halb in den Angeln hingen und im Winde an die Türstöcke schlugen. Zwischen den rauchschwarzen Wänden war kein Mensch zu sehen. Wir fuhren durch Gornji, Srednji und Donji Hrastovac, eine Katze war das einzige Lebewesen, das uns begegnete. Es war bekannt, daß Oberst Ljuburić in dieser Gegend eine grausame Herrschaft ausübte und alles terrorisierte. Als ich am Abend das Ustaschenlager erreichte und in der Kommandantur meinen Auftrag vortrug, sah mich ein Offier verständnislos an. Er glaubte kaum, daß ich Erfolg haben werde. Der Oberst sei unberechenbar. Er habe selbst Unteroffiziere der Deutschen Wehrmacht in das KZ abführen lassen.

Am Morgen meldete ich mich Punkt 7 Uhr, so wie mir empfohlen wurde, erneut bei dieser Dienststelle. Ein großgewachsener, schlanker Mann stellte sich als Adjutant vor. Oberleutnant Desković nannte er sich und ging nervös im Vorzimmer hin und her, bis sich die Tür zum Kommandeur öffnete. Da saß hinter einem leeren Tisch eine eigenartige Gestalt. Ljuburić trug eine Windjacke mit Kapuze. Zwischen den hochgezogenen Schultern sah ich ein beinahe fratzenhaftes Gesicht. Das war also der gefürchtete Oberst, und ich wußte, daß ich diese Fahrt umsonst gemacht hatte.

»Geschütze? Nein, Geschütze habe ich nie requiriert! Ha! Gulaschkanonen, ja eine Gulaschkanone, die kannst du haben!« höhnte er, und ich war heilfroh, als ich mich wieder auf der Straße fand. Als ich dann Oberst Janković berichtete, wie es mir bei dieser Mission ergangen sei, meinte er amüsiert: »Diese Wildsau!«

»Auf, weiter geht's!« rief Paul. Wir sprangen auf und mischten uns unter die weiter Marschierenden. Wir kamen zu einer niederen Eisenbahnbrücke. Am Geländer hingen Leichen, und ringsum lagen Tote, alle in den blauen Ustaschenuniformen. Womöglich waren darunter auch jene Landser, die in den Vortagen die Uniformen wechselten. Niemand von uns nahm davon genauer Notiz, alles drängte jetzt zur Draubrücke. Jetzt sei die Möglichkeit, durchzukommen. Doch bald drängte ein Teil wieder zurück. Es gab kein Entrinnen mehr.

»Mäntel, Decken und Koppel werden abgenommen!« Hieß es. Wir hatten keinen Mantel, und von der »Spagat-Schabracke« trennten wir uns nicht allzu schwer. Das Koppel schnallte ich unter die Bluse. Dieser Riemen könnte mir noch

von Nutzen sein. »Gott mit uns!« stand auf unserem Koppelschloß, und ich dachte daran, daß wir diesen Segen jetzt brauchen könnten.
Ein Platzregen überraschte uns, und wir stolperten auf der glitschigen Straße weiter. »Vorwärts, schneller! . . .« hieß es. Links und rechts standen jetzt Bulgaren als Bewacher. Einer von den jungen Posten deutete auf einen Leiterwagen. »Euer Kamerad, nehmt ihn mit!« bedeutete er uns. Ein Verwundeter lag darauf. Paul und ich versuchten zu schieben. Wir forderten Vorbeiziehende auf, uns zu helfen, doch keiner wollte mit Hand anlegen. Ein deutscher Spieß mit seiner Gruppe schob schließlich mit uns an dem Wagen bis zu einem Verbandsplatz. Ein bulgarischer Arzt verstand etwas deutsch und übernahm den Kranken.
Müde und schweigend trotteten wir nebeneinander her. Wir waren also jetzt Gefangene. Es begann zu dunkeln. Da tauchten links und rechts blaue Gestalten auf, Partisanen in Ustascha-Uniformen, die uns schmähten und verhöhnten. Obwohl ich in der Mittelreihe marschierte, entdeckte bald einer, daß meine Bluse von besserem Stoff sei. Ich mußte sie ausziehen. Weg war damit auch meine Armbanduhr, die ich im Verbandspäckchen versteckt hatte.
Ich schleppte mich weiter. Auf dem Boden fand ich eine dreckige Pferdedecke. Ich hob sie auf und wandte mich an den Posten. Der Bulgare nickte. Damit hatten Paul und ich etwas zum Zudecken, als wir am Drauufer zum Lagern kamen. Ich trank aus dem Fluß. Das Wasser war sandig trüb und schmeckte schal. Bald krochen wir unter die Decke. Ringsum krachte und zischte es. Die Sieger schossen freudetrunken Leuchtmunition in die Luft. Dort hörten wir die Schreie von Kindern, da riefen Frauen um Hilfe, Männer fluchten in den verschiedenen Sprachen und dazwischen das Rattern von Maschinengewehren und Schüsse aus Pistolen.

Noch nachts waren die Wachmannschaften ausgewechselt worden. An Stelle der Bulgaren standen jugoslawische Partisanen auf Posten. Frauen und Kinder wurden von den Männern getrennt. Erschütternde Szenen spielten sich dabei ab. Im Schein einer aufsteigenden Leuchtpatrone sah ich am Straßenrand einen mageren, grauhaarigen Bauern in Ustaschenuniform knien. Er hielt die Arme flehend emporgestreckt. Vor ihm stand ein »Drusche« und holte mit seinem Gewehrkolben aus. Mit einem Hieb zertrümmerte er den Schädel des Alten.

Im Morgengrauen wurden wir der Drau entlang am linken Ufer weiter getrieben. Da sahen wir auf einmal einen Trupp deutscher Landser zum Fluß hinuntertorkeln. Es mögen ihrer zwölf oder 14 gewesen sein. Sie trugen nur noch das Hemd am Leibe und ihre Hände waren mit Draht aneinandergebunden. Die Wache schlug auf sie ein, und wir hörten ihre Hilfeschreie. Jetzt wurden auch wir unter Flüchen und Schlägen zur Eile getrieben. Es waren grobe, ungeschlachte Burschen, vereinzelt auch Frauen unter den Bewachern.

An der Straße standen Neugierige, wenn wir eine Ortschaft passierten. Sie musterten uns mit teils feindseligen, teils mitleidigen Blicken. Einer der Posten brach zusammen, offensichtlich an Herzversagen, und wurde auf einem Leiterwagen weggeschafft. Eine Genossin ging darauf hysterisch schreiend auf uns los und drohte mit dem Gewehr. Müde kroch der Haufen durch Mahrenberg und Fall und weiter gegen Marburg.

Internierung in Marburg

Wieder war es Nacht, als wir in den Hof der ehemaligen K. u. K. Kadettenschule getrieben wurden. Da waren Kessel aufgestellt, und wir sollten uns in einer Schlange aufstellen. Das erste Essenfassen in der Gefangenschaft. Alle quälte der Hunger, hatten wir doch seit Tagen nichts mehr zu kauen gehabt. Zu meiner Verwunderung sah ich aber, wie Kameraden den Inhalt ihres Kochgeschirres wieder zu Boden schütteten. Das wäre doch gelacht, dachte ich, so schlecht kann gar nichts sein, daß ich es nicht hinunterbrächte. Ich kam zum Kessel und erhielt einen Schöpfer voll zugeteilt. Es war eine so fürchterlich stinkende Brühe von verdorbenen Kartoffeln, daß ich sie gleich den anderen wegschütten mußte.

Wahrscheinlich waren es mehrere Tausend, die in diese alten Baulichkeiten gepfercht wurden. Es war Pfingsten geworden, doch davon merkten wir natürlich nichts. Bei einem Streifzug durch einen der Innenhöfe fand ich in einem Bombentrichter eine schäbige Militärbluse und eine Ustaschenmütze. Ich nahm sie an mich, nachdem ich derartiges nicht mehr besaß. Bei der Gelegenheit traf ich meinen ehemaligen Chef Major Steyrer wieder. Er hatte noch seinen Rucksack mit den üblichen Utensilien gerettet und war dabei, seine Schuhe zu putzen. Dies sah ein »Drusche« und schon hieß es, die glänzende Fußbekleidung ausziehen. Dem Major wurden dafür ein paar alte Treter hingeworfen. Sein zorniges Wehren half ihm nichts. Ich hatte meine Schuhe vorsichtshalber seitlich mit dem Messer aufgeschlitzt und hoffte, sie

mir auf diese Weise retten zu können. Beim Wühlen in einem Abfallhaufen fiel mir schließlich Goethes »Reineke Fuchs« in die Hände, und ich steckte dieses Büchlein in meinen Brotbeutel.
Dann hieß es: »Alle Offiziere in das Gebäude!« Im ersten Stock wurden wir in einen engen Raum gedrängt. Neben Deutschen und Kroaten befanden sich einige Ungarn darunter. Ein Partisan kam in Begleitung zweier Genossinnen durch die Tür. »Nimm dem dort die Brille, die goldene!« verlangte eine der beiden von dem Kumpan. Vergeblich flehte der Betroffene, er könne ohne Gläser nichts sehen.
Es kam die nächste Nacht, und es verging ein weiterer Tag. Wir erhielten nichts zu essen. Ob man bewußt oder unbewußt diese Stube vergessen hat? Ich sei sprachkundig, meinten die anderen, ich solle doch dies den Bewachern melden. Ich lief in den Hof und traf dort zwei Genossen, die auf einem Benzinfaß saßen. Als ich mein Anliegen vorzubringen begann, schlug einer davon mit einer Eisenstange auf mich ein, so daß ich schleunigst die Flucht ergriff. Auch Wasser gab es in dem Kasernenbereich keines. Ich sah jedoch, wie Ustaschen aus einem Ziehbrunnen neben einem nahegelegenen Häuschen Wasser holten. So stellte ich mich mit einigen Kochgeschirren in der Hand in deren Reihe. Es galt, Geduld zu üben, und ich mußte mit einer langen Wartezeit rechnen. So stand ich auf der Straße jener Stadt, in der ich zum großen Teil meine Kindheit verbracht hatte und konnte mich meiner Erinnerungen nicht erwehren:
Ich sah mich auf dem Weg zum Bahnhof, um meinen Vater nach dem Dienst abzuholen. Die Mutter hieß mich, ihm einen Schirm zu bringen, weil es in Strömen regnete. Am Kärntnerbahnhof kamen gerade die Arbeiter aus den Werkstätten heraus und hasteten heimwärts. Ich setzte mich auf einen Holzblock an den Straßenrand und sah die Gesichter der Vorübereilenden. Müde, abgehärmte Gestalten waren

es, abgemagert, mit grauen, eingefallenen Wangen. Die Mutter erklärte mir, es seien manche darunter, die an Tuberkulose litten. Ich sah mich im alten Gebäude die Treppe hinaufsteigen. Vom Podest aus konnte ich durch staubige Fenster in die Werkhalle hinunterschauen. Ich sah die rote Glut der Essen und den wuchtigen Hammer auf den Amboß niedersausen. Im Vorbeigehen konnte ich auch einen Blick durch die Kantinentür werfen. Die Glasscheiben waren vom Suppendunst beschlagen. Drinnen stand der dicke, runde Ofen, und um ihn herum gab es Lärm und das übliche Gedränge einer Massenabfertigung. Alles roch nach Armut. Dennoch war jedermann froh, in dieser Zeit der großen Arbeitslosigkeit eine Beschäftigung zu haben.

Ich sah vor mir jene Litfaßsäule, an der ich einst auf einem gelben Zettel jene zwanzig Namen gelesen hatte, denen als Geiseln die Erschießung angedroht wurde. Vor ungefähr zwei Jahren konnte ich als Urlauber ein letztes Mal meine Mutter besuchen. Es war hier in Marburg. Ich war empört über die Methoden und begann wütend drauflos zu schimpfen, als ich mir sagen lassen mußte, daß bereits mehrfach derartige Anschlagzettel zu lesen waren, ja auch von Erschießungen habe man gehört. Frau Pennersdorfer, eine Nachbarin, wußte nichts Eiligeres zu tun, als den SD, den Sicherheitsdienst im Ort, von meinem Verhalten zu unterrichten. Schon am folgenden Tage holte man mich zu einem Verhör. Ich hatte keine Angst und erschien als deutscher Offizier in meiner Uniform bei dieser Dienststelle. Bei dieser Vernehmung wurde ich bald eines Besseren belehrt, so daß ich es für klug hielt, mich noch am gleichen Tag von meiner Mutter zu verabschieden und zu den Verwandten ins Gailtal zu fahren.

Die Reihe der vor dem Brunnen Wartenden rückte weiter, und ich kam an einer Hausmauer zu stehen. Da öffnete sich über mir das Fenster, und ein Weißhaariger streckte seinen

Kopf heraus. Den kenne ich doch! schoß es mir halb freudig, halb im Schreck, durch das Gehirn. »Herr Janhuba! Herr Janhuba, kennen Sie mich? Könnten Sie mir nicht bitte ein Stück Brot geben?« bettelte ich. Der Alte nickte mir zu und verschwand. Ich erinnerte mich an seinen Sohn, der sich in den Freiheitskampf nach Spanien meldete und dort auf seiten der Roten im Bürgerkrieg gegen Franco stand. Dieser Rudi Janhuba fand nach seiner Rückkehr Beschäftigung in der Redaktion des »Delo«. Allgemein wurde er als Stari borec, als »alter Kämpfer«, bezeichnet.

Inzwischen stand Vater Janhuba unter der Tür. Er brachte mir einen Papiersack mit Kartoffeln. Brot habe er keines. Ob ich wohl auch eine Kochgelegenheit hätte, fragte er. Ich log: »Ja, das geht schon. Sagen Sie meinen Bekannten, ich sei am Leben; es soll jedoch niemand hierher kommen.« Tags zuvor hatte nämlich ein Luftwaffensoldat versucht, mit Zivilisten Kontakt aufzunehmen. Ich hörte ihn schreien, als er daraufhin die Rutenhiebe auf die Fußsohlen erhielt. Ich sah ihn über den Hof kriechen, nachdem er kaum mehr zu humpeln vermochte.

Mit den Erdäpfeln schlich ich zurück zu meinen Kameraden im ersten Stock und ließ das Wasserholen sein. Bald nagten alle gierig an den rohen Knollen. Wir fanden sie vortrefflich.

Mittlerweile waren weitere Einheiten eingetroffen. Unter anderen fanden sich die Stabsoffiziere der 22. Grenadier-Division in unserer Stube ein. Oberstleutnant Laval fiel mir gleich auf, wie er in seiner Windjacke vor mir stand; er trug noch sein Ritterkreuz am Hals. Sie waren demnach noch nicht so ausgeraubt und geplündert worden wie wir. Beim gegenseitigen Vorstellen lernte ich sie der Reihe nach kennen. So unter anderen: Oberst Ranzau, Obstlt. Ewald, Obstlt. v. Salviatti und ein Herr von Malotki. Sie legten

Wert darauf, als Stabsoffiziere behandelt zu werden, denn sie kannten die Mentalität der Genossen noch nicht und mußten sich erst eines Besseren belehren lassen.
Laval bat mich, als Sprecher der Gruppe zu fungieren. Meinen Einwand, ich sei nur Oberleutnant und sie ihrer fünfzehn Stabsoffiziere, ließ er nicht gelten: Ich müßte ihr Dolmetscher sein.
Ich lag in dieser Nacht lange wach und erwog immer wieder hin und her, wie ich es halten sollte. Schließlich kam ich zu dem Entschluß, künftig nichts davon verlauten zu lassen, daß ich als Kind bereits in Marburg und als Student in Agram war. Natürlich wollte ich auch meine Ausbildung beim serbischen Heer und meine Tätigkeit als Forstadjunkt auf den Gütern des Fürsten Odescalchi in Syrmien, ehe ich mich als Vermessungsingenieur 1939 zur deutschen Autobahn meldete, verschweigen.
Dann kam der Tag, an dem es hieß, sich in Fünferreihen aufstellen und zum Abmarsch fertig zu machen. Eine endlose Kolonne setzte sich in Marsch; es waren etwa 10 000 Ustaschen. Wir waren zwanzig deutsche Offiziere, dazu kamen dreißig Angehörige der Luftwaffe und zwanzig Mann des Heeres. Müde schlichen wir durch die menschenleeren Straßen. Vor uns gab es Schläge, hinter uns hörten wir Flüche und Schreie. Immer wieder gab es Stockungen, und in der Dunkelheit stieß einer an den anderen. Ich wollte mich von dem Hunger ablenken, der mich so sehr quälte, und dachte:
Durch diese Straße sah ich seinerzeit an einem 1. Mai einen Trupp marschieren. Die Musik voran, dahinter mit einer Fahne ein Häuflein Männer und Frauen. Es waren die Sozialisten auf dem Marsch zur Kundgebung der Arbeiterschaft. Bald kam die »straža«, die Polizei, und es war kein Marschieren mehr, sondern ein Laufen. Immer wieder wurden sie angetrieben und schließlich auseinandergejagt.

Langsam schob sich unsere Kolonne in der Dunkelheit weiter und kam bald wieder ins Stocken. Wir hielten in der Nähe des Gerichtsgebäudes. Ich sah das Haus des Rechtsanwaltes Dr. Haas:
Dort im Hof, in der Waschküche, traf sich unser Streich-Quartett zu den Proben, und der Sohn des Hauses war unser Dirigent. Holz und Jarc hießen die beiden anderen, die mit uns spielten. Als ich hier zur Mittelschule ging, gehörte es zum guten Ton, ein Instrument zu beherrschen, und ich mußte Geige lernen. Herr Richter, unser Musiklehrer, gab sich viel Mühe, mir einen leidlich guten Vortrag beizubringen. So spielte ich auch beim Schulorchester mit und ebenso unter einem Professor beim Kirchenchor. Dessen Tochter Erika hat auf mich besonderen Eindruck gemacht, sie wurde später Schauspielerin. Mit meinem Spielen brachte ich es nicht weit, und damals in dem engen Probelokal klang es eher laut als schön. Des Hausherrn Töchterchen setzte sich öfter zu uns. Sie war ein schmächtiges Ding, und ihre brünetten, welligen Haare fielen auf ihre Schultern. Später hörte ich erzählen, sie sei zum Studium nach Frankreich geschickt worden, habe dort Tito kennengelernt und sich ganz slowenisch gebärdet. Sie sei dessen Geliebte geworden und habe ihn auch in den Wäldern begleitet. Das Muttermal an ihrer Wange hat den Partisanenführer offensichtlich nicht gestört. Zum Heiraten hat es allerdings nicht gereicht.
»Viŝe ajde! Brso« – (Vorwärts, schnell!) Dieses Geschrei und ein Kolbenstoß rissen mich aus meinen Träumen. Weiter ging es wieder nur eine kurze Strecke.
Wir zogen an einem Platz vorbei. Es war dies ehemals ein kleiner Park mit dem Denkmal von Admiral Tegetthoff in der Mitte. Der Held von Lissa war ja gebürtiger Marburger. Zur Zeit des jugoslawischen Königreiches ließ man nur die Sokkel mit den schweren Schiffsketten stehen. Bald verschwanden auch diese Denkmalreste, und als Zeichen serbischer

Hegemonie wurde eine orthodoxe Kirche errichtet. Jetzt war sie verschwunden, die Bomben hatten sie zerstört. Was wird als nächstes auf diesem Platze stehen!

Der Hungermarsch

Zwei deutsche Schäferhunde schnüffelten unruhig und verängstigt die Fünferreihen entlang und suchten vergeblich ihren Herrn. Im Kasernenhof lagen noch weitere deutsche Einheiten, auch Nachrichtenhelferinnen waren dabei. Sie dürften bereits vor uns in Marsch gesetzt worden sein.

Wir siebzig Deutsche blieben die einzigen unter kroatischen Gefangenen. Ich erhielt eine weiße Binde an den Arm gebunden und sollte, derart gekennzeichnet, die Kolonne entlanglaufen dürfen, wenn »Dolmetscher« gerufen wurde.

Wir waren, als es hell wurde, längst aus der Stadt und auf staubiger Straße in Richtung Süden unterwegs. Wurmberg, Pettau und Friedau hießen die größeren Orte, durch die wir zogen. Der Durst quälte alle, und kaum war ein Brunnen in Sicht, stürzten sich die Ustaschen auf ihn, drängten und stießen sich, und die Posten hieben auf sie ein; trieben sie wieder zurück. »Du darfst die Kolonne verlassen!« meinten die Kameraden neben mir und drückten mir links und rechts jeweils vier Kochgeschirre in die Hand. Ich versuchte zum Brunnen zu kommen; vergeblich, auch mich trafen die Kolbenhiebe in gleicher Weise.

»Dolmetscher! Dolmetscher!« schrien welche hinter mir. Ich sollte helfen, weil die Bewacher Gefangenen Uhren, Ausrüstungsgegenstände und Kleidung entrissen. Es hatte keinen Sinn, Habseligkeiten zu verteidigen. Vergeblich wollten manche sich einfältigerweise auf das Genfer Abkommen berufen. Ich mußte den Weg oft zwei- und dreimal zurücklegen und immer wieder meinen Kameraden nachlaufen. Wenn ich bemüht war, den »Genossen« zu verdeutschen, was Recht sei ... Wums, hatte ich schon eine sitzen. Die Mitgefangenen schalten mich wiederum, wenn ich ihnen zu erklären versuchte, daß Widerstand keinen Sinn hätte und sie damit rechnen müßten, niedergeknallt zu werden. Bald mußten wir auch mitansehen, wie sie einen erschossen, weil er sich von seiner Hose nicht trennen wollte.

Die Posten achteten streng darauf, daß wir zu fünft nebeneinander blieben, so trotteten wir apathisch dahin, einer hinter dem anderen.

Wir mochten zwei Tage marschiert sein, da kam uns im Karacho eine bespannte Einheit, offensichtlich eine Artillerieabteilung mit Berittenen entgegen. Sie waren in dichten Staub gehüllt und Paul neben mir meinte: »Vielleicht ist es noch ein intaktes deutsches Regiment?« So alberne Hoffnungen konnte er haben. Der Batteriechef, hoch zu Roß, schwang eine Peitsche und ließ sie immer wieder auf Gefangene niedersausen. Schon von weitem sah ich, wie vor ihm die Reihen zurückwichen. Ich marschierte mit meiner weißen Binde am Rande der Einteilung. »I ti si ... Ustascha (Auch so einer ...)«, hörte ich die Stimme des Reiters und wusch ...! Ein blauer Striemen zog sich über meine kaum vom Hemd bedeckte Brust. Die Mütze war es, die ihn reizte und die ich auf dem Kasernenhof aufgelesen hatte. Ich Dummkopf, der ich andere vor solchen Unvorsichtigkeiten warnte! Wütend warf ich die Kappe in weitem Bogen in den Straßengraben.

Ungefähr jeden zweiten Tag gab es am Abend auf einem Rastplatz eine ungesalzene Suppe, meist aus Maismehl. Ein Posten stand vor dem begehrten schwarzen Kessel, und ein Haufen von Ustaschen drängte ungestüm auf ihn zu. Der Drusche fluchte und schrie und hieb mit einer Peitsche auf die Drängenden ein. Wir standen abseits und sahen keine

Chance, an den Kessel heranzukommen. Schließlich nahm ich mir ein Herz, sprang auf den Mann los und erfaßte die auf dem Boden dahinfegende Geißelschnur. Ich wolle ihm helfen, erklärte ich und überredete ihn zu einer geordneten Essensausgabe. Bald stand alles in einer Reihe und wir Deutschen ganz vorne. »Seht Euch die Schwaben an! Die haben Ordnung! So muß man sich verhalten!« rief der Posten ein ums andere Mal den in der Schlange Wartenden zu. Es war dies das erste und letzte Mal, daß ich als Dolmetscher ein Lob erhielt.

Oft ging es auch die halbe Nacht durch weiter. Nach nur kurzem Schlaf im Straßengraben wurden wir jeden Morgen, sobald es hell wurde, aufgescheucht. »Vorwärts, weiter, schnell!« hieß es.

Die Kroaten waren zum Teil noch halbe Kinder, die in den letzten Kriegmonaten noch in Uniformen gesteckt wurden. In der Reihe vor mir sah ich zwei solcher Buben, die ihren Freund zwischen sich trugen, der zusammengeklappt war. Sie gerieten dabei ins Stolpern, fielen weiter zurück, und die Fünferreihen gerieten durcheinander. Die Posten stürzten sich auf diese Gruppe, schlugen grölend auf die Torkelnden ein und lachten dazu. So eine Prügelei schien sie richtig zu freuen. Ein anderes Mal – es war in der Mittagshitze – gab es an einer Zisterne unter den beinahe Verdurstenden eine Balgerei. Plötzlich flog ein junger Ustasche in den Brunnenschacht, und entsetzt wichen die Nachdrängenden zurück. Der Partisan aber lachte wie verrückt, brüllte und fluchte so gotteslästerlich, wie ich es in meinem Leben noch nie gehört hatte. Der Sprache nach mußte er ein Ungar sein.

Ich fand mich auch öfter beim Gedanken an einen Selbstmord. Wenn wir jetzt über eine Brücke gingen, . . . so dachte ich. Doch dann redete ich mir selber ein: Durchhalten, nicht daran denken, abschalten, abschalten! Ich hatte in einem Roman über die sibirische Gefangenschaft Ratschläge gele-

sen. Ich zwang mich zu Phantombildern. Ich stellte mir vor, ich säße in einem Caféhaus im ersten Stock und blickte auf die gegenüberliegende Straßenfront. Es gelang mir. Immer wieder dieses Bild, immer wieder.
Beim Dunkelwerden blieben wir einfach auf der Staubstraße liegen, bis zum Morgen, wo uns die Kälte weckte. Slowenien lag schon weit hinter uns. Drei Tage hatten wir nichts zu essen bekommen. Doch an diesem Abend waren nahe dem Straßenrand Kessel aufgestellt, und wir erhielten eine ungesalzene Maisbrühe. Salz gab es ja in diesem Land schon seit Monaten nicht. Gierig schlangen wir im Dunkeln die Suppe in uns hinein. Die »Ortspartisanen«, Bewohner umliegender Orte, fielen wieder über uns her und suchten nach Ringen, Uhren und Schuhen. Ich mußte meine schon mehrfach gestopften Socken hergeben. Neben mir lag Major Steyrer. Mit den Schuhen, die man ihm zuletzt überließ, konnte er kaum noch gehen. Er zählte die Blasen an seinen Füßen. Es waren siebzehn.
Mich plagte von Tag zu Tag ein Juckreiz am ganzen Körper. Ein Arzt, den ich befragte, glaubte, es seien die Läuse. Die Bluse, die ich aus dem Bombentrichter zog, hatte sie mir wahrscheinlich eingebracht. Ich sah bei der nächsten Rast einem Ustaschen zu, wie er die Nähte absuchte. Wütend herrschte er mich an, ich solle verschwinden. Bald war ich so wie andere Kameraden bei dieser »Lausarbeit«. Das trug dazu bei, daß wir trotz Übermüdung nachts oft stundenlang keinen Schlaf finden konnten. Der Hunger, die Kälte, die Plünderer und dann wieder das Ungeziefer, vor allem aber das Sinnieren, was uns die Zukunft bringen wird. Mit Gewalt mußte ich mich dazu zwingen, an etwas anderes zu denken und versuchte, den Erinnerungen nachzuhängen:
Ich lag unter freiem Sternenhimmel nahe der kroatischen Hauptstadt und konnte mir die Richtung vorstellen. Dorthin zog ich einst zum Studium an der Universität. Es waren

unruhige Zeiten, und wir Studenten galten immer als verdächtig. Wer von uns an einem Bahnhof ankam oder abfuhr, dessen Koffer wurden gründlich untersucht. Es regierte zunächst König Alexander Karadjorjevič, er galt als der »Einiger der drei südslawischen Völker«. Die Serben strebten dabei die Vorherrschaft zu erreichen. In Sprache, Religion und in der Mentalität gab es im Staat große Gegensätze. Die Slowenen, einst Teil der österreichischen Reichshälfte, hielten sich für höherentwickelt, an Kultur und Zivilisation. Die Kroaten, vorher zu Ungarn gehörend und wie die Slowenen römisch-katholisch, fühlten sich den byzantinisch-orthodoxen Serben und noch mehr dem muselmanisch-türkischen Element überlegen.

Die Demokratie hielt nicht lange. In der Skupŝtina, im Parlament, wurden der kroatische Bauernführer Stjepan Radiĉ und noch zwei Abgeordnete erschossen. Es gab Revolte. Ich sah auf den Stufen des Jelaĉić-Denkmal in Agram Tote liegen, es waren zumeist Bauern in ihren weißen Leinenkitteln und mit den kleinen runden Hüten. Bei dem Aufmarsch, der zusammengeschlagen wurde, waren auch Studenten als Opfer dabei.

Es war im Herbst des Jahres 1934. Ich wohnte in einem kleinen Häuschen in einem Vorort von Agram. Ich fand einen Freund, namens Matija, dessen Mutter vermietete Zimmer in dem langgestreckten Nebentrakt ihres Hauses. Ich zog zu ihm, und wir studierten zu zweit auf eine Prüfung. Es war spät in der Nacht, als wir Schritte hörten im knirschenden Sand auf dem Kiesweg, der vor unserem Fenster vorbei in den Obstgarten führte. Matija zuckte zusammen. Er war als stolzer Kroate auch bei der Kundgebung gewesen und hatte Angst, man könnte ihn holen. Es war die Zeit, in der König Alexander und Barthou in Marseille einem Attentat zum Opfer fielen. Die Zeitungen rätselten, wer die Täter sein könnten. Kroatische Ustaschen oder die mazedo-

nischen Freiheitskämpfer, die Makedunstvujuĉi. Die Angst übertrug sich auch auf mich. Ich war mit meinem Freund zur Demonstration gegangen. Wir standen in der schmalen Ilica, als die Polizei auf ihren Pferden angeritten kam. Wir Studenten waren bald vorne wie rückwärts eingekeilt und konnten nirgends ausweichen. Die Straße war durch die Beleuchtung taghell, und die Säbel blitzten in den sich spiegelnden Fenstern. Ich bekam einige Prügel von Gewehrkolben ab, konnte aber dann mit Matija doch durch ein Haustor und über einen dunklen Hof entkommen. Auch ich hatte trotz des Wintermantels, den ich trug, noch länger den wuchtigen Schlag des Kundaks verspürt. Es ging damals um Istrien, um Triest und Fiume, und für mich war das alles kein Anliegen, aber mein Freund hatte mich einfach mitgenommen. Er, der Patriot. Die Nichte des Ustaschenführers Ante Pavelič, dem späteren Poglavnik (Führer) von Kroatien, galt als seine Freundin.

Wir hatten Angst, verhaftet zu werden, und sooft wir Schritte im Kies hörten, zuckten wir beide zusammen und duckten uns unter das Fenster. »Konspiracija« war damals das gefürchtete Wort. Wir haben unsere Prüfungen bestanden, und wenige Tage danach wagte es Matija, mit einem Bukett von Rosen zu seiner Angebeteten zu marschieren. Ich fand dieses Blumentragen lächerlich und völlig unmännlich.

Mit uns ging es weiter nach Südosten. Je weiter wir in die Ebene kamen, um so heißer wurde es, doch die Nächte blieben empfindlich kalt. Es war eine Wohltat, wenn wir unsere Füße im taunassen Gras etwas kühlen konnten.

Ich sah jenen Kameraden, dem sie in Marburg die Fußsohlen traktierten, mit seinen filzigen Luftwaffenstiefeln meist in den letzten Reihen marschieren. Er mußte unheimliche Schmerzen haben, denn auf der letzten Strecke zum Rastplatz sah ich, wie er auf den Knien kroch.

Kaum war es dunkel, waren schon die Plünderer da und streiften mit Taschenlampen von Gruppe zu Gruppe, um uns »abzulausen«. Ich sah sie kommen und versuchte in der Finsternis in einen Graben zu rutschen. Es gab kein Entrinnen. Ich verlor noch, was ich in meinem Brotbeutel hatte. Mein Rasierzeug, einen kleinen Wecker und das Päckchen Erbsenpulver, weil der Partisan es für Toilettenseife hielt.
Ich hörte, wie ein Posten versuchte, einen alten Ustaschen gegen uns Landser aufzustacheln. Er solle sich an uns rächen, wir seien es gewesen, die ihn in den Krieg gehetzt hätten. Doch der Kroate reagierte in ruhiger, überlegter Bauernart: »Das sind genauso arme Teufel wie wir.«
Vereinzelt kamen da Leidensgenossen, setzten sich zu mir und wollten einfach reden. Sie hatten offenbar das Bedürfnis, etwas, das sie bedrückte, loszuwerden. Da war einer, der mir erzählte, wie es bei der Handẑar-Division gewesen sei, der er bis zur Auflösung angehört habe. Er habe damals einen Tarnnamen getragen. »Handschar« war die Bezeichnung für ein ein Meter langes Türkenschwert, und danach nannte sich eine Division mit Bosnischen Freiheitskämpfern, die auf der Seite der Deutschen standen. Ein junger Ustascha drängte sich auf. Er sei Journalist, und er wüßte mir höchst Interessantes zu berichten. Ich wußte nicht, wozu dies dienen sollte und wehrte ab: »Wozu erzählst du mir das?« Ich hielt dies für klüger. Eines Nachts schlich ein deutscher Zahlmeister zu mir: »Was meinst du, Kamerad, was wird aus uns? Du kennst diese Menschen.« »Ich vermute, wir werden nach Belgrad gebracht, um dort vorgeführt zu werden, wie es die siegreichen Römer mit ihren gefangenen Germanen hielten«, war meine Antwort. Ich machte mir später noch oft Vorwürfe. Hätte ich doch nichts Derartiges gesagt! Am folgenden Tage fanden wir ihn mit durchschnittenen Pulsadern. Ich fürchtete noch weitere Schwierigkeiten. Er stand auf der Namensliste unseres Marschtrupps, den ich zu füh-

ren hatte. Wie sollte ich den Druschen erklären, daß wir nicht mehr siebzig sind, wenn sie sein Fehlen bemerken. Der Zufall wollte es, daß an diesem Tage ein deutscher Landser zu uns stieß, und ich war froh, daß die Fünferreihen wieder komplett waren. Der Tod des Zahlmeisters belastete aber mein Gewissen.
In meinem Kochgeschirr hatte ich ein kleines Stück fetten Specks verwahrt. In Dvor hatte mir die Frau eines Gendarmen die Wäsche gewaschen, und von ihr hatte ich etwas Speck gekauft. Einen Rest davon hatte ich als eiserne Reserve bis jetzt verwahrt. Ich schnitt ihn in kleine Würfel und teilte ihn so mit meinen Kameraden. Trotz allen Sparens beim Kauen war bald nichts mehr übrig. Die Schwarteln hatte ich in die Uhrentasche am Hosenbund gesteckt. Auf dem Marsch holte ich von Zeit zu Zeit ein Schwartl heraus und kaute daran. Ein Hauptmann beobachtete mich dabei und bat um ein Stück von dem, das ich gerade im Munde hatte. »Ich hab es wohl schon weiß Gott wie oft im Munde gekaut«, bemerkte ich. »Macht nichts, gib nur her!« gab er zurück. So groß war der Hunger.
Soll man sich seines Hungers schämen müssen?
Es gab eine Mittagsrast, und ich döste neben einem Bahndamm im Graben. Plötzlich zerrten mich zwei Partisanen über die Geleise. Sie stülpten meinen Brotbeutel um und nahmen mir Löffel und Taschenmesser. Ein Buch und Briefe, die herausfielen, zerrissen sie. Auch mein Kochgeschirr nahmen sie mir. Als ich wieder bereit zum Abmarsch in der Einteilung stand, sah ich, daß auch andere ohne Kochgeschirr waren. Die Eßnäpfe lagen zu einem Haufen geschichtet auf der Straße, und ein paar Bewacher sprangen darauf herum. Es war für sie ein Vergnügen, das Blech flach zu treten. Bei der nächsten Essenausgabe gingen wir, die ohne Behältnis waren, leer aus. Wir mußten nun von denen, die als erste drankamen und bereits ausgetrunken hatten, ein

Geschirr erbetteln und uns rasch in die Reihe stellen, in der Hoffnung, daß der Kessel noch nicht leer wäre. Für alle hat das Essen meist nicht gereicht. In den Nächten begann jetzt das Eßgeschirrstehlen, und wer noch eines besaß, legte es zur Sicherheit beim Schlafen unter den Kopf.
Einmal gab es Brot, und unser Wachposten wollte für eine gerechte Verteilung sorgen. So schnitt er persönlich die Stücke vom Laib. Ich erhielt den Anschnitt, und gierig biß ich hinein. Mein Mund war aber so speichellos, daß ich kein Stück zu schlucken vermochte. So steckte ich die Rinde in die Tasche. Beim nächsten Lagern sah ich, wie einige Ustaschen mit bloßen Händen nach Wasser gruben. Sie lösten sich gegenseitig ab. Es dauerte ziemlich lange, bis sie in Mannstiefe auf feuchten Sand stießen und bald darauf ein Loch mit Wasser vollaufen konnte. In dem Gebüsch daneben entdeckte ich zwei arg zerbeulte Kochgeschirre. Die Besitzer waren wohl am Wasserloch beschäftigt. Ich nahm rasch eines an mich und stellte mich in die Reihe der wartenden Ustaschen. Die ersten füllten bereits ihre Behälter, doch ließen sie nur solche Wasser schöpfen, die mitgegraben hatten. Ich beugte mich über den Grabenrand und bot meine Brotrinde für Wasser an. Zu meiner Verwunderung murrte keiner der Anstehenden, die mitgegraben hatten, und keiner machte den Besitz an dem Eßnapf geltend, den ich in die Grube reichte. So blieb mir wieder ein Geschirr, das mich nun durch Jahre begleiten sollte. Kamerad Schönfeld fand für mich irgendwo noch einen Teelöffel. Das waren neben Decke und Schuhe die wichigsten Utensilien für das Leben in der Gefangenschaft. Wenn es ums Überleben geht, wandeln sich die Eigentumsbegriffe sehr leicht.
Es mag an der Illona gewesen sein, da sahen wir unter der flachgewölbten Brücke träg dahin fließendes, lehmiges Wasser. Wie die anderen stürzte ich über die Böschung, um aus dem Bach etwas vom lettigen Naß zu schöpfen. Doch wie

versteinert blieben alle stehen. Vor uns lag im seichten Flußbeet ein junger Ustasche mit zertrümmertem Schädel. Er hatte noch eine Fünf-Liter-Korbflasche unterm Arm. Verstört wichen wir zurück und reihten uns wieder bei den Marschierenden ein. Immer häufiger lagen am Straßenrand Tote. Erschöpfte bemühten sich wimmernd, auf die Füße zu kommen, voller Angst, erschossen oder erschlagen zu werden, wenn sie nicht mehr weiter kamen.

Am Himmel zogen Regenwolken auf, und Major Steyrer schlurfte ächzend neben mir dahin. Er hielt das Eßgeschirr vor sich, um die Tropfen aufzufangen. Doch sie fielen zu spärlich, es reichte für nicht einen Schluck. Bald brannte die Sonne wieder grausam auf uns nieder. Der nächste Rastplatz für Mittag war ein Holzlagerplatz, und alles suchte hinter einem Stapel Schatten zu finden. Schwarze Kessel standen da, sie waren gekippt, bereits leer. Auf einem Schmalspurgeleise standen einige Wagonetten, und manche krochen darunter. Ich kam zu spät und fand keinen Platz mehr. Ein flacher Graben war aufgeworfen und voll mit Exkrementen. Schon länger verspürte ich den Darmdruck, und so hockte ich zwischen den stinkenden Haufen. Mein Bemühen war vergeblich, und als sich Schwestern vom kroatischen Roten Kreuz der Stelle näherten, zog ich verschämt die Hose wieder herauf.

»Auf die Straße, in die Kolonne, weiter geht's!« hieß es. Einige erklärten, sie könnten nicht mehr. Sie blieben liegen. Auch Cornelius Steyrer sagte, er sei am Ende. Schönfeld und ich nahmen von ihm Abschied und dachten, ihn nie wieder zu sehen. Ein junger Kroate hatte bei dieser Rast versucht, durch das Buschwerk zu flüchten. Ein berittener Posten hatte ihn eingeholt und zerrte ihn jetzt an den Haaren in die Kolonne. Wir bogen in eine Dorfstraße ein, und ich sah weiter vorne Frauen am Straßenrand stehen.

Mir wurde übel und schwindelig. »Darf ich mich an deine

Schulter lehnen?« sagte ich zu meinem Nebenmann. Es war ein Luftwaffen-Feldwebel, neben dem ich gerade ging. Er hatte Kaffeebohnen in der Tasche und gab mir eine zu kauen. Es dauerte nicht lange, ich schwankte wieder und wollte mich an seiner Schulter halten. Dann wurde mir schwarz vor den Augen, und ich sackte zusammen.

Als ich wieder zu mir kam, war mein erster Gedanke: »Ach, wie schade! Es war so schön!« Ich merkte, wie ich von zwei Kameraden getragen wurde. Einer hielt mich an den Beinen, dem anderen lag ich auf der Schulter, beinahe waagrecht. Sie marschierten neben der Kolonne. Da sprang aus der Reihe der zuschauenden Frauen ein Mädchen und legte mir ein Päckchen auf die Brust. Ich sah noch ihre schwingenden Röcke, wie sie davonlief. Sie hatte den weißen Kittel der kroatischen Bauerntracht an. Ich versank erneut in Ohnmacht.

Als ich erwachte, hörte ich das Rattern von Rädern und wurde gewahr, daß ich auf einem Leiterwagen lag. Es hatte zu regnen begonnen und große, schwere Tropfen fielen mir auf das Hemd. Die verlauste Bluse hatte man mir ausgezogen. Auf meiner Brust lag kein Päckchen. Vielleicht war dies nur ein Traum? Eine barsche Stimme fragte: »Ist er tot?« Es war ein Posten, der aufspringen wollte und Platz brauchte. Mit einem Mal war ich hellwach. Das Gefährt fuhr ganz am Ende des Heerwurms. Die Gefangenen wurden zur Eile getrieben. Die Pferde begannen zu traben, und es schüttelte mich ordentlich auf dem Wagen. Ich hörte die Schreie von Kameraden, auf die man einschlug. In einem sumpfigen Gelände hielten wir an. Ich kletterte vom Fahrzeug. Ringsum hockten in Gruppen Gefangene, offenbar verschiedener Nationalitäten, denn auf meine Frage: »Gde su Svabe?« erhielt ich die Antwort: »Wir sind aus Sarajevo, bleib da.« Beim nächsten Haufen hieß es: »Wir sind aus Esseg, bleib bei uns!« Es tat mir wohl, zum Bleiben eingeladen zu werden, doch ich schleppte mich von Haufen zu Haufen weiter, bis ich auf Deutsche stieß. Es war inzwischen Nacht geworden, doch ich fand meinen Trupp. Ich bekam sogar meine Bluse und Essensreste von dem Päckchen, das mir das Kroatenmädchen zugedacht hatte. Bald versank ich in einen dumpfen Schlaf.

Am frühen Morgen weckte mich ein quälendes Rumoren in den Gedärmen, und ehe ich mich versah, hatte ich einen fürchterlichen Durchfall. Hilfesuchend sah ich mich um. Ich muß mich reinigen, muß meine Hose säubern können. Irgendwo muß ich zu Wasser kommen. Außerhalb der Postenkette lagerten die kroatischen Rotkreuzschwestern an einem Brunnen. Der Drusche hatte kein Mitleid. Ich bat ihn vergeblich. Die Wiese war versumpft und das Gras taunaß. Ich zog die Hose aus und rutschte auf dem Hintern über den feuchten Boden. Ich war kleinmütig und arg verzagt geworden. Ich kam mir vor wie ein kranker Hund, der dahinkriecht und seine Vorderbeine zwischen die hinteren setzt. Was war wohl die Ursache? War es die Hitze, das Wasser, die Ernährung, die tagelange Verstopfung, oder war es, weil ich die Kraft und den Mut verlor?

Weiter ging es Tag um Tag, Nacht um Nacht. Ich zog an Gruppen von Ustaschen vorbei, die in bloßen Hemden dastanden, weil man ihnen die Uniformen komplett ausgezogen hatte. Die armen Teufel saßen am Abend um ein verglimmendes Feuer. Nachdem sie nichts Brennbares fanden, zogen sie ihre Gummiopanken aus und warfen sie in die Flammen. Wie sie auf nackten Sohlen am folgenden Tag weiterkommen würden, schien ihnen gleichgültig zu sein. Oder ahnten sie, daß für sie das Ende gekommen war?

Mich quälten die verschiedensten Trugbilder. Ich sah bekannte Gesichter am Wegrand. War das dort drüben über dem Bach nicht Slavko, einer meiner Mitschüler? Jetzt hat er mich wohl erkannt und wendet sich ab. So ging es durch meinen Kopf, und ich begann zu zweifeln, ob ich noch richtig bei Verstand war.

»Sühnemarsch« durch Syrmien

In Esseg stießen wir erstmals auf eine große, geschlossene deutsche Einheit. Wir meldeten uns bei einem alten Oberst, namens Andrian. »Was, das sollen deutsche Offiziere sein,« meinte er entsetzt, als er uns sah, ungewaschen, unrasiert, voller Dreck und aller Habseligkeiten beraubt. Bald änderte er seine Haltung, als er unter uns Bekannte fand, auch Stabsoffiziere, also seinesgleichen darunter waren. Laval wurde von den Offizieren der 22sten freudig aufgenommen, und sie versorgten ihn mit dem Allernotwendigsten, denn sie waren noch nicht so ausgeplündert wie wir. Auch für Schönfeld und für mich fiel je ein Rasierapparat ab. Jetzt wurden wir von den Mannschaften der Wehrmacht und auch von den Ustaschen getrennt. Wohin diese getrieben wurden, und welches Schicksal sie wohl erwartete?

Neben mir saß einer, er nannte sich Leutnant von Mannstein, und löffelte aus einer Konservendose Suppe. Ich sah ihm zu und hoffte, er würde mir etwas übriglassen. Ich bettelte um den Rest, und er überließ mir ein paar Löffel voll. Hunger konnte so nicht gestillt werden. Ich hörte das Gespräch zweier Gefangener. Ein Gaul sei verendet. Ein Schlachtmesser bräuchten sie, und mit dem Posten sollten sie reden können. Wenn sie bloß einen Dolmetscher fänden! Sofort war ich hellwach und machte mich erbötig. Der Bewacher gestattete ihnen, zu dem toten Pferd über den Bahndamm zu gehen. Er lieh ihnen sogar sein Bajonett. Ich durfte nicht mit. Ob sie mir etwas bringen werden? Paul lag apathisch neben mir, er hatte sich aufgegeben. Ich sprach auf ihn ein, doch er hörte mir nicht mehr zu. Es war so gegen 11 Uhr nachts, als die von der Schlachtarbeit mit ihrer Beute zurückkehrten. Ich ergatterte ein Stück Leber und machte Schönfeld klar, daß Innereien viel nahrhafter seien, als das übliche Fleisch. Ich machte mich mit anderen an ein Feuer heran und sott die Kostbarkeit in meinem verbeulten Kochgeschirr. Die Pferdebeine lagen noch nebenan in einer Grube. Als ich sie suchte, waren sie schon verschwunden. Andere waren dabei, daraus eine Suppe zu kochen.

Die Einheiten, zu denen wir in Esseg gestoßen waren, hatten eine weitaus bessere Verfassung als wir, sowohl körperlich wie seelisch. Teilweise waren sie sogar mit Stöcken bewaffnet und begannen zu schreien und mit den Stöcken zu drohen, wenn nachts Räuberkommandos kamen und ihnen die wenigen Habseligkeiten entreißen wollten. Da lernte ich den alten Major von Kaltenegger kennen und bewundern. Er war damals bereits über sechzig, doch man sah ihm an, daß er als begeisterter Bergsteiger einen gut durchtrainierten Körper hatte. Er konnte etwas Slowenisch sprechen und war ständig bemüht, wo immer es not tat, sich für die Kameraden einzusetzen. Ich sah ihn die Marschkolonne entlang eilen, mit einem jungen Kameraden auf seiner Schulter, den er am Straßenrand aufgelesen hatte. Ich dachte nur, wer wird mich auf die Schulter nehmen, wenn ich das nächste Mal nicht mehr weiter kann.

An einem Abend lag ich neben Paul unter unserem gemeinsamen Mantel. Es hatte zu regnen begonnen und mich fröstelte. Ich glaubte, Fieber zu haben. Ich sah, wie Kaltenegger sich um alle Bedürftigen rundum kümmerte. Seinen Mantel, seine Decke, ja sogar seine Bluse hat er anderen gegeben. Da stand er im Regen. Handschuhe trug er noch. Für dieses Kleidungsstück interessierte sich auch kein Drusche. Einer von der 22sten bot dem alten Major für diese

Nacht seinen Schlafsack an. Ich war eingeschlafen, als ich jemanden um Hilfe und nach dem Dolmetscher schreien hörte. Es war die Stimme eines mir bekannten Majors. Er jammerte, weil man ihn berauben wollte. Es war stockfinstere Nacht, mir war elend zumute, ich sah niemanden, ich blieb liegen. »Fabian, Fabian!« hörte ich rufen, immer lauter. Mich schüttelte das Fieber. Ich konnte nicht aufstehen. Auch Paul war erwacht, doch auch er sagte nur: »Sollen wir den Mantel nicht unterlegen?« Der Boden war völlig durchnäßt und der Lehm glitschig. »Laß ihn los!« bestand Paul, und ich wollte ihn nicht hergeben und wehrte mich. Wir stritten uns, ob es wichtiger sei, sich im Regen zuzudecken oder sich auf den Mantel zu legen. »Legt Euch zu uns! Wir rücken auf der Zeltplane zusammen!« ließen sich Stimmen neben uns hören. Es gab noch Hilfsbereitschaft und Kameradschaft.
Am nächsten Morgen wurde ein Grab geschaufelt; es war für den, der in der Nacht geschrien hatte. Ein betrunkener Russe hatte ihn mit einer Eisenstange erschlagen. Kaltenegger hatte vergeblich zu dolmetschen versucht. Er hielt für den Toten eine kurze Gedenkrede und mahnte die Umstehenden, sich nicht um materieller Dinge willen solchen Gefahren auszusetzen, und seien es die wertvollsten Andenken; es sei klüger, sich davon zu trennen.
Wir zogen durch Dörfer, und unter blühenden Lindenbäumen brachte uns deren Duft zum Bewußtsein, daß wir Frühling hatten. Ich sog diese Köstlichkeit in mich hinein und war für dieses Geschenk der Natur dankbar. Bei der nächsten Rast lag ich bäuchlings auf dem ausgedörrten Boden und roch an einer Kamillenblüte. Ich hoffte, daß diese Düfte dazu beitragen könnten, die Gesundheit zu erhalten.
In Mitrowitz gab es Halt auf dem Fußballplatz. Nebenan hatte eine Gruppe bereits auf einem Feuer Tee gebraut und den Beutel weggeworfen. Paul hob ihn auf und suchte mit mir den Platz nach Brennbarem ab. Gebückt schlich ich über

den Platz und suchte nach ein paar Holzsplittern. Ich wollte schon aufgeben, wollte keinen Tee mehr und wunderte mich, daß ich mich für eine solch aussichtslose Suchaktion herbeigelassen hatte, da wurde ich plötzlich angerufen. Hinter einer aufgespannten Decke saßen Domobranenoffiziere, die mich von den Kriegstagen her kannten. Sie gaben mir aus einer Flasche zu trinken. Es war Ziegenmilch. Dankbar nahm ich diesen Schluck an. Ich kam an einem Brunnen vorbei, an dem Kroaten in einer Schlange standen. Ein Oberst stand dabei und sorgte für Ordnung. Auch er erkannte mich, doch er hatte nur ein höhnendes Wort für mich übrig. Was mit dem »deutschen Übermenschen« sei, spottete er, und ich wußte nicht, womit ich diese Gehässigkeit verdient hatte.

Wir zogen jetzt in Richtung Norden, und am Horizont sah ich die Silhouette von Bergen auftauchen, es war die Fruŝka Gora. Wir kamen in das Gebiet, das in weiten Teilen zu den Besitzungen des Fürsten Odescalchi gehörte. Nach meiner Dienstleistung beim serbischen Heer war ich als Forstmann in dessen Dienst getreten. Es war naheliegend, daß ich mich in Träume verlieren und damit die so bittere Wirklichkeit wenigstens zeitweise vergessen konnte.

Ich befand mich im Jahr 1937 in Sarajewo und war voller Freude abrüsten und endlich meine Uniform mit den Zivilkleidern vertauschen zu können. Die erste Nacht verbrachte ich in einem Heim für Arbeitslose und war erstaunt über den Komfort in diesem Hause. Es gab saubere Decken, und Duschen waren vorhanden. Ich war beim Militär nicht verwöhnt worden. Am nächsten Tag fuhr ich auf kürzestem Wege mit der Bahn hierher, um mich bei der Herrschaftsverwaltung vorzustellen. Bereits nach Abschluß meines Forststudiums in Agram hatte ich mich um eine Anstellung auf diesen Gütern beworben und einen Posten zugesichert erhalten. Verständlicherweise war ich schon gespannt, was mich nun im Beruf erwartete.

Hier in der Ebene waren die Bauern vielfach Siedler aus Schwaben oder aus der Pfalz, einige kamen auch aus der Slowakei. Serben kamen erst in jüngster Zeit hinzu. Deren Ansiedlung wurde durch eine Agrarreform im jungen jugoslawischen Staat gefördert. Prinz Eugen war es, der dieses Land den Türken entriß, und ein österreichischer Kaiser, namens Leopold, hat einen Teil davon Papst Innozenz XI., einem Odeschalchi, geschenkt. Dieser vermachte die Ländereien seinem Neffen; sie verblieben dann 200 Jahre lang im Besitze dieses italienischen Fürstengeschlechtes.

Die Fruŝka Gora, dieses langgestreckte Gebirge, ist weithin mit Wäldern bedeckt. Auch die Nachbarbesitzungen gehörten bekannten Adelsgeschlechtern, wie den Pallavicini und den Norman. Die Rebanlagen an den Südhängen allerdings waren teilweise im Besitz von serbisch-orthodoxen Klöstern.

Aus uns unbekannten Gründen gab es an diesem Tag eine Stockung von längerer Dauer. Ich lag neben einem Gestrüpp, vergaß Hunger und Müdigkeit und sah mich wieder als Forstadjunkt in Syrmien meinen Dienst antreten:

Als ich ankam, nahm ich mir im Dorfgasthof ein Zimmer. Es war eines jener typischen Gasthäuser, wie sie an Straßenkreuzungen in der ungarischen Ebene überall stehen. Ebenerdig oder höchstens einstöckig mit dem Eingang an der Ecke. Mir wurde eine Kammer im ersten Stock angewiesen. Es war ein einfacher Raum. Ich war glücklich, zum ersten Mal wieder einmal allein zu sein, denn während der ganzen langen Militärzeit mußte ich mit anderen zusammen schlafen. Ich warf meine Joppe über den Stuhl, denn tagsüber war es heiß gewesen. Angezogen, wie ich war, warf ich mich auf das Bett. Ich war stockmüde, denn die vergangenen Tage hatte ich viel Schlaf entbehren müssen. Jede zweite Nacht hatte man mich als Diensthabenden eingeteilt. Bald war ich

eingeschlafen, und als ich erwachte, war es finster im Zimmer. Vom offenen Fenster wehte kühle Luft. Die Straße war spärlich beleuchtet. Um etwas zu Abend zu essen, war es bereits zu spät. So kroch ich wieder in das Bett.
Am Morgen meldete ich mich bei Hofrat Rößler, er war der zuständige Verwalter der Herrschaft. Fast ein Jahr habe man auf mich gewartet, betonte er, und blätterte im meinem Wehrpaß. Arrest war keiner eingetragen und Sondernachtdienste und Strafwachen wurden nicht vermerkt. Er nickte wohlwollend. Ich hatte den Eindruck, er konnte gar nicht serbisch lesen. Ich mußte mich erst daran gewöhnen, »ergebenster Diener, Herr Hofrat« zu sagen. Mit diesem Tag begannen für mich sicher die zwei sorglosesten, wenn nicht schönsten Jahre meines Lebens.
Es war Herbst, und die Herrschaften waren zur Treibjagd gekommen. Die weiten Eichenwälder waren in »Jagen« unterteilt. Breite Aushiebe und Schneisen gewährten ein gutes Schußfeld. Ein Hornsignal war das Zeichen, daß es losging. Ich hatte die Schützen einzuweisen. Seine Durchlaucht erhielt natürlich den besten Platz. Diesen mußte ein Stock mit dem Buchstaben »D« kennzeichnen. Dann kam der Platz für den Grafen Sowieso, dann der nächste Graf und wieder einer, alle ihrem Range entsprechend. Nach jedem Trieb mußte ich mit meinem Büchlein in der Hand die Reihe entlanggehen und fragen: »Was haben Durchlaucht, was haben Herr Graf geschossen?« Ich kam ordentlich ins Schnaufen, wenn ich die Schneise etliche Male auf und ab gelaufen war. So war meine Hand auch nicht gerade ruhig, als es mich zum Schießen traf. Mein Platz war der neben der Prinzessin, und ausgerechnet zwischen uns beiden war der Fuchs entwischt. Er schien zu wissen, wo die schlechtesten Schützen stehen. Wir sahen uns an und lachten beide, als unsere Schüsse danebengingen. Prinzessin Anna war für meine Begriffe alles eher als schön. Sie war zu schlank,

beinahe mager, und ihr Gesicht stand voller Sommersprossen. Sie hatte aber eine liebenswürdige Art, ein anmutiges Wesen. Ich erhielt als Jüngster in der Jagdgesellschaft immer den schlechtesten Platz zugewiesen, auch wenn die Prinzessin nicht mit von der Partie war.

Es kam der letzte Tag der Jagdsaison, die Prinzessin ging diesmal nicht mit. Der Koch, ein Italiener, hatte auf der Wiese einen großen Holzstoß aufgeschichtet, um die Festlichkeiten vorzubereiten. Zum Leidwesen des Verwalters brauchte er für so ein Feuer mindestens einen Festmeter. Es war Mittag, und wir hatten gerade an den langen hölzernen Tischen Platz genommen, da erschien eine Abordnung von Bauern, und sie baten um eine Audienz beim Fürsten. Sie kamen aus Lug, einem Dorf, das rundum vom herrschaftlichen Wald eingeschlossen war. Sie möchten von der Herrschaft ein Stück Wald kaufen und roden, um ihre Existenz zu verbessern. Ihre Nachbarn seien wohlhabende Serben, die nicht bereit waren, Grund abzutreten. Es waren Slowaken. Ihre Familien zählten zehn bis vierzehn Kinder. »Kommunisten, alles Kommunisten!« schrie sie der Hofrat an. Sie sollten sich zum Teufel scheren und wurden abgewiesen. Es erschien mir ungeheuerlich, mit welcher Unkenntnis diese sogenannte »bessere Gesellschaft« neben der Wirklichkeit lebte. Wie konnte man Bauern als Kommunisten bezeichnen. Ich kam mir vor, als ob ich ins Mittelalter versetzt worden wäre. Sie sahen nicht, oder wollten in ihrem Wohlstand nicht sehen, welche Wolken sich am Horizont zusammenbrauten.

Es kam zum Aufbruch. Die Treiber, es waren an die hundertzwanzig notwendig, nahmen ihre Prügel auf. Danach kamen die Heger, die ihrerseits mit den Stöcken an Bäume und auf Büsche schlagen mußten. So wurde das Wild der Schützenkette entgegengetrieben. Ich war diesmal als Büchsenspanner einem italienischen Grafen zugeteilt. Als er hörte, daß

meine Mutter Südtirolerin und ich südlich des Brenners geboren worden sei, wollte er höflich sein und bemühte sich, deutsch zu sprechen.
Nach meiner Erinnerung ist die Strecke damals äußerst mager ausgefallen. Wir nahmen Aufstellung, um uns von der Herrschaft zu verabschieden, die mit zwei Autos wegfuhr. Es waren die einzigen Motorfahrzeuge in dieser Gegend und wurden entsprechend bestaunt. Jeder der Beamten hatte sein eigenes Gespann. Ich durfte mich auf den fürstlichen Jagdwagen schwingen.
Der Jagdleiter befahl: »Gewehre laden«, dann ging es los, quer durch den Wald auf den gewundenen Wegen. Vier Pferde von edelster Rasse zogen das schwere Gefährt, in dem ich saß. Als wir um eine Wegkrümmung bogen, standen da in der Lichtung eine Menge Leute, eine richtige Menschenansammlung. Das sind die erzürnten Bauern, dachte ich. Die werden uns jetzt Prügel verpassen; ich stand schon im Wagen auf und hob das Gewehr. Doch was war das? Die Leute knieten neben der Straße auf der Erde. Sie reckten uns ihre Hände entgegen und flehten uns an. Ich ließ meine Flinte sinken und schämte mich. Das waren die treuen Untertanen, die frommen, unterwürfigen Slowaken, sicher keine Rebellen. Ich brachte dieses Bild nicht mehr aus dem Sinn. Einige Monate darauf kündigte ich diesen Posten und sagte ein letztes Mal: »Ergebenster Diener, Herr Hofrat!«
Wie lange ich wohl so gelegen und gedöst haben mochte! Getrampel und Schreie riefen mich in die Wirklichkeit zurück, und weiter ging es auf ein Dorf zu, das ich sehr wohl kannte. Am Straßenrand standen Gaffer. Es waren nur Frauen und Kinder mit verwunderten, mitleidigen und dann wieder auch feindseligen Blicken. Ich glaubte mich von den Posten unbeobachtet und nahm mir ein Herz. Die magere, schielende Frau dort redete ich an: »Wo sind die Beamten der Herrschaft geblieben? Und die Schwarzers?« Das war eine

Familie, die ich besser kannte. »Auch fort, sind alle fort.« War die Auskunft der Alten. Es blieb ihr vor Verwunderung der Mund offen.
Am Abend erreichten wir die Stadt Ruma und standen, eine Stockung abwartend, vor einem spärlich beleuchteten Kinogebäude. Buben sprangen davor johlend und grölend umher und beachteten uns kaum. Zu viele Gefangene waren offenbar schon durch die Straßen gezogen. Dort, auf der gegenüberliegenden Straßenseite, in dem langen, ebenerdigen Haus, saß ich vor Jahren an einer festlich gedeckten Tafel, und vor mir lag Silberbesteck und standen Kristallgläser. Es war wohl zur gleichen abendlichen Stunde. Neben mir saß ein hübsches, schlankes Mädchen, uns gegenüber deren Eltern. Es waren Ungarn, die mich zum Essen eingeladen hatten und die es gar nicht ungern gesehen hätten, wenn es zu einer Heirat gekommen wäre. Da hätte mein Leben wohl einen ganz anderen Lauf genommen.
Die Nacht verbrachten wir außerhalb des Ortes. Wir erhielten Polenta, und ich mußte endlos lange in der Reihe vor dem Kessel stehen. Ich konnte mich kaum mehr auf meinen Füßen halten. Gierig verschlangen wir den Brei, obwohl er wie immer ohne Salz und daher fad war. Da stieg mir ein angenehmer Geruch in die Nase. Fleisch glaubte ich zu riechen, und ich konnte nicht anders; ich tappte im Dunkeln zu dem Feuer, von dem etwas Rauch aufstieg. »Brutzelst du da Gulasch?« fragte ich neugierig. »Es sind Zwiebel, nur reine Zwiebel, die ich röste,« wurde ich aufgeklärt. Ich glaubte, selten etwas so Köstliches gerochen zu haben. Als ich zu meinem Lagerplatz zurückschlich, erlebte ich eine besondere Überraschung. Da bot mir im Dunkeln ein mir unbekannter Mitgefangener einen Mantel an. Er wollte ihn nicht mehr mitschleppen.
Mit neuer Zuversicht marschierte ich in der Morgenkühle weiter. Zu dieser Tageszeit ging es immer leichter. Wenn

dann die Sonne über der Ebene aufstieg, litten wir von Tag zu Tag ärger unter der sengenden Hitze. Eine Allee erreichten wir, und ich erkannte schon von weitem die kugelförmigen Kronen der Maulbeerbäume. Tatsächlich lagen auch schon reife Früchte, die »Muren«, im Staub am Straßenrand. Mit einem Sprung war ich aus der Reihe, sammelte von den süßen Beeren, soviel ich in aller Eile nur konnte, und schlang sie samt dem anhaftenden Dreck in mich hinein. Andere sahen dies, da gab es kein Halten. Alle stürzten sich auf diese Früchte, doch die Posten trieben uns bald wieder in die Reihen.

Es dauerte nicht lange, und es kam bei mir zu einem fürchterlichen Durchfall. War es die Ziegenmilch, die »Muren«, oder der Dreck? Es war einerlei. Ich mußte immer wieder in den Straßengraben. Ausgerechnet an diesem Tage bildete unsere Marschgruppe wieder einmal das Schlußlicht. Hinter uns kamen die »Nachtreiber«. Das waren Druschen mit Stöcken bewaffnet. Sie schlugen unbarmherzig auf die da Hockenden oder gar Liegenden ein. Die Hose in der Hand haltend, lief ich die Reihen entlang, möglichst weit nach vorne, dann hinunter in den Graben und wieder herauf, ehe das Kolonnenende näher kam. Dann hielten wir Einzug in Peterwardein, in den Kasematten der alten Festung an der Donau. Zu Österreichs Heldenzeiten wurde sie unter Prinz Eugen als Bollwerk im Kampf gegen die Türken errichtet. Für uns fand damit nach beinahe vier Wochen endlich der sogenannte »Sühnemarsch« sein Ende.

In den Kasematten von Peterwardein

Es war der Tag des heiligen Antonius, der 13. Juni, als wir hier ankamen. Nun lagen wir in dumpfen, schmutzigen Gewölben. Ich überlegte, wie ich diesen Ort verschlüsselt nennen könnte, wenn es mir gelänge, einen Brief in die Freiheit zu schmuggeln. Etwa: »Peter-wart-ein-wenig.«

Als Dolmetscher wurde ich ersucht, beim Ausfüllen von Fragebogen zu helfen. Es waren blaugraue Karteikarten, die angeblich für das Rote Kreuz bestimmt waren. In langer Reihe traten die Offiziere an unseren Tisch. Ich stieß meinen Nachbarn an: »Den kenne ich aus Marburg!« Es war ein wohlhabender Rechtsanwalt, zuletzt Richter bei der 373. Division. Seine Kleidung war recht auffällig, denn er trug noch eine Reithose aus bestem Stoff. Ich sprach ihn an. »Wenn sie mich hier entlassen, gebe ich dafür mein halbes Haus«, äußerte er in kindischer Einfalt. Sie werden dir schon das ganze nehmen, dachte ich. Dies blieb ihm erspart, denn bereits zwei Wochen später lag der stolze Hausbesitzer unter der Erde.

Neben mir saß als Dolmetscher Peter Jahn mit einer goldenen Brille auf der Nase. Es waren also noch einige, die noch keine »Entlausung« miterlebt hatten. So nannten wir die Plünderungen durch die Partisanen. An Pawlik, der als deutscher Lagerkommandant fungierte, wandte sich Jahn mit der Bitte, er möge ihn zu einem Arbeitskommando außerhalb der Festung einteilen. Er sei aus Neusatz, gleich über der Brücke zu Hause, und möchte dahin. Oder ob er für ihn einen anderen Rat wüßte. Der Kommandant wich einer solchen

Antwort aus, er könne keine Empfehlungen für das Verhalten geben. Jetzt müßte jeder selbst wissen, was klug sei. So senil waren manche bereits geworden. Wohl eine Folge der mangelhaften Ernährung.
Ich hielt ständig Ausschau, ob nicht ein mir bekanntes Gesicht unter den Gefangenen auftauchte. Jeden Tag trafen Neue in der Festung ein, auch solche, die in Istrien im Einsatz standen. Ich hoffte, einen Vetter von mir wiederzusehen, den ich nur als Buben gesehen hatte. Ob ich ihn wiedererkennen würde?
Ich befand mich gesundheitlich in einem elenden Zustand, und Hunger und Läuse plagten mich. Es wurde so etwas wie ein Krankenrevier eingerichtet, und ich meldete mich dort. In dem Raum standen eiserne Stockbetten, ja sogar Leintücher, weiße Leintücher, gab es für einzelne. Medikamente gab es so gut wie keine. Ein süßlicher Geruch kam mir entgegen, der von Eiter. Ich erhielt ein Stück Brot. Das sollte ich kauen so lange wie möglich, aber ja nicht schlucken.
Merkl hieß der junge Arzt, der sich um jeden einzelnen bemühte. Er redete jedem hart und streng ins Gewissen, sich zusammenzunehmen und sich nicht gehenzulassen. Jeder, der irgendwie aufstehen könne, solle Platz machen, er brauche dringend die Pritschen für schwere Fälle. So trat er auch vor mich hin, das Schiffchen keck und schräg auf seinem Kopf. Er war mir schon auf dem Marsch aufgefallen als einer von der 22sten. Unter mir lag ein Nachrichtenoffizier, der angeblich aus der Gegend von Kitzbühel stammte. Der Sprache nach müßte er aus dem Norden Deutschlands kommen; wird sich dort angekauft haben, dachte ich. Neben mir lernte ich einen Oberleutnant Lakeit aus Ostpreußen kennen. Ein Freund von dem Kitzbüheler war noch da. Peter Sutter nannten sie ihn. Wenn er nicht so wie die anderen nach Läusen suchte, schrieb er stundenlang Noten auf seine Zettelchen und ließ sich beim Komponieren von niemandem stören. Zu

seiner Entspannung legte er zwischendurch Patiencen. Wir vier leisteten der Aufforderung des Arztes Folge.
Neben den Deutschen waren auch Offiziere anderer Nationalität in der Festung. Ich fand meine Bekannten nach einer inzwischen erfolgten Entlausung in einem großen Raum. Ich durfte als »Unreiner« nicht hinein und mußte mir im Gang einen Platz suchen. Der Nebenmann stellte sich als Hauptmann Perdatscher vor. »Aus Gfrill in Südtirol?« rief ich, freudig überrascht, einen Landsmann zu treffen. Er stamme von dort, sei jedoch schon lange in Wien. Leider verlor ich ihn zunächst aus den Augen, und wenige Wochen später war er bereits tot.
Inzwischen wurden die Kroaten in die Entlausung geführt und so stellte ich mich im Hof in ihre Reihe. Das Sich-dazu-Schmuggeln wäre bei Preußens nicht so einfach gewesen. Auf dem Boden lagen Spiegelscherben. Den größten davon nahm ich an mich und freute mich über diese Erwerbung.
Die Agileren unter den Deutschen begannen sich in einer Ecke zu Vorträgen und Diskussionen zu sammeln. Wer fähig war, konzentriert zuzuhören, konnte dabei sicher den Hunger vergessen. Ich war in einem so geschwächten Zustand, daß ich zeitweise in Apathie verfiel und von den Vorgängen ringsum kaum mehr etwas wahrnahm. Von dieser Haft in Peterwardein blieb mir daher auch wenig in Erinnerung. Ich befand mich in einer Art Wachtraum. Ich sah mich unter den Soldaten auf dem Rückzug aus Rußland, so wie es das Gemälde von Boissard de Boisdenier darstellt. Das war zwar im Winter und nicht im Mai, doch deutlich sah ich mich in der schwarzen Kolonne von Reitern, die sich im Bogen windend in der Ferne verloren. Das trostlose Grau ging in ein unendliches Weiß über. Der Himmel war düster, in bleiernem Nebel verschwommen. In dem Grau lösten sich einzelne Gestalten in Nichts auf. Über uns schwebten Geier, die sich groß und schwarz vom drohenden Gewölk abhoben. In

der Ferne verlor sich dieser Vogelzug. Da schob sich durch schleierhafte Nebelfetzen die Sonne, und neben mir stand die dunkle Gestalt eines gesattelten Pferdes, das sich im kalten Wind mit der flatternden Mähne furchtsam vornüberbeugte. Ein Orkan brach auf einmal los und ließ alle Lebewesen vor Kälte erstarren. Neben dem hängenden Kopf des Pferdes tauchten verschwommen zwei menschliche Gestalten auf. Die eine, mit Umhang und Helm, bückt sich zu dem zusammengebrochenen Kameraden. Dort stehen Dragoner in ihre Mäntel gehüllt, und halb vom Schnee verweht sehe ich ein Geschützrad. Elend, Trostlosigkeit und Verzweiflung rundum. Wir müssen weiter durch den Schnee. Da liegt einer halb erfroren, es ist der General, der um Hilfe fleht.

Alles war in Schwarz-weiß, wohl meiner Stimmung entsprechend, grauenvoll und hart. Plötzlich kam aus dem Bild heraus ein Frauengesicht auf mich zu, fahl, mit erschrockenem Ausdruck; die Augen, ja das ganze Gesicht war vor Schreck erstarrt und von einer Fackel angestrahlt. War das nicht die Frau auf dem Bild von Georges de la Tour »Auffindung der Leiche des Hl. Sebastian«? Ich wollte rufen, schreien, doch ich brachte keinen Laut hervor. Ich hörte auch nichts mehr. Ich mußte ein Taubstummer geworden sein. Taubstumme haben eine besondere Empfindungsfähigkeit. Ich war überzeugt, diese Bilder konnte nur ein Taubstummer verstehen. Ich mußte nachdenken, wann und wo ich einem taubstummen Menschen begegnet war. So flogen meine Gedanken zurück in die Zeit meiner Kindheit:

Zu Ostern durften wir Buben von Marburg aus zu einem Onkel in Unterkrain fahren. Es war der Hof, auf dem unser Vater aufwuchs und der von seinem Bruder bewirtschaftet wurde. Dort erwartete uns eine Taubstumme, eine entfernte Verwandte, die auf dem Hof ihren Dienst tat. Sobald sie uns kommen sah, lief sie uns entgegen, ihren langen Rock hatte sie um die Mitte zu einem dicken Wulst aufgeschürzt. Sie drückte uns stürmisch an sich. Vor Rührung kamen ihr die Tränen, und mit übertriebenen Gesten und verzerrtem Gesicht versuchte sie, ihre Freude zu zeigen. Ich fand ihre blasse, ungesunde Gesichtsfarbe abstoßend. Sie war so weißlich fahl, eben wie die von Menschen, die nie aus dem Haus und in die Sonne kommen. Sie hat meine Ablehnung bemerkt und ist danach verschüchtert und lautlos verschwunden. Wenn ich später zurückdachte, tat es mir leid, daß ich ihre Liebe so verständnislos zurückgewiesen habe. Jeden Morgen fanden wir unsere Schuhe, von ihr sauber geputzt, bereitgestellt. Beim Abschied stand sie wieder vor dem Haus und hat mit ihren langen Armen gewunken, immerzu gewunken, solange sie uns sehen konnte, bis wir und auch die weiße Straße im Tal hinter den Hügeln verschwanden.

In Peterwardein nahm ich durch Tage kaum wahr, was um mich geschah. Immer wieder wurden die Bilder vom Leben und der eigenartigen Welt im karstigen Unterkrain beinahe zur Wirklichkeit, und was ich nicht selbst erlebt hatte, wußte ich aus den Erzählungen meines Vaters.

Unser Großvater hatte in Graz beim österreichischen Heer gedient, und zwar sieben Jahre lang, und geriet danach bei Kriegshandlungen in Gefangenschaft. Das war eine lange Zeit, und so wähnte man zu Hause, er sei tot. Schreiben konnte er nicht. Seine Frau erhielt keine Post und hatte inzwischen seinen Bruder geheiratet. Eines Tages stand der Heimkehrer unter der Tür. Es gab Auseinandersetzungen und Streit. Er hatte eingeschlagene Zähne, deshalb wollte man ihn beim Militär nicht mehr behalten. Er sei über eine Stiege gefallen. Das Gesicht war verunstaltet. Der Pfarrer des Dorfes hatte schließlich zu entscheiden. Er sprach die Frau dem ersten Mann zu.

In der Familie gab es so zunächst zweierlei, nach dem Tod

dieser Frau sogar dreierlei Kinder, insgesamt elf an der Zahl. Alle kamen ins Kloster, bis auf den Ältesten, der als Bauer den Hof zu übernehmen hatte. Im Ordensstand verblieben Hermagoras, der im Kloster den Namen Pater Benjamin erhielt und dem die Tanten das Studium bezahlt hatten, ferner drei Ordensfrauen, wovon Filomena in Laibach, Dominika in Bischoflack und Copertina in Marburg begraben liegen. Die anderen kehrten dem Kloster später wieder den Rücken. Die hübscheste der Schwestern soll Nezka, Agnes, gewesen sein. Sie wurde von ihrem Orden nach Holland geschickt und sollte sich auf den Einsatz in der Mission vorbereiten. Bei einem Heimaturlaub kam nachts ein Bursche ans Fenster, den sie schon früher abgewiesen hatte. Hartnäckig versuchte er es von neuem, fand aber kein Gehör. Gekränkt und voller Zorn warf er Steine durch das Fenster. Mit einem traf er den Arm von Agnes. Die Verletzung war so schwer, daß ihr in Holland der Arm abgenommen werden sollte. Doch das ließ der Großvater nicht zu, und so wurde sie nach Hause geschickt.
Mein Vater Fortunat, ein Zwillingsbruder von Benjamin, erzählte uns, wie er damals aus dem Internat in den Ferien nach Hause kam. Er hatte es mit dem Pfeifen und pfiff eine Melodie nach der anderen, bis es Nezka in ihrer Kammer zuviel wurde. Sie bat ihn, aufzuhören und rief aus dem Fenster, nächstes Jahr könne er pfeifen soviel er wolle. Als er im folgenden Sommer auf Urlaub kam, war sie bereits verstorben.
Vor unserem Großvater hatten wir großen Respekt. Er war auch sehr streng. Ich erinnere mich, wie wir auf dem Sandhaufen, der vor dem Stubenfenster lag, hinaufkletterten und herunterrutschten. Großvater saß am Ofen, sah uns bei diesem Sandwühlen und begann mit seiner kreischenden Stimme lautstark zu schelten. Wir setzen uns jedoch gerne zu ihm, wenn er Geschichten zu erzählen begann. Beim

»Tschillen«, so nannte man das Kukuruzfiedern, bot sich dazu immer die Gelegenheit. Einige seiner Schilderungen von Erlebnissen blieben mir lebhaft in Erinnerung. In meinem Trancezustand holte ich sie aus meinem Gedächtnis hervor, vom Wunsche erfüllt, sie einmal weitererzählen zu können.

Einmal war Großvater allein im Wald beim Streurechen. Es gab reichlich Eichen- und Buchenlaub, das er zu Haufen schichtete. Als es zu dunkeln begann und er mit der Arbeit noch nicht fertig werden konnte, entschloß er sich, in einem Laubhaufen zu übernachten. Der Weg nach Hause war ziemlich weit. In der Nacht hörte er das Heulen eines Wolfes. Er war verwundert; denn normalerweise kamen die Wölfe aus den Gotscheer Wäldern über die Gurk erst, wenn sich in strengen Wintern die beißende Kälte ankündigte. Das Heulen kam immer näher, und schließlich hörte er den Wolf an seinem Haufen schnuppern. Er stieß jenen Laut aus, der die Meute herbeilocken sollte. Großvater war vor Angst und Schrecken erstarrt und wagte sich nicht zu bewegen. Als der Wolf jedoch von der Meute keine Antwort erhielt, ließ er plötzlich von der gefundenen Beute ab und entwich. Es mußte wohl ein Einzelgänger gewesen sein. Großvater lief jedenfalls noch in der Nacht so schnell er konnte nach Hause.

Ein anderes Mal wußte er uns eine Begebenheit aus der Zeit der Okkupation Bosniens zu erzählen:

Ein Onkel von ihm ist dort als Offizier mit dabei gewesen. Er muß sehr begabt gewesen sein; denn es war allerhand, wenn es ein slowenischer Bauernbursch ohne jegliche Vorbildung beim österreichischen Heer so weit brachte. Aber leider trank er sehr gerne, und diese Schwäche wurde ihm zum Verhängnis. Da hatte er mit seiner Einheit gerade ein Dorf besetzt. Dies mußte voll Übermut gefeiert und dabei tüchtig getrunken werden. In der folgenden Nacht wurden sie von Bosnia-

ken überfallen und gefangengenommen. Er konnte jedoch flüchten und sich nach Hause durchschlagen. In Unterhosen sei er nach tagelangem Umherirren dort angekommen, und der Großvater hat ihn auf seinem Hofe versteckt. In seiner Schande wagte er es nicht, sich beim Militär zu melden. Nach Jahren fand er einen Posten beim Finanzamt in Wien.

Die Osterferien durften wir drei Brüder stets in Unterkrain verbringen. Das österliche Hochfest wurde dort in besonderer Weise gefeiert. Es gilt wohl bei allen Slawen als das höchste und schönste Fest des Jahres. Das Bauernvolk war fromm und erfüllte das ganze Jahr über fleißig die Sonntagspflicht. Besonders wichtig war für sie, im Frühjahr den Segen für ihre Arbeit zu erbitten und im Herbst nach der Ernte für den kargen Ertrag ihrer Böden zu danken.

Eine Gehstunde weit von Vaters Heimatdörfl entfernt lag die große Pfarrkirche. Sie war den Heiligen Hermagoras und Fortunatus geweiht. Daher erhielten mein Vater und sein Zwillingsbruder deren Namen. Über den Katzenberg, einem langgestreckten Hügel, wand sich der steinige Weg zu Kirche und Pfarrhof hinauf. Es war so angenehm, wenn uns auf dem Kirchweg die Frühjahrssonne wärmend auf den Rücken schien. Wortkarg trotteten die Bauern dahin und grüßten einander beim Überholen: »gresté?« (geht ihr?). Worauf eine ebenso einsilbige Antwort kam: »gremé (wir gehen)!« Auch mit den Verwandten wurde kaum ein weiteres Wort gewechselt. So ging dies jeden Sonntag, jahraus, jahrein. Zur Kirche, sie stand hoch oben auf dem Hügel wie ein Schloß, führte eine breite, steinerne Treppe. Von dort konnte man so schön den Prozessionsweg verfolgen. Mit bunten, flatternden Fahnen wand sich der Zug über die Felder. Zur Osterfeier war dann die Kirche gesteckt voll. Die Buben waren alle auf Glatze geschoren und staken in neuen, steifen Kleidern. Dennoch verbreiteten sie den säuerlichen Geruch nach Schweiß.

Da war ein Kaplan, der sich darüber ärgerte, daß einige der erwachsenen Burschen vor der Tür blieben. Einmal verlas der Hitzkopf die Namen derer von der Kanzel, die in einer Gruppe draußen standen. Ein zweites Mal fotografierte er sie sogar und zeigt die Bilder her. Wäre nicht Onkel Josef neben mir gekniet, ich wäre bei der Kirchtür hinaus, so ärgerte mich das. Es hat sich später gerächt, daß sich die Geistlichen in jener Zeit so viel herausgenommen haben. Während des Krieges ging die Kirche in Flammen auf.
Nach der Auferstehungsfeier heimgekommen, saßen wir um den Tisch vor einem runden, wohlgefüllten Korb. Die Bäuerin hatte ihn auf ihrem Kopf zur Weihe getragen. Bunte Eier (pirhi), verschiedene Brote, Krainer Würste, Potizzen und anderes mehr lag darin. Der alte Bauer erhob sich vor dem Essen feierlich und hielt eine kurze Ansprache. Er erinnerte an die schweren Zeiten während der Türkenkriege, als alles niedergebrannt wurde und Not und Elend im Lande blieben. Als erstes Gericht kam die »Alleluja-Suppe« auf den Tisch. Sie bestand aus Rübenblättern, in Wasser gekocht, ohne Zutaten. Es sei dies damals die einzige Nahrung gewesen, sie soll uns an jene Zeiten erinnern, mahnte der Hausherr. Wer nicht will, müsse nicht davon essen, doch er halte etwas auf Tradition. Er begann zu löffeln, und er wäre sicher zutiefst gekränkt gewesen, wenn wir es ihm nicht gleich getan hätten. Danach kamen in reichlichem Maße die verschiedenen Gerichte wie Sarkelj, Pehtran-Potizzen, Geräuchertes und dazu der »cvíček«, der saure Wein. Feierlich hob der Hausvater sein Gläschen, hielt es gegen das Licht und betrachtete das Rubinrot, ehe er trank. Kein Priester hätte die Zeremonie bedächtiger und würdiger vollziehen können.
Arm war diese Gegend und bedürfnislos lebte die Bevölkerung. Dennoch kamen auch hierher Zigeuner, die damals als eine richtige Landplage galten. Sie bettelten nicht, sie verlangten, forderten: »Brot . . ., Eier, kožice . . ., Schwartln . . .!«

Wenn sie meine Brüder oder mich erblickten, waren sie weg; am ersten, zweiten, auch am dritten Tag. Da sagte der Bauer: »Ihr dürft euch nicht mehr außer Haus zeigen. Wenn sie nichts bekommen, zünden sie mir womöglich die Scheune, die Harpfe (kozolec) oder die »zidanca« an; das war das Häuschen im Weingarten mit der Presse und den Fässern, weit draußen in der Flur, etwa zwei Stunden zu gehen. Damals hieß es sparen und knausern auf den Höfen, denn die einzige Einnahme war der Erlös aus dem Verkauf der Ochsen oder dem Eichenholz. So gab es Jahre, in denen jegliche Einnahme ausblieb. Die Bauern in Unterkrain waren richtige Selbstversorger. Sie bauten Gerste, Mais, etwas Buchweizen an, daraus bereiteten sie den Heidensterz, vor allem aber Hirse; die Kaŝà, der Hirsebrei, war ihre Hauptnahrung. Da saßen wir unter dem Kreuz im Hergottswinkel an dem großen Geviertisch und löffelten alle aus einer Schüssel. Die Kaŝà knirschte richtig unter den Zähnen, doch ich aß sie sehr gerne. Bezeichnend war der Ausspruch, den einer getan haben soll und der gerne weitererzählt wurde: »Mat' duje, bobro ste skuhal, 'ẑgance pakrompir? (Was? Muattr, gar zweierlei Guats' hobts' kocht, Sterz und Erdäpfel?)«
Einmal erlebte ich den Verkauf von Ochsen mit. Vier Männer waren auf dem Hof erschienen und saßen an unserem massiven Tisch. »Bleib nur! Du sollst zuschauen!« meinte der Onkel, als ich aus der Stube wollte. Es ging um zwei große, starke, fleischige Ochsen, die draußen im Stall auf der dicken, braunen und trockenen Buchenlaubstreu standen und die sie sich vorher gründlich angesehen hatten. Jetzt wurde gehandelt. Viertausend Dinar? Nach längerem Feilschen kam es bei Viertausend zum Handschlag, und das Geld wurde auf den Tisch gezählt. Zuletzt schob der Bauer den Käufern einen Dinar zurück. Damit konnte man sich damals zwei Semmeln kaufen. Ich hielt das nicht für möglich und schämte mich für meinen knausrigen Onkel. Ich glaube, ich

bin bis hinter die Ohren rot geworden. Doch in voller Ruhe und fast mit feierlicher Gelassenheit strich der Käufer dieses armselige Trinkgeld ein. Damals wurde mir zum ersten Mal bewußt, welchen Wert das Geld für Leute hat, die es so schwer verdienen müssen.

Durch Tage und die halben Nächte lag ich in dieser Feste Peterwardein, träumte von der Unterkrain und kam von diesen Wachträumen kaum los. Von dem, was um mich wirklich vorging, nahm ich selten etwas wahr.

Immer wieder stand dieser Onkel vor mir, der Bauer im Karst. Im Dorfe war er angesehen, ja er galt in jener Gegend als wohlhabend; er sei wie ein König, »kot kralj na Betajnovi«, hörte ich sagen. Seine Nachbarn waren alles Kleinhäusler, »kajẑljarji« oder »Sabenki« (Mitarme) wurden sie genannt. Er kam mit ihnen wenig zusammen und hatte selten mit ihnen zu reden und wenn, dann fiel das Gespräch ihrer Wesensart gemäß sehr kurz aus. Vielleicht gab es beim Schnapsbrennen Gelegenheit dazu, das er für andere besorgte. Da saßen sie in der Hütte, die zur Hälfte in der Erde stak, beisammen und sahen dem leisen Herabtröpfeln zu und verkosteten zwischendurch den warmen Schnaps.

An so einem Festtag, wie zu Ostern, blieb Onkel Josef nach dem fetten Essen bei seinem sauren Wein, den er ganz hoch schätzte, sitzen. Für ihn war alles kostbar, was diese steinige, karge Erde hervorbrachte, und er erwartete, daß wir seinen Trunk lobten. Wenn wir mit ihm an dem großen Tisch saßen, kamen wir Brüder uns wie richtige Männer vor. Dies erst recht, wenn er gesprächig wurde und uns von seiner großen Zeit zu erzählen begann. Von seinen Erlebnissen im Ersten Weltkrieg und seinen Einsätzen, zunächst in Serbien bei Viŝegrad, dann in Galizien gegen die Russen und schließlich gegen Italien bei Feltre, Assiago und Assiero, zuletzt bei Doberdob am Isonzo.

Kurz nach dem Einmarsch der deutschen Truppen in Jugo-

slawien im Frühjahr 1941 kam ich ein letztes Mal in diese Gegend. Ich wurde damals zur sogenannten »Organisation Todt« verpflichtet, und wir wurden zur Instandsetzung von Straßen und Brücken in das Gurktal entsandt. Ich nutzte die Gelegenheit und stieg zum Heimathof meines Vaters hinauf. Die Familie war dabei, die letzten Äcker zu pflügen. »Wir haben auf Euch gewartet (na zadjih ivahna zadnjih njivah)«, empfing mich der alte Mann. Er spannte seine Ochsen aus, ging mit in die Stube, und es wurden die österlichen Köstlichkeiten aufgetischt: Ostereier, Schinken, Krainerwürste und Kren dazu.

Damals wollte es mir gar nicht munden. Wir standen vor dem Haus und sahen hinunter auf die sich dahinwindende Straße drunten im Tal. Er erzählte mir, wie die Italiener einmarschiert sind und durch dieses Tal zogen. »Kjer so Italjanĉki« (Italienerchen) nannte er sie geringschätzig, und mir schien, als fühle er sich noch in der Uniform des alten Kaisers. Ich konnte damals nicht ahnen, daß ich die alten Leute auf unserem Stammhof und auch die smaragdgrüne, träg dahinfließende Gurk nie mehr wiedersehen würde.

Ich sah zeitweise nichts als das träge Wasser der Gurk vor meinem geistigen Auge, den Fluß, mit dem mich so manche Jugenderinnerung verband und der seine tückischen Wasserfälle im verborgenen hält. Ich sah nur mehr das träge Wasser, träge ..., träge ..., träge ...

Das ist beinahe alles, was ich von der Zeit in Peterwardein in Erinnerung behielt. Ich war in so einem Zustand, daß ich auch nicht wußte, wie wir damals in den Banat nach Werschetz gekommen sind. Den Marsch über die Theißbrücke habe ich kaum bewußt erlebt. Es soll angeblich am 1. Juli gewesen sein. Ich fand mich in einem Barackenlager zwischen Bahnof und Stadt Werschetz wieder. Dreitausend deutsche Offiziere, eintausendfünfhundert Domobranen und einige Italiener waren hier zusammengezogen worden.

Lager Werschetz: Sommer 1945

Wir kauerten auf dem bloßen Betonboden von Hallen, die einst der deutschen Wehrmacht als Nachschublager dienten. Ein Teil war aus Holz, andere mit Ziegelwänden errichtet. An den Längsseiten der Baracken hatte man als Splitterschutz hohe Erddämme aufgeworfen. Manche von uns hatten noch einen Rucksack oder wenigstens einen Brotbeutel, den sie unter den Kopf legen konnten. Mit meinem Kopfnachbarn hatte ich bald Reibereien. Es war ein Lehrer aus dem Gailtal, der in kleinlicher Weise behauptete, ich würde zuviel Platz beanspruchen. Ich hatte Angst, länger auf dem Beton liegen zu müssen und suchte nach einer Unterlage für mein »Kreuz«. Ich fand ein paar kurze Latten. Unser größtes Problem war der Wassermangel. Es gab im ganzen Lager nur einen einzigen Tiefbrunnen, und der gab wenig her. Die Hitze war in diesem Sommer besonders drückend. Müde und niedergeschlagen lagen oder krochen die Halbverhungerten umher. Aus leeren Aluminiumbehältern, die in einer Ecke lagen, begannen einzelne Essen- und Wassergeschirr zu fertigen. Am Brunnen gab es Streit und Gerangel. Die deutsche Lagerleitung versuchte, Ordnung zu schaffen. Es wurde eine Brunnenwache eingeteilt, und der jeweilige Posten erhielt zur Kennzeichnung ein Schild, wie ein Feldgendarm, umgehängt. Jedes Bataillon erhielt abwechselnd die Stunde zugewiesen, in der dessen Angehörige sich dort in Schlange stellen und pumpen durften. Es wurde genau gestoppt: Zwei Minuten pumpen, hieß es, dann zehn Minuten warten, bis sich wieder etwas Wasser im

Schacht gesammelt hatte. So ging es Tag wie Nacht, und man ließ sich gerne wecken, um einen Schluck zu ergattern. Wer im Kochgeschirr von dem kostbaren Naß fingerhoch hatte, mußte sich für 24 Stunden zufrieden geben. So mancher ging nach langem Anstehen leer aus und kehrte mit seinem ganzen Durst an seinen Lagerplatz zurück, weil die Zeit für sein Bataillon verstrichen war. Da gab es keinen Pardon und da nützte kein Betteln. Zum Waschen wurde gelegentlich Wasser mit einem Tankwagen auf einem Anschlußgeleise hereingeschoben. Es schmeckte nach Benzin und war nicht genießbar. Aber es hieß auch damit sparsam umgehen. Ich hatte eine Aluminiumschale und einen handtellergroßen Leinenfleck ergattert, um meine Körperpflege durchführen zu können. Erst nach Wochen wurde erreicht, daß ein Trupp von solchen Gefangenen, die sich noch kräftig genug fühlten, unter strenger Bewachung einen Leiterwagen mit einem großen Faß in die Stadt schieben durften, um so auch die Küchen mit Wasser zu versorgen. Diese sollten jeden Tag einmal pro Mann einen halben Liter dünne Suppe zubereiten können. Es wurden dazu Mais, Gerste oder auch Erbsen ins Lager gebracht, pro Person sollen es 75 g gewesen sein.
Wünschelrutengänger suchten mit ihren Gerten das ganze Lagerareal ab und fanden tatsächlich Wasseradern. Zehn Meter neben dem bestehenden Brunnen wurde mühsam ein neuer Schacht ausgehoben und abgeteuft. Damit konnte die drückendste Wassernot behoben werden. Um den Lagerinsassen die Zeitangabe zu vermitteln, malte einer auf das Wasserfaß, das auf dem Leiterwagen an der Mauer stand, eine Sonnenuhr; Uhren gab es ja im Lager kaum noch.
Ich konnte zunächst nur den Lebenswillen so mancher meiner Kameraden bewundern, während ich zumeist in meinem geschwächten Zustand freudlos auf der Erde lag. Wer konnte, drängte sich im Freien in den spärlichen Schatten. Ich saß hinter der Baracke in der prallen Sonne, als ich zum

erstenmal den Lagerchor unter Majovski von der 22sten Inf. Division proben hörte. Es war das Lied: ... und alles, und alles wird wieder gut«, das ein um das andere Mal vierstimmig an unsere Ohren drang.
Unweit von mir fand sich eine Gruppe in heftiger Diskussion, und ich hörte einen jungen Major prahlen und die Schlageterbewegung rühmen. Wenn er nur zu Hause wäre ... er würde beweisen ... Ich war über soviel Naivität erschüttert. Immer wieder waren vereinzelt bekannte, abgedroschene Parolen zu hören, und ich dachte, die werden noch einige Zeit nötig haben, um selbständig urteilen zu lernen.
Aufgefallen sind mir damals die Offiziere der 22sten. Es waren durchwegs noch sehr junge Männer. Mecklenburger und Hannoveraner glaube ich, die gut zusammenhielten. Unter ihnen erkannte ich jenen Nachrichtenoffizier, den ich im Revier von Peterwardein für einen »eingekauften« Tiroler hielt. Es war Hans Schermer, ein Brixentaler, den es zu dieser Einheit verschlagen hatte.
Es kam zur Aufstellung des Österreich-Bataillons. Einige äußerten Zweifel, ob es richtig sei, sich von den Kameraden damit zu trennen, bei denen man bis zuletzt Halt und Freundschaft gefunden hatte. Unter den Befürwortern waren Typen, die mir nicht gerade sympathisch waren. Sie erinnerten mich an einen »Graf Bobby«, sprachen von »subalternen« Offizieren und ähnlichem. Ich stand allein da, kannte niemanden unter den Österreichern und wußte nicht, wem ich mich anschließen könnte.
Ich ging auf den Tiroler zu und fragte, ob ich mich ihm anschließen dürfe. Ihm sei es recht, doch sie seien zu dritt und die anderen sollten auch einverstanden sein, war seine Antwort. Einer davon war Zeller Ernstl, ein blutjunges Bürschl, der mir seinen Wiener Landsmann vorstellte: »Des is da Schäfa Kaali, oba net da berühmte Eisläufer.« Er spot-

tete gerne auf seine Weise über das Wienerische und war bemüht, ein Prager Bühnendeutsch zu sprechen.
Karl Schäfer, ehemals Zahlmeister, hatte bald eine andere Kollegschaft und Beschäftigung im »Knusperhäuschen« gefunden. Dort wurde das angelieferte Brot auf die einzelnen Bataillone aufgeteilt. Wenn es gut ging, so fuhr dort einmal im Tag ein Pferdegespann mit einer solchen Ladung vor. Ringsum saßen oder standen stundenlang Wartende. Sie hofften, daß beim Abladen eine Rinde zu ergattern wäre. Wie in einem Hafen, wenn die Menschen auf das Einlaufen eines Schiffes warten, kam es mir vor.
Wir drei blieben fortan beisammen, fast drei Jahre lang. Ernstl war der Choleriker, leicht aufbrausend und vorschnell in seinem Urteil. Hans blieb mit seinen guten Nerven der Bedächtige und Ausgleichende, und ich mußte allem kritisch und mißtraurisch begegnen. Das gab in unserem Alltag genügend Spannungsfeld und Abwechslung.
Die Führung des Österreichbataillons erreichte auch bald eine eigene Küche. Damit konnte man den stammesunterschiedlichen Geschmäckern besser gerecht werden. Für uns gab es statt Mehlsuppe eine solche mit Einbrenn, und zu besonderen Anlässen bekamen wir Knödel an Stelle von Klößen.
Unser Weg zur Latrine war etwa 200 Meter, und bei meinem schlechten Gesundheitszustand erschien er mir oft endlos weit. Wir hatten alle die Ruhr und die Zahl der Toten stieg täglich. Erst waren es zwei, drei, dann wurden es zehn und mehr. Es wurde ein Krankenrevier eingerichtet, doch Medikamente gab es keine. Bald hieß es, wer darin zu liegen kommt, der ist soviel wie aufgegeben. Die Toten wurden nachts aus dem Lager gefahren und in Massengräbern auf dem Werschetzer Friedhof beigesetzt. Über mehrere Stunden lagen die Leichen in der Totenkammer nahe dem Lagerausgang. Beim Verladen auf den Leiterwagen, Särge gab es

keine, zeigten die Leichname vielfach leere Augenhöhlen. Die Ratten waren am Werk und hatten dafür besondere Vorliebe.

Ab und zu kamen Vertreter von jugoslawischen Behörden, gingen durch das Lager und versprachen Abhilfe von Mißständen. Eine Sanitäterin war dabei und verschaffte uns nach eindringlichen Bitten von irgendwoher vergilbtes Papier für Latrinenzwecke. Erst als im Herbst etwas Stroh angeliefert wurde, konnten wir uns davon mit einem »Tschippele« bedienen. In den Hallen gab es eine spärliche elektrische Beleuchtung, die aber in der Nacht aus Ersparnisgründen abgeschalten wurde. Da ich nahe dem Ausgang lag, bekam ich es oft genug zu spüren, daß einer auf der Suche nach dem Tor im Dunkeln auf meine Beine trat und womöglich stolperte. Flüche gab es genug. Einer lief, nur mit einem Lendenschurz bekleidet, so ungefähr alle zehn Minuten an uns vorbei, mit der Hose ging wohl alles zu langsam. Weil wir uns noch kaum beim Namen kannten, nannten wir ihn »Ludwig den Eisernen«. Es war der Tiroler Siebert.

Mir gegenüber lag ein junger Bursche, den sie Mathis nannten. Er hatte eine Flasche, etwas, was es sonst im ganzen Lager nicht gab, so fiel er uns auf. Doch noch bevor der erste Monat um war, wurde er von der Dysenterie hinweggerafft.

Zu Beginn des Herbstes setzte eine längere Regenperiode ein. Der Steig über den Damm, entlang der Baracke wurde glitschig und naß. Mit schweren Lehmklumpen an den Füßen kamen die Latrinenbesucher und die Essenholer an ihren Schlafplatz zurück. Die Hoffnung auf eine baldige Heimkehr sank auf den Nullpunkt. Schlimm war die Läuseplage, gefürchtet wegen der ansteckenden Krankheiten. Von der Lagerleitung wurde angeordnet, jeden Vormittag zwei Stunden dazu zu nützen, um die wenigen Klamotten gründlich auf Läuse und Nissen zu durchsuchen. Erst im September konnte ein Heißluftraum mit Dusche als Entlausungsanstalt eingerichtet werden. Quer durch das ganze Lager wurde ein Stacheldraht gezogen, mitten durch Küche, Latrine und Hallen, um die Entlausten von den Verlausten zu trennen. Diese Säuberungsaktion wurde mehrmals wiederholt und lief, von uns Gefangenen organisiert, reibungslos ab. Wenn wir nach dieser Prozedur erleichtert zu unseren Schlafplätzen kamen, gab es einen Schluck Kräutertee zu trinken. Neben Dysenterie, Typhus und Paratyphus waren auch Fälle von Flecktyphus aufgetreten. An Stelle der mühselig immer wieder neu aufgeworfenen Latrinengräben wurde eine riesige Grube ausgehoben und darüber ein überdachtes Latrinenhaus mit 80 Sitzplätzen errichtet. In seiner Architektur erinnerte der Bau an eine chinesische Pagode. Wer sich einigermaßen auf den Füßen halten konnte, war bemüht, Arbeiten für die Lagergemeinschaft zu übernehmen. Nachdem hierfür ein Zuschlag zur täglichen Suppenration in Form von einem halben Schöpfer zu erwarten war, trieb alle der Hunger dazu. Hans meldete sich zum Bau des Latrinenhauses als Maurer, und ich wollte ihm dabei helfen. Wir stellten uns dabei nicht gerade geschickt an. So sprang ein Italiener herbei: »A ma, cosisi fa questo!« und zeigte uns, wie der Mörtel beim Verputzen richtig von der Kelle fliegen kann. Hans, der Bauernsohn aus dem Brixental, versuchte sich dann als Zimmermann. Ein Fachmann aus Hamburg unterwies uns dabei und hieß uns die Vorteile nützen, die es beim Sägen und Nageln gab. Wichtig war, daß wir so zu einem »Aufbauzuschlag« und damit zu Kräften kamen.

Zum Essensempfang mußten aus Aluminium gestanzte Marken vorgewiesen werden, die von der Lagerleitung ausgegeben wurden. Der Arzt konnte auch den Schwerkranken eine Zuschlagsmarke verschreiben. Sie wurde eine Zeitlang den noch nicht Zwanzigjährigen bewilligt. Die Ältesten und die Jüngsten, noch im Wachstum befindlich, wie-

sen die geringste Widerstandskraft auf. Durch solche Sonderzuteilungen sollte geholfen werden.
Das Essen war äußerst dürftig und eintönig. Die dünne Suppe, ein halber Liter pro Tag, mußte ohne Fett und ohne Würze zubereitet werden. Drei bis vier Wochen hindurch gab es immer das gleiche, Erbsen mit vielen Käfern darin, dann wieder Suppen aus Maismehl, Kürbis oder Kraut.
Um die Schlange der Wartenden vor der Küche zu kürzen, wurden Essenholgemeinschaften gebildet. Vier Geschirre konnte einer tragen. Zu uns gesellte sich »Vater« Haller, ein alter Hauptmann aus Graz, der unter uns seine Liegestatt hatte. Ernstl, zum Essenholen eingeteilt, kam einmal zu spät, und so gab es für uns vier an diesem Tag nichts. Von da an war Vater Haller stets in Ängsten, vor allem bei Dienstverrichtung durch unseren Jüngsten. Die Alten waren noch mehr als wir in Sorge, verhungern zu müssen, und sie sprachen über nichts anderes als über Essen, Krankheiten und Sterben.
Aufgabe des Essenholers war auch, das Geschirr zu spülen. Als es einmal die Suppe erst am Abend nach Einbruch der Dunkelheit gab, schwenkte Ernstl das Spülwasser über der Latrinengrube und mit Schwung schüttete er auch meinen verbeulten Löffel weg. Lange Zeit mußten Hans und ich mit einem Eßlöffel auskommen, bis dieser einen solchen aus dem Nachlaß eines Verstorbenen ergattern konnte. Es war gar ein Silberlöffel, der mich die folgenden Jahres begleitete.
Das Brot wurde in Laiben angeliefert, wovon einer für zwölf Mann reichen mußte. Das Aufteilen in einzelne Portionen wurde zu einer besonderen Zeremonie. Um ja gerecht zu sein, bauten die einen eine primitive Waage, andere ließen das Los entscheiden, wer als erster eines der Stücke nehmen oder die anfallenden Brosamen sammeln durfte. Beim Verzehr der täglichen Ration waren ebenfalls Unterschiede festzustellen. Die einen verschlangen ihre Zuteilung sofort und

wußten so sicher, daß ihnen niemand etwas stehlen konnte, andere aßen jede Stunde ein Schnippchen, die ganz Vorsichtigen wagten den ersten Bissen erst am folgenden Tage, wenn feststand, daß eine neue Brotlieferung im Lager eingetroffen war.

Durch Wochen teilten auch die kroatischen Offiziere mit uns das Schicksal. Als unsere seinerzeitigen Verbündeten waren sie so wie wir bis Unterkärnten oder in die Südsteiermark gekommen und von den Engländern nach Kriegsende an die Partisanen ausgeliefert worden. Mit einigen dieser Domobranen fand ich während der Werschetzer Lagerzeit Kontakt und erfuhr so von manchem tragischen Geschick. Ich hörte, wie sie Namensänderungen, ja sogar den Wechsel der Religionsgemeinschaft berieten, um allenfalls so ihr Leben retten zu können. Es sei nicht Feigheit, erklärten sie mir, sondern jetzt nach der »Befreiung« der einzige Ausweg.

Eines Nachts wurden die Domobranen, es waren ihrer eintausendfünfhundert Offiziere, abtransportiert. Wohin sie kamen, haben wir nie erfahren, einem Gerücht zufolge zunächst nach Kovinj. Die Holzbaracke der Kroaten war baufällig und wurde zum Abbruch freigegeben. Aus dem gewonnenen Holz konnten in den übrigen Hallen Stockpritschen gebaut werden, so daß wir nicht mehr auf dem bloßen Beton liegen mußten.

Dieses Material bot die Möglichkeit, daß geschickte Hände das notwendige Mobiliar, Tische, Bänke und Hocker basteln konnten. Mittels Schilfwänden wurden die Hallen unterteilt, so daß in einem Raum eine Kompanie mit etwa fünfhundert Mann zu liegen kam. Durch die Unterbringung in Stockpritschen rückten wir enger zueinander, eine der Lagerhallen wurde auf diese Weise erübrigt und der Lagerzaun enger gezogen.

Auf den uns gegenüberliegenden Pritschen wurde das Häuflein Italiener einquartiert. Es waren ungefähr siebzig, durchwegs junge Leute, die eisern zusammenhielten. Als erklärte Faschisten hatten sie nach dem Zusammenbruch Italiens 1943 auf der Seite der Deutschen weitergekämpft. Sie waren klug genug, um sich nicht gegeneinander ausspielen zu lassen. Eine eigene Küche bot dieser kleinen Gemeinschaft ein Essen, um das wir sie beneideten. Wenn es eine Mehllieferung gab, aus der für uns eine Brennsuppe bereitet wurde, kochten die Italiener Nudeln. Mit Flaschen walzten sie den Teig, trockneten die Fladen auf dem Zaun in der Sonne und kamen so zu ihrem Leibgericht. Vor den Hallen streuten sie Brotkrumen, legten Drahtschlingen und fingen so die Spatzen. So kamen sie zu einem bescheidenen Fleischgericht. Ich erinnere mich, wie es einem Sizilianer an einem kalten Wintertag gelang, eine Wildente mit bloßen Händen zu fangen, während sie sich auf ein Brotstück stürzte.

Wenn es darum ging, sich Rechte oder gar Vorteile von den Bewachern zu verschaffen, stellten sie es immer viel klüger an. Sie durften es sich sogar leisten, einen übereifrigen Druschen auf den Arm zu nehmen, ohne deshalb Sanktionen in Kauf nehmen zu müssen.

Bereits in den Sommermonaten fanden sich diejenigen, die sich auf den Füßen halten konnten und wissensdurstig waren, in den verschiedensten Vortrags- und Diskussionsrunden zusammen. Es gab unter den Gefangenen auf allen Wissensgebieten hervorragende Lehrer. Mit Beginn des Herbstes fanden sich noch mehr Strebsame, die ihr Wissen erweitern oder Versäumtes nachholen wollten und sich zum Besuch der »Stacheldraht Universität« entschlossen.

Es waren noch wenige, die Gelegenheit hatten, einen Arbeitseinsatz in der Stadt zu erhalten. Diese versuchten teils legal, teils verbotener Weise verschiedene Bedarfsgüter in das Lager zu schaffen. Die Wachmannschaften hatten nichts dagegen einzuwenden, daß die Gefangenen aus den verlassenen Häusern der Banater Schwaben Bücher und Schriften aller Art mitbrachten. Dinge, für die sie keinerlei Verwendung wußten. So standen in unserer »Bibliothek« bald reihenweise Klassiker, Romane, Fachbücher und Lexika. Bis zum Kriege lebten in Werschetz an die 8000 Deutsche, zu einem Großteil wohlhabende Leute. Neben Serben und Ungarn war dies mehr als ein Drittel der Bevölkerung dieser Stadt.

Werschetz: Weihnachten 1945

Eine Zither war das erste Musikinstrument, das einer aus einem Arbeitseinsatz mit in das Lager brachte. Ein Buchhändler aus München, ein blasser, schmächtiger Mann ging damit in den Abendstunden durch die Baracken. Wenn er sich in der spärlich beleuchteten Halle an ein Tischchen setzte und den feinen, dünnen Saitenklang ertönen ließ, hörte schlagartig das Gemurmel und Gesumme auf. Draußen war der Nebel in das Land gezogen, Schwaden von feuchter Luft drangen in unsere Hallen, und wer konnte, zog Decke oder Mantel über den Kopf. Die Hoffnung auf eine baldige Heimkehr war geschwunden, und es galt, sich auf den Winter einzustellen.

Für jede Kompanie, also einem Hallenteil für fünfhundert Mann, wurde aus Lehmziegeln und einer Benzintonne ein Ofen gebaut. Holz zum Heizen wurde allerdings noch lange keines angeliefert. Frierend krochen wir zusammen oder saßen in dem für uns ungewohnten Türkensitz auf der Pritsche, als Wärmeschutz übergehüllt, was gerade verfügbar war. Die Liegeplätze waren genau abgemessen. Pro Person traf es 80 cm in der Breite und 2 m in der Länge. Die Lernwilligen, die sich in den verschiedenen Winkeln um ihre »Meister« scharten, hatten ebenfalls die Decke oder einen Rupfensack über die Schulter geworfen. Wer nachts nicht schlafen konnte, lief im Mittelgang rundum und schlug mit den Armen um sich, um sich warm zu machen. Die Schuhe hatten wir allesamt abliefern müssen; wegen der Fluchtgefahr hieß es. Wir trugen selbstgefertigte Holzpantinen. Unter

den Österreichern hatte sich Hermann Rietzler, von Zivilberuf Mittelschullehrer in Innsbruck, auf die Kunst, solche zu schnitzen, spezialisiert. »Schlapfenschmied« wurde er daher von uns genannt. Als »Halb-Alemanne« verstand er es, diese »Knospen« gegen Entgelt oder eine Dienstleistung an den Mann zu bringen.
Auf Holzbrettchen hatte er Stoffstreifen als Riemen aufgenagelt, und so waren sie von unterschiedlicher Lebensdauer. Ein Nachteil war, daß die wenigen, ohnehin kostbaren Socken ständig in Fransen gingen. Ludwig Siebert, den wir den »Eisernen« nannten, bot vergeblich seine löchrigen Socken zum Tausch oder Kauf an. Da begann er, sie vorsichtig aufzutrennen und die Wolle auf Papierröllchen zu wickeln. Jetzt wurde er die Stopfwolle reißend los.
In den Nächten nahm das Geklapper dieser Holzbretter kein Ende, dazwischen war das wirre Reden der Träumenden und das Stöhnen der Kranken zu hören, denen niemand helfen konnte. Es war auch für den Nachbar schwierig, noch ein tröstendes Wort zu finden.
So ging es auf die ersten Weihnachten in der Gefangenschaft zu. Der Lagerchor hatte bereits im November begonnen, Lieder für dieses Fest einzustudieren. Über die Form des »Festessens« kam es zu einer Volksabstimmung unter den Gefangenen. Es wurde schließlich beschlossen, von der spärlichen Tagesration an Mehl durch einen Monat Einsparungen vorzunehmen und die Mehlsuppe noch dünner auszugeben. Zum Weihnachtsfest sollte jeder Österreicher einen Knödel bekommen. Leider erwies sich dieser Plan als eine Fehlkalkulation. Der Mehlvorrat wurde von den Jugoslawen entdeckt und konfisziert. Wegen der Fluchtgefahr sei es verboten, Vorräte zu sammeln. Wir blieben um unser Mehl betrogen.
In diesen Tagen wurde uns gestattet, eine Karte nach Hause zu schreiben, einmal wurde sogar für diesen Zweck ein Blatt

Papier ausgeteilt. Diese Post hat die Heimat nie erreicht, und wir mußten uns als die Gefoppten fühlen.
Am Heiligen Abend durfte eine Messe gefeiert werden, und danach wurden an einem Kiefernast ein paar Lichter entzündet. Die Ansprache unseres damaligen Kommandeurs im Österreich-Bataillon, Oberst Reindl, ist mir in Erinnerung geblieben. Er sprach davon, daß uns noch ein Kapital unbenommen sei, das wir nützen könnten. Es sei die Zeit. Wenn wir sonst gar nichts hätten, diese richtig genützt, könnte uns reich machen. Danach sangen wir »Stille Nacht« und krochen unter die Decke, wohl jeder mit seinen Gedanken zu Hause bei seinen Lieben.
Auf der Lagerstätte, uns gegenüber, saßen die Italiener wie die kranken Vögel. Sie nahmen an unserer besinnlichen Feier nicht teil. Doch um Schlag Mitternacht wurden wir aus dem Schlaf gerissen. Die Südländer stimmten ein Gejohle und ein Geschrei an, tanzten zu zweit und sprangen wie kleine Kinder vor dem Kiefernast im Kreise. So feierten sie auf ihre Art die Ankunft des Erlösers. Eine besondere Überraschung und einen Kunstgenuß bot uns im Morgengrauen »die goldene Sieben«; es waren sechs ausgewählte Männerstimmen, deren Weihnachtslied unser Zitherspieler begleitete.
Das neue Jahr begann, und dieser Winter wollte kein Ende nehmen. Zum Hunger und zur Kälte war eine weitere, neue Plage gekommen, die Flöhe. Mit dem wenigen Stroh, das im Herbst ins Lager gebracht worden war, sind sie eingeschleppt worden und konnten sich unter den gegebenen Verhältnissen enorm vermehren. Vierzig bis fünfzig Fänge am Morgen und mindestens ebensoviel Abschüsse vor dem Einschlafen wurden pro Mann gezählt. Manchem fehlte zum Suchen das nötige Augenlicht, andere waren so kraft- und mutlos, daß sie sich solcher Mühe nicht mehr unterziehen wollten. Wurden ein paar Scheite zum Heizen bereitgestellt,

dann war der Ofen bald dicht umringt, und es gab Streit, wer sich den Rücken und wer den Bauch wärmen dürfte. Wenige Meter weiter ab war von wärmenden Strahlen kaum mehr etwas zu spüren. So klapperten wir weiter durch den Mittelgang und verschafften uns Ablenkung durch gegenseitiges Erzählen.

Es war egal, ob wichtig oder belanglos, das Gespräch konnte uns auf andere Gedanken bringen. Erinnerungen an die Kindheit und Schulzeit wechselten mit Erlebnissen aus der Militärzeit, und tage- ja nächtelang bemühten wir uns, Lösungen auf verschiedenen Fachgebieten zu finden. Dann wiederum mußte mir Hans seine Heimat, Dorf und Hof, genau beschreiben und vom Brauchtum der Bauern im Brixental erzählen. Er begann auch, einzelne Episoden niederzuschreiben. Interessant fand ich seine Berichte, wie er in seiner Gymnasialzeit in Hall als Koststudent beinahe ein kostenloses Studium fand und jeden Tag bei einem anderen Bürger der Stadt das Essen erhielt; bei Metzger, Bäcker, Fotografen, Bauern usf. Ich wurde dazu gedrängt, aus meiner Hochschulzeit in Agram zu erzählen:

Da stand die alte Zimmerfrau wieder vor mir, die mir das Ungarische beibringen wollte. Ich hatte meine Füße für ein Fußbad in ein Wasserschaff gesteckt, da setzte sich Frau Kulitzi zu mir und lehrte mich die Grußformen, die Zahlen, Bitte und Danke sagen. »Härr Färdinand, Ungarisch ist so schöön!« Doch ich hatte damals beim Kroatisch-Lernen genug zu kauen. Trotz aller Sparsamkeit hat es bei meiner Zimmerfrau nicht gelangt, und sie konnte den Strom nicht mehr bezahlen. So wurde ihr einfach die Leitung abgezwickt. Ich erhielt eine Petroleumlampe mit dem Auftrag, mit dem Öl sparsam umzugehen. Am Abend hieß es dann: »Härr Färdinand, heute haben Sie schon genug gelärnt!« Unter unserer Wohnung war ein Lokal, in dem Musik bis zum Morgengrauen gespielt wurde, und oft genug glaubte

ich, noch im Schlaf die dumpf summenden Saitentöne unter dem Bogenstrich der Baßgeige zu hören.
Damals lernte ich Zlatko, einen kroatischen Studenten, kennen. »Was? Du wohnst da?« sagte er, als er mich das erste Mal besuchte. Der Vater war einen ganzen Tag mit mir auf Zimmersuche unterwegs gewesen, bis wir dieses in der »Vlaśka Vulica« fanden; es mußte ja billig sein. »Komm zu mir! Wir studieren bei mir gemeinsam«, bot er mir an. Er wohnte weiter stadtauswärts in Richtung Maksimir in einer Villa. Ein ganzes Jahr lang büffelten wir gemeinsam Chemie und Mathematik. Wir mußten unendlich viel auswendig lernen. Zlatko war um Jahre älter als ich und hatte bereits die Einberufung zum Militär. In seiner professionalen Zerstreutheit hat er auf das Ansuchen um Dienstzeitaufschub einfach vergessen. So wurde er in den folgenden Sommerferien eingezogen. Er landete in der Nervenheilanstalt. Er habe ständig nur mehr Mathematikformeln heruntergeleiert. Sein Vater, ein pensionierter K. u. K-Marine-Kapitän, versuchte, ihn aus der Anstalt herauszuholen, vergeblich, es gelang ihm nicht. Seine Mutter aber brachte dies zuwege. Sie war eine gebildete Dame, die fließend italienisch und deutsch sprach.
Als er dann im Herbst wieder neben mir auf der Vorlesungsbank saß, wollte er immerzu wissen, ob er tatsächlich verrückt sei oder nicht. Ich mußte ihm ständig zureden, daß er sich von diesen Zwangsvorstellungen frei fühlen könne.
Wir waren Hundenarren und lasen immer wieder streunende, herrenlose Tiere von der Straße auf. Eine Zeitlang fütterten wir Dob, einen Dobermann, dann war es Fida (Treue), ein kleiner, schwarzer Pinscher. Doch auch dieser machte seinem Namen keine Ehre und verschwand in den Gassen der Stadt.
Zlatko lernte dann ein Mädchen kennen, heiratete und gab bald darauf sein Studium auf.

Das war so eine Geschichte, die ich damals während des Rundendrehens dem Hans erzählte.
Künstlerisch Begabte, solche gab es nicht wenige unter den Mitgefangenen, versuchten an Wochenenden in »bunten Abenden« oder durch eine kabarettistische Darbietung eine Aufheiterung zu bringen. Besonderen Anklang fanden die Darbietungen in einem Puppentheater, auf die sich ein Norddeutscher meisterhaft verstand. Zu Beginn einer jeden Vorstellung wurde der Miesmacher »Nieselpriem«, auf österreichisch hätte die Figur »Grantbeutel« heißen können, zum Tode verurteilt und gehängt. Das Puppentheater leistete ohne Zweifel einen wichtigen Beitrag zur moralischen Aufrüstung der Lagerinsassen. Die verschiedenen Laster und Lagersünden stellte der Puppenspieler an den Pranger. Diebstähle kamen vor, vor allem das Brot war nie sicher. In der körperlichen Schwäche und der nervlichen Überbelastung kam es nicht selten zu Aggressivitäten, und in der Gereiztheit war die Ausdrucksweise oft alles eher als vornehm. Es gab genug Fehlverhalten, das in dem Spiel allen vor Augen geführt werden konnte.
Schlimm war die Zeit, in der durch Tage und Nächte der eisige Sturmwind über die Ebene des Banat fegte und durch die dünnen Wände in die Baracken drang. Wir konnten den Frühling kaum erwarten.
Die Schneeschmelze brachte zunächst reichlich Morast. Zeigte sich auf den Erddämmen irgendwo ein Grashalm oder Kräutlein, so verschwanden diese im Nu in den Kochtöpfen. Mit dem längeren Tag wuchs aber auch wieder die Zuversicht.
Es wurde ein großes Reinemachen der Hallen angeordnet, und die Wände konnten gekalkt werden. Künstlerhände erhielten Gelegenheit, daran in farbigen Bildern Gestalten und Landschaften der Heimat, sowie Wappen und Symbole anzubringen.

Nachdem während des Winters ein Wäschetrocknen nicht möglich war, wollte jeder das, was er an Leibwäsche besaß, einer Reinigung unterziehen. Es wurden für jede Kompanie Waschtage festgelegt. Am Brunnen wurde ein Lattengestell mit Seil zum Trocknen aufgestellt und dazu eine Wache gestellt, die einen Wäschediebstahl verhindern sollte. Ernstl hatte noch ein Unterleibchen, das er Hans und mir am Waschtag leihen konnte. Er übernahm auch die Bewachung der Wäsche. Als Lernbegieriger hatte er sich dazu ein Buch mitgenommen. Kaum hatte er sich für Minuten darin vertieft, schon war sein Hemd von der Leine verschwunden.
Mit der Aufführung des Stückes »Der zerbrochene Krug« von Kleist kam es in den Ostertagen zu einem neuen, kulturellen Aufbruch im Lager. Unter der Regie von Herbert Stockder brachte die Theatergruppe bald weitere anspruchsvolle Stücke auf die Bühne. »Dantons Tod« von Büchner war eines der nächsten. Aus Kartoffelsäcken wurden Kulissen, Soffitten und andere Requisiten gebaut, schließlich sogar ein Vorhang genäht. In den verlassenen Häusern der Stadt fanden sich auch einige Musikinstrumente, so daß ein Orchester zustande kam. »Vorhang auf« hieß der Marsch, den unser Freund Peter Sutter komponierte und der zu Beginn der musikalischen Darbietungen häufig gespielt wurde.
Das Vorlesungsprogramm der Lageruniversität wurde in diesem Semester um ein Vielfaches reicher. An der Schilfwand, an der bisher Fund- und Suchanzeigen und andere Mitteilungen Platz fanden, gab es Ausstellungen von Mal- und Zeichenwettbewerben. Dichterlesungen und Literaturwettbewerbe kamen zustande.
Jetzt waren wir auch nicht mehr so völlig von der Welt abgeschlossen. Herfried Rohrer, ein Steirer, erhielt die Bewilligung, im Wachlokal die täglichen Nachrichten zu hören. Jeden Tag Punkt 12 Uhr verlas er mit seiner kräftigen, sonoren Stimme eine Zusammenfassung dessen, was er so über

das Weltgeschehen in Erfahrung bringen konnte. Gespannt lauschten alle, um so auch etwas über Vorgänge in der Heimat zu hören.
In diesen Monaten wurde uns auch erlaubt, eine Kurzmeldung in Form einer Karte nach Hause zu schreiben, und sehnsüchtig warteten alle auf eine Antwort.

Werschetz: Erste Post aus der Heimat

Endlich kam jener heißersehnte Tag, an dem die erste Post eintraf. Eine ungeheure Spannung lag im Raume, als die Postempfänger aufgerufen wurden. Über ein Jahr hatten wir warten müssen. Es hieß, unsere Kurzmeldung vor Monaten, sei über das Rote Kreuz in Genf an unsere Angehörigen gekommen. Immer häufiger kamen Tage, an denen Briefe verteilt wurden, und verständlicherweise war die Enttäuschung aller jener, die leer ausgingen, groß. Viele mußten ein weiteres halbes Jahr oder noch länger auf eine Nachricht aus der Heimat warten. Einzelne blieben noch nach drei Jahren ohne Kontakt mit der Heimat und wußten immer noch nichts vom Schicksal ihrer Frauen, Kinder oder Eltern. Ab Mai 1946 durften wir immerhin jeden Monat eine Karte mit vorgegebener Zeilenzahl schreiben.

Wenn der lange Fritz Schindler abends unter die trübe Lampe trat, um Post zu verteilen, drängten alle hinzu, in der Hoffnung, den eigenen Namen zu hören. Einmal blieb ein Brief ohne Anschrift übrig, das Kuvert war verlorengegangen. Es wurden ja die Sendungen zunächst von der Lagerleitung geöffnet und einer Zensur unterzogen. Fritz Schindler verkündete, der Brief begänne mit »Lieber Karl« und endete mit »Deine Luisele«. Da lachten und spotteten einige: »Luisele, Luisele.« Ein Syrmiendeutscher trat vor und ärgerte sich über diese Bemerkungen. Sein Luisele war eine Osttirolerin, die er leider nie wiedersehen durfte. Auch mich regte diese Spöttelei, diese taktlose Gefühllosigkeit auf.

Einige hatten Kontakt mit Bekannten in Jugoslawien aufgenommen und dadurch Pakete mit Lebensmitteln und notwendigen Utensilien bekommen. Ich hatte es bis dahin nicht gewagt, an meine Verwandten im Land zu schreiben aus Angst, ich könnte ihnen und mir selber Unannehmlichkeiten bereiten, zumal ich auch verschweigen wollte, daß ich in der Untersteiermark aufgewachsen war, in Agram studiert, in Sarajewo gedient und in Syrmien gearbeitet hatte. Schließlich sandte ich doch eine Nachricht an meine Tante in Marburg und erhielt prompt ein Paket, das bei der Lagerwache abzuholen war. Dort wurde jede Sendung geöffnet und genau kontrolliert. Ich war ganz aufgeregt, als ich den Inhalt auf dem Tische ausgebreitet sah. In einem roten Damenkleid war einiges Eßbares und ein winziges Fläschchen mit Sliwowitz eingewickelt. Erstaunt, alles behalten zu dürfen, raffte ich das Zeug zusammen und eilte mit dem Karton unterm Arm der Baracke zu. Dort saß ich auf der Prische und durchwühlte noch einmal alles gründlich. Ich dünkte mich unendlich reich. Der Schnaps war für uns eine ganz wichtige Medizin. Alkohol hatten wir als Gefangene noch keinen Tropfen verkostet. Dann hielt ich das weinrote Kleid in der Hand; die Tante hatte Schweißblätter daran genäht. Es war bereits dunkel in der Halle, und so konnte mir niemand zusehen. Was werde ich mit dem Kleid anfangen? Ich war ja heilfroh, daß ich etwas zum Anziehen bekommen hatte. Aber ein Damenkleid? Ich sah mich damit zur Latrine laufen, wenn ich es als Nachtgewand nützte. Den Weg dahin mußte ich jede Nacht mindestens viermal machen. Es mußte meiner Tante sehr schlecht gehen, dachte ich. Ich machte mich noch in der gleichen Nacht daran und schnitt das Unterteil ab. Meine Freunde waren am Morgen nicht wenig erstaunt, als ich mich in einem roten Hemd zeigen konnte. Wie ein König saß ich auf den Brettern. Die Ärmel ohne Löcher, ein sauberer Kragen, keine zerfransten Manschetten. Ich weiß nicht mehr, wie viele Jahre mir dieses Stück gute Dienste leistete.

Es wurde nie löchrig, nie zerschlissen. Der Unterteil des Kleides wurde als kostbare Stoffreserve verwahrt.
Noch etwas sehr Wertvolles fand ich in dem Paket, einen orangebraunen Schal aus feiner, weicher Wolle. Bei Ohrenschmerzen hatte ihn der eine um den Kopf gewunden, dann mußte er Bauch- oder Rückenschmerzen lindern helfen, ein andermal fand er sich um den Hals gewickelt. Für uns kostbar war auch die Verpackungsschnur. Unter anderem diente sie als Wäscheleine, die natürlich streng bewacht werden mußte.
Ich fand die Möglichkeit, mich bei meiner Tante zu bedanken, ließ sie aber wissen, daß ich es aus Sicherheitsgründen besser fände, auf weitere Kontakte zu verzichten.
Post aus der Heimat traf jetzt immer häufiger und regelmäßiger ein. Doch nicht alle Meldungen waren erfreulich. Manche der Angehörigen konnten nach der Flucht in den Westen zunächst keine Arbeit finden. Die Nahrungsmittel waren auch in der Heimat rar, die Versorgung mit dem Notwendigsten noch recht lückenhaft, und der Schwarzhandel blühte. Es waren oft gar betrübliche Nachrichten dabei, wie: Ich weiß nicht, wo die Eltern geblieben sind, ... das jüngste Kind ist uns beim Treck, im Gedränge an der Fähre verlorengegangen, ... wir hoffen immer noch, daß die Mutter irgendwo im Westen auftaucht, ... ich bin Gepäckträgerin, um etwas zu verdienen und fahre mit dem zweiräderigen Karren zum Bahnhof. Die Züge fahren selten und unregelmäßig, sie sind noch nicht geheizt, und die zerbrochenen Scheiben sind mit Papier verklebt. So und ähnlich hieß es in den Briefen der Frauen und Mütter, dazu kamen Meldungen über Todesfälle und Krankheiten. Solche Mitteilungen wirkten deprimierend auf die Mitgefangenen. Aus den positiven und negativen Heimatnachrichten versuchten wir uns ein Bild von der Lage in Deutschland und Österreich zu machen.
In diesem Sommer konnten die körperlich Kräftigeren Ar-

beitsmöglichkeiten außerhalb des Lagers finden, und täglich marschierten Trupps unter strenger Bewachung zum Einsatz in der Landwirtschaft, zum Säcketragen in Getreidespeichern oder zu Arbeiten am Bahnhof und in Kasernen. Es waren oft lange Anmarschwege bis zu 20 km zu bewältigen. Doch es stand zusätzliche Verpflegung in Aussicht, und so manches konnte durch Tauschgeschäfte und Handel im Lager ergattert werden. Insbesondere Zigaretten kamen auf diesem Wege vermehrt herein.

Im Verhalten und Umgang war eine Verrohung und in der Sprache eine Verwilderung zu beobachten. In dem dichten Zusammenleben gab es reichlich Gelegenheit für Reibungen. Flüche, Beschimpfungen, sich anfauchen und anschreien waren Folgen der allgemeinen Gereiztheit. Die Lagerleitung erließ einen Aufruf zu einer »Woche der Höflichkeit«. Man solle sich daran erinnern, daß man noch Offizier sei, und allzu Unbeherrschte wurden öffentlich bloßgestellt. Es half tatsächlich, zumindest eine Zeitlang. Der Ton wurde freundlicher. Die Höflichen bewiesen ihre Überlegenheit gegenüber den Rüpeln. Ich weiß nicht, wer dazu die Idee hatte, aber der Erfolg war offensichtlich.

Auch in diesem zweiten Sommer brachen Seuchen aus, wenn auch zum Glück die Zahl der Todesfälle gering war. Vor allem Ältere wurden von Krankheiten befallen. Einige bekamen die Gürtelrose, andere hatten auf einmal an Händen und Füßen dunkle Flecke. Zunächst hielt man diese Erscheinungen für die Folge einer Infektionskrankheit, und manche versuchten sie zu verbergen, als wäre es eine Schande. Auch bei mir zeigten sich solche Flecken. Ich kam für kurze Zeit in das Krankenrevier und erhielt eine Eigenbluttransfusion. Darauf trat bald eine Besserung ein.

Werschetz: Mitgefangene

So eng wir neben- und auch übereinander lagen, so wenig lernten wir uns wirklich kennen. In die eigentliche Notgemeinschaft oder Freundschaft wurden nur ganz wenige einbezogen, von den übrigen nahm man kaum Notiz, außer, es gab ihr auffälliges Benehmen dazu Anlaß.

Da lag auf unserer Pritschenetage Karl Liko. Wenn er konnte, stand er tagsüber im Arbeitseinsatz. Am Abend bewies er auf verschiedenste Weise seine vielfältige Begabung als Karikaturist, als Gelegenheitsdichter oder Schnellzeichner. Um schlafen zu können, brauchte er für seinen Kopf eine harte Unterlage, am liebsten war ihm die Kante eines aufgestellten Brettes.

Mit ihm Kopf an Kopf schliefen Grasmuck, der Jurist aus der Steiermark, und Oswirt, der Lehrer. Die beiden waren bekannt, daß sie beim Brotteilen die einzelnen Portionen immer mit größter Gewissenhaftigkeit nachmaßen.

Reinhold Wildner war der nächste. Eine Geige ohne Saiten hatte er in das Lager mitgebracht und nützte als Komponist wie besessen jede Stunde, um auf irgendwelchen Papierfetzen seine Noten zu setzen. Zwischendurch machte er mit seinen Fingern Gelenkigkeitsübungen.

Hinter uns lag ein Schulmann aus Salzburg. Er machte uns meist einen griesgrämigen Eindruck und wir nannten ihn wohl zu Unrecht »Nieselpriem«, in Erinnerung an die bekannte Figur in der Puppenbühne. Er war ein Fachmann auf dem Gebiet der Insektenwelt. Vom Leben der Spinnen wußte er uns Hochinteressantes zu erzählen. In seinen For-

schungen habe er nachweisen können, daß es Schmetterlinge gibt, die wie die Zugvögel auf ihren Jahreswanderungen die Gletscher der Alpen überfliegen. Er glaubte, mit biologischen Methoden dem Ungeziefer im Lager Herr werden zu können, und mit Interesse wurden seine Fachartikel an unserer Wandzeitung verfolgt.
Unter uns lag Hardinger. Als Berufssoldat nannten wir ihn den »Zwölfender«. Er hat es zum Offizier der Feldgendarmerie gebracht. Von unserem Ernstl mußte er sich manchen Spott gefallen lassen. Er hat gerne von seiner Familie erzählt und in einem Mädchenkopf, den ein Lagerkünstler an die Wand zeichnete, seine Tochter, »die Große«, erkannt, die auf dem Klavier sogar die schwarzen Tasten bedienen konnte.
Jeden Morgen hob Dr. Hartlieb, der Oberlandesgerichtsrat aus Innsbruck, seinen Kopf über unsere Pritschenkante und bat Hans, ihm beim Hersagen der Eisenbahnstationen zwischen Innsbruck und Hochfilzen zu helfen, das würde sein Gedächtnis stärken. Leider seien ihm einige Orte entfallen. Die Brotdiebe wollte er von einem ordentlichen Gericht abgeurteilt sehen. Er bräuchte dazu zunächst einen Gerichtsdiener, der den Delinquenten vorführt. »Und Wasserschüssel mit Handtuch, um die Hände in Unschuld waschen zu können«, spotteten die Jungen.
So wie die meist Älteren und Gebrechlichen, hatte auch Hauptmann Knollmair in der Unteretage seinen Liegeplatz. Er wollte früher einmal ein guter Musiker, ein Geiger, gewesen sein. Auch bei ihm zeigten sich die Alterserscheinungen sehr deutlich. Leicht tänzelnd lief er stets barfuß durch unseren Gang. Von mir wollte er wissen, wie sein Name serbisch lauten könnte. Ich schlug Homolka vor, oder man könnte sich einen Namen mit der Endung »ic« vorstellen. Schon hatte Ernstl einen Einfall: »Grundbirne nennen die Schwaben die Kartoffel. Knollmair ist am besten mit ›Krom-

pirovic‹ übersetzt.« Unser guter Alter freute sich kindlich über diesen Namen und wollte in Zukunft nur mehr so genannt werden.
Ein Zahlmeister, auch ein älterer Herr, saß zumeist allein zusammengekauert in einer Ecke. Wir nannten ihn das »Kasermandl«. Er soll noch Goldstücke versteckt haben, wurde erzählt, und könne sich über den Schleichhandel noch Zusatzverpflegung verschaffen.
Am Pritschenrand neben dem Ofen saß Linek, den wir den »Salontiroler« nannten. Seine Mutter war Kufsteinerin, sein Vater Deutscher und danach auch seine Sprache.
Dann lag dahinter Richard Reiser, ein fescher, geselliger Bursche. Wie ich später erfuhr, war dies ein Tarnname, den er sich zugelegt hatte. Er wollte zu den Tirolern gehören, denn er stamme aus dem Lechtal. Hans riet ihm, eine andere Herkunft zu wählen. Seine Sprache sei zu urbairisch. So klinge es eher im Salzburgischen oder im Nordtiroler Unterland. Darauf siedelte Richard seine Vorfahren im Pinzgau an. Er hat wohl als halber Bub zur Waffen-SS einrücken müssen und wollte jetzt untertauchen.
Neben ihm fand sich auf der Pritsche ein weiterer sportlicher Typ. Er soll bei Olympischen Spielen als Athlet teilgenommen haben.
Dann kam schon, mit dem Kopf an den von Hans stoßend, Lois Gmachl, der junge Dichter und verträumte Philosoph. Am liebsten führte er Gespräche über religiöse Themen. Seine Gedichte haben mich nachhaltig beeindruckt, und einige blieben mir sogar im Gedächtnis, so zum Beispiel:

Ich bin die weiten Wege all gegangen,
die Menschen voller Sehnsucht tun,
bin den Gedanken nachgehangen,
wenn Zeit war, etwas auszuruhn.

Doch sind Gedanken so wie meine Schritte
in dieser uferlosen Welt verschwendet.
So kehr zurück ich zu der eignen Mitte,
daß nun mein Weg dort, wo er ausging, endet.

Es gab auch die Gruppe der Vornehmen, die sich so gaben, als wären sie etwas Besseres. Herr Vokaun aus Graz beispielsweise, hatte sich lange Zeit auf seinem Ansitz bei Cilli versteckt halten können. Er kam erst mehr als ein Jahr nach uns nach Werschetz, und ihm war der Hungermarsch erspart geblieben. Während unter den Österreichern allgemein das Du-Wort üblich war, sprach er jeden mit »Sie« an, außer er gehörte dem Adelsstand an. Mit ihm am Tischchen saß Rittmeister Banko. Als ich einmal daran vorbeikam, sah ich, wie dieser aus einem runden, emaillierten Geschirr mit dem Aufdruck IDZ löffelte. Mir drehte es den Magen, denn das war ein Spucknapf der ehemaligen jugoslawischen Eisenbahn. Er hielt dies für vornehmer als so ein Kochgeschirr der Wehrmacht. Es hat ihm jedenfalls geschmeckt.

Der schönste Platz in unserem Lager war der »zur schönen Aussicht« am Nordrand der Baracken nahe dem Stacheldraht. Ein Zwetschkenbäumchen wuchs dort auf einem kleinen Wall. Von dort gab es einen herrlichen Blick auf die Silhouette der Stadt mit den beiden gotischen Türmen des Doms und dem sanft ansteigenden Hügel mit der Burgruine aus der Türkenzeit. Wer sich auf Zeichnen oder Malen verstand, war bemüht, diesen Ausblick im Bild festzuhalten.

Wenn ich dort einen Platz fand, um Flöhe in meinem Mantel zu suchen, und die Sonne auf uns schien, kam in mir ein Gefühl auf, als ob ich einen Tag des Nichtstuns in der Freiheit erleben dürfte. Beinahe bekam ich Gewissensbisse, als ob ich die Schule schwänzen würde. Dabei kann ich mich nicht erinnern, jemals der Schule in solcher Absicht ferngeblieben

zu sein. Dieser Platz wurde für mich wie für andere auch zur Stätte der Begegnung, und hier war die Gelegenheit geboten, sich auch mit Kameraden aus anderen Hallen zu treffen. Auf diesem Platz sah ich des öfteren die beiden geistlichen Lagerautoritäten im eifrigen Disput hin- und herwandern, den katholischen Benediktiner Abt Graf Neipperg und den evangelischen Landesbischof Johnsen, Oberstleutnant in der 22sten. Beide mußten noch ein bitteres Los und ein trauriges Ende in dieser Gefangenschaft erleben.
Leider durfte sich in den Abendstunden niemand mehr im Freien aufhalten. Ab Einbruch der Dunkelheit war dies streng untersagt. So saßen wir am Abend noch die längste Zeit, ja manchmal bis tief in die Nacht hinein, auf unseren Lagerstätten beisammen. Manchmal kam ein junger Rheinländer, sein Name ist mir entfallen, ein Musikstudent, der bei Kriegsende bei der 373sten, der »Schachbrettdivision« diente. Sein Interesse galt dem Volkslied der Balkanvölker. Er hatte die seltene Gabe, sich auch atonale Melodien, wie es die türkischen Tonfolgen sind, merken und singen zu können. Er konnte uns Bosniakenlieder vortragen, wie das von der Entstehung der Stadt Banja Luka. Hirten spielen dabei schwermütige Weisen auf ihren Flöten, wenn sie über die feuchten Wiesen ziehen, die trägen Nebelschwaden sich heben und einzelne Konturen der Stadt sichtbar werden. Danach stimmte er eine heitere, übermütige Weise aus Dalmatien an, die an das Italienische erinnerte.
Auf Drängen der Freunde gab auch ich ein Bosnisches zum Besten, das ich seit meiner aktiven Militärzeit in Erinnerung behielt: »Sarajevske uske staze ...« Der Rheinländer wiederum begann mit einem Hirtenlied aus Mazedonien; wie einer nicht Rinder hüten wollte, aber Freude an seiner Ziegenherde fand. So manches slowenische Liebeslied kam dran, einige davon hatten bereits einen kroatischen oder serbischen Text erhalten und ihre Melodie kehrte in europäi-

schen Schlagern wieder. Schmachtfetzen nannte Ernstl sie verächtlich.
Gabriel, aus der Villacher Gegend stammend, einst Leutnant bei der 373sten, hörte uns und konnte ein Windisches Liedchen beisteuern. Darin bittet ein Bursch seine Mutter um zwei Kreuzer. Er möchte gerne eine Mundharmonika kaufen und den Mädchen aufspielen, wie er es bereits versprochen hat. Mir fielen noch Volkslieder aus Unterkrain ein und ich summte »Vom Boot im See am Triglav . . .« und »Wo sind die Steigln, die wir gegangen, jetzt aber von Stauden überwuchert sind . . .«
»Aufhören! Wir haben genug von diesen rührseligen Liedern! Wir wollen schlafen!« So kam es aus dem Dunkel, von hinten und von unten herauf. Für uns, zumindest für mich, war dieser Abend zu einem besonderen Erlebnis geworden.

Werschetz: Kulturleben im Lager

Das Vorlesungsprogramm unserer »Universität« wurde immer reichhaltiger. Fachleute auf allen Wissensgebieten konnten gefunden werden. Neben Konzerten und »Bunten Abenden« wurden die Aktivitäten der Lagerbühne verstärkt. Es gab eine deutsche und eine österreichische Spielgruppe. Letztere verlegte sich vor allem auf die Aufführungen von Nestroy- und Raimundstücken, während die deutsche Bühne Klassiker, aber auch Modernes bieten konnte. Ernstl war bei beiden Spielgruppen mit Eifer dabei und schrieb seiner Schwester voller Begeisterung, er habe auf der Werschetzer Bühne mit Erfolg debütiert. Er bekam allerdings als Antwort, er soll statt Schauspieler lieber Schneider lernen.

Die Vorführungen fanden allgemein großen Anklang. Es waren Wiederholungen und an Wochenenden oft drei Aufführungen notwendig. Für mich blieb es unverständlich, daß es einzelne Lagerinsassen gab, die sich für gar nichts interessierten und kein Angebot annahmen, kein Theater, keine Musik, keine Vorlesung. Sie blieben unter der Decke liegen oder standen teilnahmslos herum.

Großen Zustrom erfuhren die Vorlesungen von dem Philosophen Dr. Wolfgang Berkefeld. Um ihn scharte sich ein Kreis von Künstlern der verschiedensten Richtungen und Kulturbeflissene aller Art. Ernstl war ein besonderer Anhänger Berkefelds und verehrte diesen wie einen Vater. Bei den Diskussionen ging es in diesem Kreis oft sehr lebhaft zu; Rollenspiele wurden inszeniert und dann über das Verhalten

der einzelnen Studien angestellt. Wir hatten noch während der Nacht zu lachen, wenn Ernstl im Schlafe seine Rollentexte laut wiederholte.
Ich hatte das Glück, sobald Paketsendungen gestattet wurden, solche von meinen Angehörigen im Gailtal zu erhalten. Der zumeist nahrhafte Inhalt in Form von Konserven war in Holzkisten verpackt, die nun der Theatergemeinschaft wertvolle Dienste zu leisten vermochten. Darin konnten auch die wertvollen Requisiten verwahrt werden. Hans fungierte ja als Bühnenrequisiteur. Schwierig war es, diesen Fundus ohne Verluste bei den ab und zu fälligen Entlausungen durchzubringen.
Zeitweise war man bemüht, das Interesse für Vorträge dadurch zu verstärken, daß man sich auf Schwerpunktthemen konzentrierte. So gab es eine Goethe-Woche, danach eine über Mendelssohn-Bartholdy und so fort. Es gab Vorlesungen über Rechtsgeschichte, ebenso wie über Mathematik und Physik, Sprachkurse aller Art und natürlich auch leichte Kost, wie zum Beispiel Bienenzucht oder Kochrezepte. Der Schwabe Pfleiderer behandelte in einer Vortragsreihe die Französische Revolution, Walter Wrede berichtete über seine Ausgrabungen in Griechenland.
Ein ehemaliger Baurat aus Villach kam und wollte mich dazu animieren, Vorträge über Vermessungswesen zu halten. Predel hieß er; er habe erfahren, daß ich auf diesem Gebiet bei Straßen- und Tunnelbau einige Erfahrungen gesammelt hätte. Ich sah mich dazu nicht in der Lage und mußte ablehnen. Ich hatte wohl 1939 bei der deutschen Autobahn Anstellung gefunden, nachdem ich den Forstdienst in Syrmien liquidiert hatte. Wir sollten durch das »Mosermandel«, so hieß der Grenzberg zwischen dem salzburgischen Lungau und dem Kärntnerland, einen Richtstollen für eine künftige Autobahn treiben. Ich hatte die Aufgabe, unter Tage die Kurven zu vermessen und abzustecken. 600 Meter weit sind

wir in dem Berg vorangekommen. Für die geplante Autobahn habe ich auch südlich des Katschberges Vermessungen durchgeführt und schließlich noch mit Mirbek gemeinsam am Millstätter See den Tunnel von Molzbichl vermessen. Alle diese Richtstollen wurden nicht fertiggestellt. Während des Krieges mußten diese Baustellen eingestellt werden. Nachdem mir keinerlei Unterlagen zur Verfügung standen, wagte ich es nicht, über ein derartiges Gebiet Fachvorträge zu halten.

Wie quälend das ständige Hungergefühl war, habe ich bei dieser Gelegenheit erfahren. Trotz aller Willensanstrengung gelang es mir nicht, mein Denken auf etwas anderes zu lenken als auf das Essen. Ich sah mich mit meinen Meßgehilfen in einem Bauernhof am schönen Rotgüldensee am Tisch sitzen. Der lange, hagere Besitzer hatte uns zum Essen eingeladen. Es gab Knödel und dazu grünen Salat, der mit braungeröstetem Speck abgeschmalzen war.

Aufgrund der sprachlichen Barrieren konnten die Italiener an unserem kulturellen Leben nicht teilnehmen. Für sie gab es auch keine Literatur in der Lagerbibliothek. Nachdem sie auf den uns gegenüberliegenden Pritschen lagen, konnte ich sie beobachten, wie sie mit viel Talent sich in Stegreifspielen übten. Wenn ich auch den lauten Palaver nicht verstehen konnte, so schien mir mancher mit seinen lebhaften Gebärden ein geborener Schauspieler zu sein. Sie hatten jedenfalls vor ihren Aufführungen kein längeres Proben nötig. Einige von ihnen fanden sich bei den Sprachseminaren ein. Für eine Zeitlang gab es Mathematikvorlesungen in Italienisch.

Die italienischen Offiziere hatten das Glück, als erste repatriiert zu werden. Damit verabschiedeten sich auch die Südtiroler Kollegen von uns. Obwohl ich gebürtiger Südtiroler war, wagte ich es nicht, mich zu ihnen zu gesellen. Allein meine dürftigen Kenntnisse in Italienisch hätten mir sicher nicht die nötige Glaubwürdigkeit gebracht. Vor ihrem Auszug aus dem Lager kam noch ein italienischer Offizier zu mir und machte sich erbötig, in seiner Heimat zu Fürst Innozenz II., Odescalchi zu gehen. Dieser könnte sich für mich einsetzen. Ich lehnte das Ansinnen ab, in der Meinung, es könnte weder ihm noch mir nützen, eher schaden.

Ich weiß nicht, auf welchem Weg wir davon erfuhren, wie diese Gruppe in Dalmatien auf ein Schiff verladen wurde. Nachdem sie in Split noch einmal gründlich durchgefilzt worden seien, hätten sie vor ihrer Überfahrt das Fahrzeug mit Transparenten und politischen Parolen versehen: »Es lebe Tito! Es lebe Stalin!« Beim Überqueren der 200 Seemeilengrenze hätten sie dann unter großem Jubel die kommunistischen Embleme und die Bilder der politischen Größen feierlich im Meer versenkt.

Im Lager zurück blieben die Lockvögel mit ihren gestutzten Flügeln, die in der Freiheit nicht mehr zurechtkamen und sich wieder in unserer Baracke einfanden.

Auf den nun leer gewordenen Plätzen rückten die Sudetendeutschen ein. Obwohl die Entfernung zu ihnen nur wenige Meter betrug, lernte ich nur wenige von ihnen näher kennen. Lediglich, wer in seinem Äußeren oder in seinem Verhalten auffiel, blieb mir in Erinnerung.

Zwei ältere Herren saßen oft stundenlang auf ihren Hockern, die den Melkstühlen glichen, nebeneinander. Ernstl fand bald einen Namen für diese Gruppe, »Familie Flickschuster« bezeichnete er die beiden. Es waren Hauptmann Kuss und sein Freund, der kleine, verwachsene Gersi.

Und wieder kam Weihnachten. Reinhold Wildner hatte einen eigenen Österreichchor gegründet. Seine Neukomposition nach einem Text von Karl Liko sollte am Heiligen Abend uraufgeführt werden: »Weiß und schwer wie dicke Daunen, liegt der Schnee auf Tannenzweigen . . .«

Diesmal gab es als Festessen wirklich Knödel, und zum Beheizen der Öfen lagen seit längerem etliche Prügel unter den Pritschen versteckt. Hans hatte sein erstes Paket aus der Heimat bekommen. Darin waren echte Bienenwachskerzen, die einen angenehmen, leicht ätzenden Geruch, verbreiteten. Es gab mehr Lichter, mehr Lieder und Ansprachen. Gmachl Lois schrieb seine Gedanken nieder und las uns danach vor:

»Nun weiß ich es, daß alles Licht
zutiefst aus unserem Innern bricht.
Geheimnisvoll ist es entzündet
von eines Größeren Hand, die alles löst und bindet.
Den, der es trägt, den muß es ganz verbrennen . . .
. . . doch keiner seiner Brüder will ihn kennen.
Denn Liebe ist einand so fern,
wie dieses dort und jener Stern.«

Dieser Winter brachte uns eine neue Plage, die Wanzen. Von irgendwoher eingeschleppt, bevölkerten sie bald das ganze Lager, nisteten in allen Fugen und Poren des Mauerwerks und im Gebälk. Sie überfielen uns zu Tausenden in der Nacht, ließen sich von den Decken fallen, krochen aus allen Wänden, sogen sich mit Blut voll und stanken entsetzlich. Nicht alle hatten in gleichem Maß darunter zu leiden. Feinhäutige, so wie Ernstl, wurden als erste und mit besonderer Vorliebe von dem Ungeziefer heimgesucht. Die Derbhäutigen hielten es länger unter der Decke aus. So mancher verließ seine Schlafstelle und legte sich im Gang auf den Zementboden. Es half nichts, das Holz mit heißem Wasser zu bearbeiten. Erst als es dem Frühjahr zuging, zerlegte man systematisch alle Pritschen und sämtliche Möbelstücke, brannte sie über dem Feuer ab und baute sie erneut zusammen. Das Kommando bei dieser »Ausräucherung« hatte Riezler, der »Schlapfenschmied« übernommen. Doch auch diese Aktion brachte nur eine vorübergehende Linderung. Erst eine DDT-Vergasung ein halbes Jahr später brachte uns die Rettung. Es soll dies eine Spende des Internationalen Roten Kreuzes gewesen sein.

Werschetz: Antifaschistische Umerziehung

Es war um Weihnachten 1947, als ein Flugblatt der »Antifa« in Belgrad an unserer Wandzeitung angeschlagen wurde. Eine Verspottung der Heiligen Familie sollte es sein. Dieses Flugblatt dürfte ein Vorläufer der Zeitung »Der Schaffende« gewesen sein, die später wöchentlich in einem Mannschaftslager in Belgrad erschien und von den dortigen Antifa-Leuten redigiert wurde. Eine derartige Verbeugung vor den Siegern war mir unverständlich.

Über Weisung der Jugoslawen mußten in jedem Lager antifaschistische Ausschüsse eingerichtet werden. Sie sollten für eine politische Umerziehung sorgen. Auch in Werschetz wurde eine solche Antifa gebildet, die neben der gewählten Gefangenenselbstverwaltung Kontakt zu Lagerkommandant und Kommissar halten sollte. Vorträge über Karl Marx und Lenin und deren Schriften wurden angeboten und danach in Seminaren abgehandelt. Jeder solle sich mit diesem Wissen vertraut machen; repatriiert könne nur der werden, der sich mit Erfolg über dieses Wissen einer Prüfung unterzogen habe, wurde uns mitgeteilt. Von allen wurde verlangt, einen ausführlichen Lebenslauf zu schreiben und dabei den Aufenthalt in Jugoslawien besonders eingehend zu behandeln.

Die Jungen, es waren dies die Jahrgänge 1919 und jünger, zu denen auch Hans und Ernstl zählten, hatten über Auftrag des Kommissars eine eigene Antifa zu bilden. Es waren derer nur wenige, und die Kleinheit der Gruppe erwies sich als ein entscheidender Vorteil. Während allgemein unter den Ka-

meraden das Mißtrauen und die Angst vor der Denunziation wuchsen, rückten die Jungen unter der von ihnen gewählten Antifaführung noch enger zusammen, und sie halfen einander, wo sie konnten.
Eines Tages kam ein nicht gerade schlecht gekleideter Mann mit einer kessen Offiziersmütze auf dem Kopf ins Lager, und zu unserem Erstaunen brachte er ein Matratzenteil mit. Er gab an, er sei von den Russen über Marmaros-Sziget an die Serben ausgeliefert worden, obwohl er Österreicher wäre. Er nannte sich Apold und begann, Vorträge über Sozialismus zu halten. Karl Swoboda war einer vom österreichischen Antifa-Ausschuß und scharwenzelte eifrig um den Neuen herum. Schindler Fritz kam zu mir und meinte, ich solle mir Apolds Redeweise einmal anhorchen. Ich hörte ihm zu und vermutete, daß er seiner Aussprache nach in der Gegend von Cilli beheimatet sein könnte. Die Unsicherheit unter den Mitgefangenen wuchs.
Aus Deutschland kamen laufend Berichte über die Aburteilung von Kriegsverbrechern. Den Gerüchten nach habe man hier im Banat, in Zrenjanin, ein Lager für solche Verbrecher eingerichtet. Dahin wurden sämtliche Geistliche, die sich unter den Gefangenen fanden, zu Verhören gebracht. Auch Graf Neipperg kam dorthin und kehrte erst gegen Allerheiligen von dort zurück. Seine Messe mit Predigt, die er nach Ankunft in einem unbewohnten Barackenteil hielt, hat alle tief beeindruckt. Auch mir blieb das Bild lebhaft in Erinnerung, wie der fast zwei Meter große, hagere Mann im schwarzen Benediktinerhabit in dem dunklen Raum vor dem provisorischen Altar stand. Im Scheine einer kümmerlichen Kerze leuchteten seine schneeweißen Haare und blitzte das goldene Kreuz auf seiner Brust.
Alle Kameraden mit dem Namen Schmid, ganz gleich in welcher Schreibart, wurden aufgerufen. Es waren insgesamt dreiundzwanzig Lagerinsassen mit diesem Namen. Sie ka-

men zu Untersuchungen nach Zrenjanin. Sie wurden verdächtigt, Kriegsverbrechen begangen zu haben. Bald kamen einzelne wieder zurück. Die Gerüchte wuchsen.
Mit Rücksicht auf die Zensur unserer Post, wurde ich beim Nach-Hause-Schreiben vorsichtiger. Wir durften pro Monat eine bestimmte Zahl von Zeilen schreiben. Ich glaubte, meine Angehörigen zu Hause zur Vorsicht mahnen zu müssen und flocht im Text den Namen von Frau Pennersdorfer ein, jener Frau, die wir seinerzeit als Denunziantin kennenlernten.
Wieder kam das Gerücht in Umlauf, die Österreicher würden bevorzugt behandelt und bald entlassen, doch sei der Nachweis der Staatsbürgerschaft zu erbringen, denn es seien auch »schwarze Schafe« unter uns. Die Antifa-Leute schlugen vor, alle sollten heimschreiben und sich eine amtliche Bestätigung über die staatliche Zugehörigkeit schicken lassen.
Einer jener Superpatrioten, ein ehemaliger Zahlmeister, hielt eine salbungsvolle Ansprache über die Gründe für die Notwendigkeit dieser Aktion. Er war einer der eifrigsten der Antifa-Mannschaft. Er hörte sich selbst gerne reden und stand des Abends öfter in der Halle, seinen Wehrmachtsmantel hatte er mit einem Strick umgürtet. In welche Bedrängnis damit die Volksdeutschen kommen mußten, haben diese Pharisäer nicht bedacht.
Ausgerechnet dieser Zahlmeister, dachte ich voller Wut. Er war einige Wochen zuvor zu mir gekommen und hatte mich gebeten, ihm ein Schriftstück zu übersetzen. Es war sein Gesuch um vorzeitige Entlassung nach Wien wegen besonderer Verdienste. Als Begünstung gab er an, er habe zwei Wochen vor der Kapitulation an die Soldaten der 373sten Division, also an die Kroaten, keine Verpflegung mehr ausgegeben, um so möglichst viel den Partisanen zukommen zu lassen. Das Ansuchen hat ihm sicherlich nichts genützt.

So wie ich, befanden sich alle Volksdeutschen, die in der alten Österreich-Ungarischen Monarchie beheimatet waren, in einer mißlichen Lage. Binnen sechs Wohen sollten wir »Heimatlose« einen geeigneten Staatsbürgerschaftsnachweis erbringen. Ich fand es absurd, daß jetzt jene das Sagen haben sollten, die nur den eigenen Vorteil gelten lassen wollten.

Ich schrieb meinem Bruder, er möge versuchen, mir eine solche Bescheinigung zu verschaffen. Bei unserem Postlauf schien mir dies unmöglich. Ich dachte an Flucht. In dem genannten Zeitraum würde der Mond noch einmal voll, das müßte ich nützen. Dazu mußte ich einen Partner finden; allein abzuhauen war von vornherein aussichtslos. Hans und Ernstl wollten davon nichts wissen. Ein Gotscheer namens Schober kam und bat mich, mit ihm die Flucht zu wagen. Mir war der Mann mit dem weißen Spitzbart bis dahin kaum einmal aufgefallen. Schober war schon über fünfzig und machte mir gesundheitlich einen geschwächten Eindruck. Der würde die zu erwartenden Strapazen nie durchstehen, überlegte ich und lehnte ab. Ich wandte mich an Richard Reiser, von dem ich annahm, daß er auch in Schwierigkeiten sein könnte. Mit so einem jungen, kräftigen Burschen wollte ich losziehen. Dieser winkte ab; er wolle notfalls zu den Deutschen hinüberwechseln.

Ob Deutsche oder Österreicher, bisher waren wir in guten und schlechten Tagen die gleichen Landser gewesen. Jetzt mußten wir Volksdeutsche uns als im Stich gelassen, mit einem widerlichen Ausleseverfahren hinausgeekelt sehen. Es war bedrückend, auf einmal weder hierhin, noch dorthin zu gehören. In Deutschland, so hieß es, müsse man alle ehemaligen Wehrmachtsangehörigen aufnehmen. Ich müßte dort jemand wissen, der mir eine Bestätigung über die Zuständigkeit verschaffen könnte. Ich wußte niemanden. Ich hatte nur Postverbindung zu meinen Eltern im Gailtal in

Kärnten und zu meinem Bruder in Osttirol, der in Lienz die Verwaltung einer Mühle übernommen hatte. Der wird sicher bei seinen Behördenvorsprachen nur kleinlich denkende Beamte finden, die keine Großzügigkeit kennen. Er wird nichts erreichen können, dachte ich. Ich kannte nur mehr den einen Gedanken, heraus aus dem Lager, koste es, was es wolle. Ich sann auf eine geeignete Möglichkeit. Doch die kam nicht.

Nacht für Nacht starrte ich stundenlang zum Sternenhimmel und beobachtete den Mond in jeder seiner Phasen. Ich dachte daran, welche Macht dieser Erdtrabant auf das Leben dieser Erde ausübt. Die Städter wissen davon nichts, höchstens, daß es Mondsüchtige gibt. Hans hatte mir so manches über die Bauernweisheiten in Tirol erzählt. Das Bauholz würde man am besten bei abnehmendem Mond kurz vor Weihnachten schlagen, weil dann der geringste Saftstrom im Stamme sei. Bei Saat und Anbau solle man sich nach Möglichkeit an Mond und Sternzeichen erinnern, die das Wachstum der Knollen und das Schießen der Halme hemmen oder fördern könnten. Selbst bei Wild- und Schmelzwasser sei zu beobachten, wie sich diese, je nach Mondphase, in den Boden einfressen oder Dämme aufschütten würden. Ich stritt mich mit Hans, weil ich solche Erscheinungen nicht glauben wollte. Von solchen Einflüssen hatte ich in meinem Forststudium nichts gehört. Daß jedoch Ebbe und Flut den gleichen Rhythmus aufweisen wie der Mond, mußte ich zugeben. Auf mich hatte er nicht eine derartige Anziehungskraft wie auf das Wasser. Ich fand für eine Flucht keine Gelegenheit, und alle derartigen Pläne zerschlugen sich.

Das, was ich für unmöglich hielt, gelang meinem Bruder. Er sandte mir eine Bescheinigung, in der alle drei großen politischen Parteien in Österreich bescheinigten, daß gegen meine Einbürgerung kein Einwand bestünde. Das war für

mich eine große Erleichterung, wenn ich auch nicht wußte, ob mir es mir jemals nützen konnte.
Im Lauf dieses Jahres wurde die Tätigkeit der Antifa immer spürbarer. Es gab auch in Werschetz einzelne Vernehmungen. Die gegenseitigen Verdächtigungen und das Mißtrauen nahmen zu. Die Gruppe der Jungen wußte sich davor zu schützen und rückte noch enger zusammen. Sie ließen sich nicht in die Karten schauen und auch nicht gegenseitig ausspielen. Sie hielten ihre eigenen Schulungsstunden, kam dabei einer auf ein bedenkliches Thema, gelang es den Freunden, geschickt davon abzulenken. Ich wünschte mir oft, daß ich mich zu ihrer Gemeinschaft zählen dürfte. Um so dankbarer mußte ich für die Freundschaft sein, die mir Hans und Ernstl boten.
Immer häufiger wurden Kameraden aus dem Lager abberufen. Die meisten kamen nach Zrenjanin. Um unter den Offizieren Kriegsverbrecher aufzuspüren, hatte der Kommissar ein System von Spitzeln aufgebaut, wobei die Antifa bei ihren Seminaren zur politischen Bildung ein geeignetes Werkzeug wurde. Franjo Stainer, der zuständige Kommissar, ließ sich selbst selten sehen.
Einmal kam er ins Lager und verkündete »eine Najigkajt, eine wunderbare Einrichtung«. Ein Briefkasten wurde an der Barackenwand angebracht. In diesen könne man Zettel einwerfen. Wünsche, Vorschläge ... alles könne man da einwerfen.
Schimpfend und voller Wut kam Ernstl von einer Vorlesung in der Halle der Deutschen. »So eine Schweinerei! Hat nicht heute am Morgen einer unter seinem Kochgeschirr einen Zettel gefunden mit der Drohung, wenn dort nicht binnen kurzem siebzig Dinar hinterlegt sind, erfolgt die Anzeige, daß der Betreffende bei der SS war! So etwas darf doch nicht wahr sein!« Ereiferte sich unser junger Schauspieler.
Bei den politischen Schulungen wurden angeblich unbe-

dachte Äußerungen, die in der Diskussion fielen, vermerkt und weitergemeldet. Mancher der ehemals stolzen Offiziere wollte jetzt »scho oiwei a Roda gwesn sei«.
Aus dem Mannschaftslager in Belgrad kamen Antifaleute, ehemals Unteroffiziere der Wehrmacht als Vortragende. Sie berichteten von den fürchterlichen Verbrechen, die in den Konzentrationslagern begangen wurden. Die wenigsten von uns hatten davon Kenntnis, vielen erschienen diese Schilderungen unglaubwürdig. Wir wußten jedenfalls darauf keine Antwort zu geben und kehrten erschüttert und bestürzt in unsere Halle zurück.
Wenn der Kommissar dazu kam, nützte er die Gelegenheit, um sich mit seinen Heldentaten zu brüsten. So sei er einmal, auf einem Schimmel reitend, in ein dalmatinisches Dorf eingefallen, um seine gefallenen Kameraden zu rächen. Ein andermal wollte er in Agram in ein Gastlokal gekommen sein. Sie seien zu dritt gewesen und hätten unter dem Mantel ihre schwarze Pelzmütze, die Subare mit der roten Petrokraka, versteckt gehabt. Als sie diese hervorholten, sei ein wildes Durcheinander entstanden. Danach hätten sie ihre Dreikantfeilen gezogen, hätten noch die Schreie der Bestürzten gehört und seien im Wirrwarr verschwunden. Ich war sicher nicht der einzige, der bei einer so phantasievollen Geschichte ein mitleidiges Lächeln kaum unterdrücken konnte. Der Lebenslauf mußte ein zweites und ein drittes Mal geschrieben werden. Ich wurde von Kameraden gebeten zu übersetzen.
Es sollte manches detaillierter dargestellt werden, auch, ob man bei einer Partei oder bei einer der Gliederungen der NSDAP gewesen sei. Alle möglichen Rechtfertigungen wurden vorgebracht, warum und weshalb man beitreten habe müssen. Doch vorher sei man bei der Gewerkschaft Mitglied gewesen.
Kollegen wurden zu Vernehmungen geholt, die in dem

Gebäude jenseits der Bahnhofstraße stattfanden. Es ging um die genaue Darstellung der jugoslawischen Kriegsgeschichte, hieß es. Man müßte wissen, wo die einzelnen Einheiten im Einsatz gestanden wären, wohin sie weiter verlegt worden seien und so weiter. Es ginge nur um die Wahrheit, »die reine Wahrheit«. Wie oft hörte ich in den folgenden Jahren immer wieder das Wort: »Nur die reine Wahrheit«.

Zeitweise wurden zwei von der gleichen Einheit gleichzeitig befragt. Wenn der eine nicht mehr weiter wußte oder zögerte und vielleicht nicht mehr weitererzählen wollte, begann sicher der andere, gleich einem Musterschüler, die Gliederungen der Truppe in allen Einzelheiten zu erklären und aufzuzählen. Die Vernehmer und Dolmetscher, die hinter ihrer Brüstung saßen, fanden ihre Genugtuung.

Auf der Pritsche hörte ich mit an, wie der junge Lehrer Prager einen Älteren zurechtwies: Es sei ihn dies doch gar nichts angegangen, zumal er doch gar nicht dabei gewesen wäre. Warum er sich bei diesem Verhör so wichtig gemacht habe. Es war unser Hermann Reizler, der sich so rügen lassen mußte und sich danach verschämt zurückzog.

Professor Lang war bemüht, sich intensiv mit der Lehre von Karl Marx auseinanderzusetzen. Er studierte »Das Kapital« eingehend und begann darüber Vorlesungen zu halten. Über Marx mußte jeder genau Bescheid wissen. Ohne diese Kenntnisse käme keiner zur Entlassung. Begriffe und deren Definitionen mußten auswendig gelernt werden, so betonten es die Vertreter der Antifa. Es wurden Schriften verteilt, aus denen man auswendig lernen konnte, was Kapitalismus, Imperialismus, Demokratie, Evolution und Revolution, was Faschismus oder Nationalismus bedeuteten. Bei jedem der Zitate waren die Väter der Fortschrittslehre Marx, Engels, Lenin und Stalin zu nennen. Es wurde uns gelehrt, wie die

Besitzergreifung der Produktionsmittel durch die Gesellschaft vor sich ging, wie die Befreiung der Menschheit im revolutionären Kampf möglich wird und wie schließlich im Endzustand die herrschafts- und klassenlose Gesellschaft auszusehen hat. Dr. Lang nahm dies alls sehr ernst und studierte noch gründlicher die Literatur über den klassischen, den englischen, den naturwissenschaftlichen, den mechanischen, den dynamisch-energetischen, den historischen und dialektischen Materialismus.

Kommissar Stajner hielt uns einen Vortrag, den Apold der zwangsvergatterten Zuhörerschaft Wort für Wort zu übersetzen hatte. Danach wurden wir aufgefordert, Fragen zu stellen. Lang meldete sich, holte weit aus, ging nach einer weitschweifigen Einleitung auf die politische Ökonomie, auf Arbeitswert- und Mehrwertlehre ein und kam schließlich zur Frage, wie dies mit dem geistigen Überbau zu verstehen sei. Stajner kannte natürlich nur die ihm eingedrillten Schlagworte und deren simple Definitionen, wußte keine Antwort zu geben. »Ich weiß nicht, was Sie mit dieser langen Wurst wollen?« meinte der »komesar« und hatte damit die Lacher auf seiner Seite. Mit rotem Kopf setzte sich Lang auf seinen Hocker. Niemand versuchte, eine weitere Frage, schon gar nicht nach dem Metaphysischen, zu stellen.

In der Angst vor Denunzianten gaben sich manche betont »sozialistisch« und diskutierten eifrig über die Akkumulation und Konzentration des Kapitals in den Händen weniger, über die Ausbeutung und Verelendung des Proletariats, über die zu erwartenden Krisen der kapitalistischen Gesellschaft und über das bevorstehende Ende des Kapitalismus. Die Eifrigsten beriefen sich auf die wissenschaftlichen Grundlagen und konnten Thesen von Feuerbach, Hegel und Darwin zitieren.

Nach drückend heißen Sommern kam ein zweiter und dritter Gefangenschaftswinter. Statt zu schlafen, liefen wir wieder im Kreis, um uns warm zu machen, Stunde um Stunde war das Geklapper der Holzschlapfen zu hören.

Werschetz: Arbeitseinsätze und Fluchtversuche

Im zweiten Herbst der Gefangenschaft wurde wieder ein Schilfkommando losgeschickt, um die Trennwände ausbessern zu können. Auf der Windseite der Baracke wurde als Wärmeschutz eine weitere Lehmziegelmauer errichtet.
Beim Schilfschneiden versuchten welche über die nahe Grenze nach Arad in Rumänien zu entkommen. Einer davon war Angerer aus Hopfgarten im Brixental. Er wurde in Ungarn aufgegriffen, ausgeliefert, arg verprügelt und für längere Zeit in Einzelhaft gesteckt. In das Lager zurückgebracht, wollte er nur ungern von seinen Fluchterlebnissen erzählen.
Einige hatten den Versuch unternommen, durch den Lagerzaun auszubrechen und wurden dabei erschossen. Für uns hatten diese Fluchtversuche entschiedene Sanktionen zur Folge, vor allem verschärfte Bewachungsmaßnahmen. Die Wachen wurden in noch kürzeren Abständen ausgewechselt. Die Zone am Stacheldraht entlang, die niemand betreten durfte, wurde von fünf auf zehn Meter verbreitert. Nach Einbruch der Nacht durften pro Kompanie, also von 500 Mann, nie mehr als sechs Personen gleichzeitig zur Latrine. Auch deren Eingänge wurden bewacht. Nur mit einer »Austrittsmarke« konnte diese betreten werden. In jedem Hallenteil mußten Gefangene als Nachtwächter fungieren und die Marken, es waren Plättchen aus Aluminium gefertigt, ausgeben. Gustl Kropatschek, allgemein als Darsteller von weiblichen Rollen bekannt, übernahm häufig diesen Nachtdienst. So konnte er ungestörter lesen und sich seinen Stu-

dien widmen, wenn er unter dem gelblich trüben Licht an dem Markentischchen saß. Auf dem Weg zur Latrine durfte kein Mantel getragen werden, ein solcher hätte einen als fluchtverdächtig erscheinen lassen. Eine Decke durfte man umhängen, und nachdem ich keine solche besaß, mußte ich Hans die seine wegziehen und ihn mit meinem Mantel zudecken, während ich austreten war.

Damals mußte Reinhold Wildner fort. Er sollte zu einer Bruchoperation nach Belgrad geschickt werden. Es war jedoch unsicher, ob er jemals wieder ins Lager zurückkäme. Als der einzige überlebende Offizier seiner Einheit war er bereits ein Jahr vor Kriegsende mit seiner gesamten Batterie in Dalmatien in Gefangenschaft geraten. In der Nacht vor seinem Weggang schilderte er uns ausführlich, was er alles erleben mußte, ehe er zu uns stieß.

Alle anderen Offiziere wurden erschossen, nur er wurde durch einen Zufall zu den Mannschaften gezählt und mit diesen, mit Draht gefesselt, durch das Land getrieben. Nachdem ihm ein Fluchtversuch mißlungen war, wurde er auf einer dalmatinischen Insel als einzelner in einer kleinen Holzhütte gefangengehalten. In dieser Hütte machte er einen neuerlichen Versuch zu entkommen. Er konnte sich der Fesseln in der Nacht entledigen und vom ersten Stock, in dem er lag, in das Erdgeschoß hinunterklettern. Weiter kam er nicht, da dort ein Posten vor der Tür Wache hielt. Beim Herumtasten in dem dunklen Raum stieß er an ein Weinfaß, konnte den Spund öffnen und seinen Durst löschen, indem er sich vollaufen ließ. Vom Posten unbemerkt ist er völlig trunken wieder in das Obergeschoß gekrochen und hat sich selbst in Fesseln gelegt.

Nach einer Reihe weiterer Abenteuer kam für ihn eine Zeit, in der er sich auf einer kleinen Insel frei bewegen durfte. In der dortigen Kirche hat er die Orgel gespielt, einen Chor der Dorfbewohner geleitet und dabei Gelegenheit gefunden,

recht gut Kroatisch zu erlernen. So wechselvoll konnten die Geschicke eines Gefangenen in diesem Lande sein. Später hat der gute Reinhold noch Schlimmes erleben müssen.
Wildners Chor, in dem ich auch mitsang, wurde nach seinem Abgang von Hauptmann Delisch übernommen. Er war ein älterer Herr, der nach dem Ersten Weltkrieg bereits sechs Jahre in russischer Gefangenschaft verbracht haben soll. Ich konnte ihn nicht dazu bringen, uns von dieser Zeit zu erzählen. Erst Jahre später habe ich aufgrund der eigenen Erfahrungen ein solches Verhalten verstehen gelernt.
Delisch glaubte, als gebürtiger Südtiroler müßte ich ein absolutes Gehör haben. Er schlug an ein Stück Eisen und fragte mich, ob dies das »eingestrichene A« sei. Er hat meine diesbezüglichen Fähigkeiten weit überschätzt. Doch ich erinnerte mich daran, wie ich die große Musikalität meiner Landsleute erlebte. Als ich in Berlin in der Dolmetscherkompanie diente. Wir marschierten zu den Rehbergen, zur höchsten Erhebung von Berlin. Neben mir trottete ein Hamburger. Er kam von der Wasserpolizei und sollte als Englischdolmetscher ausgebildet werden. Wenn es hieß, »ein Lied«, so klangen unsere Stimmen kläglich und falsch. Ganz anders wurde dies, als die Italienisch-Dolmetscher zu uns stießen. Es waren fünfzehn Südtiroler, mit denen wir durch die Straßen von Berlin zogen. Die Passanten blieben verwundert stehen, wenn unsere Lieder zwei- und dreistimmig erklangen und womöglich mit einem Jodler verbunden wurden.
Während Ernstl sich ganz der Schauspielerei widmete, war Hans vor allem in den Sommermonaten auf Arbeitseinsätzen, von denen er auch ab und zu etwas Nahrhaftes mitbringen konnte. Die Gruppen wurden zu Arbeiten auf den Feldern, in Lagern oder in Kasernen, abkommandiert. Ich wurde zum Stadionbau und zu Steinbrucharbeiten eingeteilt. Es war eine schwere und teilweise gefährliche Tätigkeit. Neben mir schaufelte ein wortkarger Mann. Es hieß, er sei

Theosoph. Ich hatte von dieser Sekte, die von Rudolf Steiner gegründet wurde, gelesen, und hätte zu gern davon mehr erfahren. Es sollen bei diesem Glauben angeblich die Seelenwanderung und ähnliche Dinge eine Rolle spielen. In der Arbeitspause saß ich mit meinem Arbeitskollegen auf einem Felsen, und ich drang in ihn, doch er blieb stumm.
Auf dem Weg zu unserem Arbeitsplatz begegneten wir Trupps von Gefangenen aus einem anderen Lager, dann aber auch Mädchen und Frauen, Banater Schwaben, die ebenfalls in Lager gepreßt worden waren. Die Männer waren erschossen oder deportiert worden, die Bauernhöfe an Neusiedler aus Bosnien übergeben worden oder wurden zu Staatsgütern geschlagen. Die Schwabenmädchen waren zu Arbeiten in den Weingärten eingesetzt. Kamen Landser zur Lesezeit bei ihnen vorbei, warfen sie flugs ein paar Trauben aus ihren Körben den Gefangenen zu. Wir hörten die stolzen Schwäbinnen bei der Arbeit singen. Einige von uns konnten Kontakt mit ihnen finden und bekamen manch lustige Geschichte zu hören. So hatten die Mädchen einmal ihre ehemals eigenen Felder zu bestellen gehabt. Zur Verwunderung der Bewacher sei auf diesen Flächen überhaupt keine Pflanze aufgegangen. Die Frauen hätten sich auf ihre Art gerächt und hatten das Saatgut in der Nacht vor dem Anbau gekocht. Von der UNRA, der internationalen Hilfsorganisation, wurden damals Geräte und Maschinen zur Verfügung gestellt. Da seien auch Werkzeugkisten geliefert worden, so erzählten die Mädchen, und als man sie aufbrach, seien zur Verwunderung der Jugoslawen darin Spaten, Krampen, Schaufeln und Hauen gelegen. Sie berieten, was man damit anfangen könnte. Einer hätte dann eine Idee gehabt und gerufen: »Oh, die guten Amerikaner! Sie haben auch die Schwaben und die Gefangenen nicht vergessen!«
Im Herbst, wenn jede Aussicht auf eine Heimkehr wieder begraben werden mußte, sank die Stimmung im Lager auf

den Tiefpunkt. Die Reaktionen der einzelnen waren sehr unterschiedlich. Ein junger Oberförster, ein schmächtiges Bürschl, kroch durch die Umzäunung und wurde erschossen. Er hatte sich nur ein paar Trauben holen wollen. Einer der Österreicher hatte mit einem Wachposten Kontakt gefunden und mit diesem irgendwelche Geschäfte vereinbart. Die Wachen wurden ausgetauscht, und als in der folgenden Nacht der Unvorsichtige auf den Stacheldraht zugehen wollte, mußte er sein Leben lassen. Auf ähnliche Weise ist auch Kamerad Rolle, einer aus der Halle der Deutschen, umgekommen. Die Todesfälle waren im Lager sonst selten geworden. Der allgemeine Gesundheitszustand hatte sich wesentlich gebessert. Früher hörten wir fast jeden Tag den Hornisten zum letzten Zapfenstreich blasen. Alle unterbrachen daraufhin ihre Arbeit im Lager und hielten eine kurze Gedenkminute für den Verstorbenen.

Zuweilen setzte sich Peter Sutter, der Komponist, zu uns. Hans war zu Kriegsende mit ihm in der gleichen Einheit und seit damals mit ihm befreundet. Als Künstler erhielt er, so wie andere, die Sonderleistungen für die Gemeinschaft erbrachten, Essenszuschläge. Auch von der Österreicher-Küche bekam er Essensmarken und verzehrte deren Nachschlag gerne in unserer Gesellschaft. Er lud uns ein, demnächst mit ihm seinen Geburtstag zu feiern. Er halte für uns eine besondere Überraschung bereit. Es war die Zeit, in der die Stimmung einen Umschwung erfahren hatte. Die Verpflegung hatte sich gebessert. Durch die verschiedenen Arbeitseinsätze konnten Zubußen aus der Stadt besorgt werden, und die ersten Krankentransporte waren in die Heimat abgegangen. Es hatte den Anschein, als ob auch bald Mannschaftstransporte folgen könnten. Daß die Offiziere als letzte an der Reihe wären, sahen wir als selbstverständlich an.

Sich aus der Stadt Lebensmittel zu besorgen war keine große Schwierigkeit; streng untersagt war es, Alkohol ins Lager zu schaffen. Ausgerechnet dies setzte sich Peter in den Kopf. Er kenne ein Schlupfloch im Zaun, mit einem Kollegen gemeinsam wollte er es schaffen. Die Wachen seien in der Nacht nicht mehr so aufmerksam. Er wollte seinen Mut unter Beweis stellen. In einer der folgenden Nächte robbten ihrer zwei unter dem Zaun hinaus. Auf dem Rückweg traf Sutter eine Salve aus der Maschinenpistole. Ein mit Schnaps gefülltes Kochgeschirr hielt er in der Hand. Sein Partner war unbehelligt durchgekommen.

Ehe er begraben wurde, konnten seine Freunde von seinem Gesicht noch eine Totenmaske anfertigen, die Hans in Verwahrung nahm. So oft im Lager Musik erklang, mußten wir an unseren Freund Peter denken, der nur aus Übermut die Heimat und seine Frau nicht wiedersehen durfte. Es bedrückte mich, daß wir ihn von diesem Vorhaben nicht zurückgehalten haben. Auch Hans, der sonst so Besonnene, hatte kein Wort dagegen gesprochen. Peter hatte uns erzählt, wie er seine Frau kennenlernte. Sie war Sängerin und trat auf einer KDF-(Kraft durch Freude-)Bühne auf. Bei einer Vorstellung für die Soldaten sang sie das Lied: »Peterle, mein kleines Peterle . . .« Noch am gleichen Abend lernte sie den jungen Offizier kennen und lieben.

An einem Morgen wurde ich zur Arbeit beim Stadionbau eingeteilt. Die politisch Verantwortlichen der Stadt setzten ihren Ehrgeiz darein, ein großes Sportstadion am Fuß ihres Hausberges zu errichten. In Reihen zu fünft marschierten wir durch die Weingärten auf der Straße, die am Stadtrand entlang führte. Zerlumpt und zerfetzt trotteten wir dahin, die Augen am Boden, um nicht auf den Vordermann zu stoßen. Ich hob einen Stiefelabsatz aus den Staub. So könnte ich meinen Schuh in die Reparatur geben, die notwendigen Holzstifte hatte ich bereits angefertigt. Die »Kunst AG«, eine Gruppe von handwerklich geschickten Kollegen unseres Bataillons, übernahm auch solche Arbeiten. Weinberge der

schwäbischen Bauern waren gerodet worden, und wir sollten die Terrassen für die Zuschauer in den Hang graben.
Wir pickelten, schaufelten in die Schubkarren und beluden die Loren. Die Organisation der Arbeiten war deutschen Gefangenen übertragen worden, wohl wissend, daß diese beweisen wollten, was sie könnten. Nur eine kurze Mittagspause wurde gestattet, um die angelieferte Suppe zu löffeln. Einer der Eifrigen wollte noch schnell seine Lore füllen. Wir saßen oberhalb einer großen Baugrube, da hörten wir plötzlich das Rumpeln der herabstürzenden Erdbrocken. Der Unglückliche hatte eine Lehmwand untergraben, um bei der Arbeit rascher voranzukommen. Zwischen Lore und Schollen eingeklemmt lag stöhnend Oberleutnant von Moll, ein gebürtiger Südafrikaner. Man zerrte ihn aus dem Geröll und trug ihn auf einer ausgehängten Tür vom Platz, doch nach wenigen Schritten verschied er.
Wenige Tage später, wir waren mitten in der Arbeit, kam zu unserer Verwunderung eine Kolonne von jungen Leuten mit nagelneuen Pickeln und Schaufeln singend anmarschiert. Es war die staatliche Jugendorganisation »Omladina Titova«. Uns wurde befohlen, so rasch als möglich von der Bildläche zu verschwinden und in Deckung zu gehen. Ein Team von Kameraleuten hatten den Auftrag, die »Tito-Jugend« beim Wiederaufbau Jugoslawiens zu filmen, der Bau des Sportstadions bot dazu die geeignete Kulisse.
Die wenigsten von uns waren an diese schwere Arbeit gewöhnt, hatten sie gar nie gelernt und ermüdeten allzu rasch. »Schau«, belehrte mich Hans, »wie es der alte Ennemoser aus Sautens im Tiroler Oberland macht, langsam, gleichmäßig, womöglich mit rhythmischen Bewegungen. So machen es die Bauern.« Ernstl bot das beste Beispiel dafür, wie man es machen muß, um möglichst rasch mit den Kräften am Ende zu sein. Die Arbeiten waren aber

dazu angetan, unsere Gesundheit zu heben, wozu die damit verbundene bessere Suppenration beitrug.
Einmal marschierte Dr. Lang neben mir in der Reihe zum Stadion. Er war klein und untersetzt. Sein runder Kopf hatte auf der linken Hälfte eine ganz glatte Haut mit einer Narbe, die von einer Verwundung herrührte. Ich wußte, daß er im Zivilberuf Lehrer an der Handelsakademie in Innsbruck war und hatte Vorträge von ihm bereits gehört. Er soll ein Mystiker sein, war zu hören. Ich hatte großen Respekt vor ihm und dachte, aufgrund seines Alters viel Lebenserfahrung bei ihm zu finden. Allzugern wäre ich mit ihm ins Gespräch gekommen. Doch sobald ich eine Frage an ihn richten wollte, hob er abwehrend die Hände, er wolle nichts wissen.
Es war Robert Egger, der heitere und hilfsbereite Kaiserjäger aus Innsbruck, der sich noch am besten mit ihm verstand und ihm über seine Schwierigkeiten hinwegzuhelfen vermochte. Wenn immer es eine Arbeit im Freien gab, war Robert dabei zu finden. Zuzeiten sah ich ihn beim Bau der Backöfen und bei Hilfsdiensten in der Küche.
Im dritten Jahr unserer Gefangenschaft wurde verstärkt auch für einen Arbeitseinsatz im zivilen Bereich geworben. Bis dahin war eine derartige Beschäftigung deutscher Offiziere nicht möglich. Jetzt würden Fachkräfte aller Art gesucht. Beim Wiederaufbau des Staates würden alle Hände gebraucht. Man würde ordentlich entlohnt und könnte in Freiheit leben, allerdings müßte man sich für eine längere Zeit – zwei oder drei Jahre – verpflichten. Danach würde einem die Heimkehr garantiert.
Esser, die keine produktive Arbeit leisteten, hätten in diesem Staat keinen Platz. Wer keinen Einsatz der Berufsausbildung entsprechend angeboten fände, könne sich beim Bau der Autobahn oder des Donau-Theiß-Kanals bewähren. Angehörige der Alterstufen unter dreißig seien eingeladen,

sich nach Bosnien zum Bau der »Jugendbahn« zu melden. Wer dahin ginge, erhalte besondere Begünstigungen.
Im Laufe der Jahre hatten wir schon so vieles versprochen erhalten, was nicht in Erfüllung ging. So gab es reichlich Anlaß für Diskussionen, ob es besser sei, in das Ungewisse loszuziehen oder im Lager zu bleiben. Ich blieb vorerst unentschlossen und hatte Angst, zu Arbeiten gezwungen zu werden, denen ich körperlich nicht gewachsen sein könnte.

Werschetz: 1947, Hunger und erste Hoffnung

Ein dritter Winter ging zu Ende. Es hatte genug kalte Tage gegeben. Täglich gab es ein Stück Maisbrot und die Suppe war nach wie vor dünn. Die Wochen, in denen dem Brot auch Weizen- oder Gerstenmehl beigemengt wurde, waren wieder vorbei. Es ging auf Ostern 1948 zu, da blieb die Brotlieferung eine Woche lang überhaupt aus. Auch die Küchen hatten nichts mehr zu kochen und wurden von einem Tag auf den anderen vertröstet, es sei nur eine vorübergehende Sache. Aus einem nahen Mannschaftslager konnten zur Versorgung von damals 1500 Mann im Werschetzer Offizierslager einmalig 8 kg! Gerste beschafft werden. Daraus wurde eine ganz dünne Schleimsuppe von einem halben Liter pro Mann gekocht. Uns wurde erklärt, das Lager sei von der Militärverwaltung einer zivilen Stelle übergeben worden, doch diese sei nicht in der Lage, für uns Lebensmittel bereitzustellen. Erstere sei nicht mehr zuständig. Dazu kam, daß keine Arbeit außerhalb des Lagers ermöglicht wurde. Nach fünf Tagen entschlossen wir drei uns, die letzte eiserne Ration anzugreifen. Ein Säckchen mit Mais hing über unseren Köpfen an einem Draht von der Decke, auf solche Art vor Mäusen, Ratten und Dieben gesichert. Im Frühjahr 1947 war Hans zum Maisanbau befohlen und konnte in der zugebundenen Hosenröhre jeden Tag eine Handvoll Maiskörner in das Lager schmuggeln. Dies blieb unser Notvorrat, den wir jetzt heimlich zerstampften. Am Ostersonntag vor dem Morgengrauen saßen wir an der Barackenmauer in einem tiefen Bombentrichter und kochten in einem Eßgeschirr unsere Maissuppe. Es hieß höllisch aufpassen, daß kein Posten die dünne Rauchsäule aufsteigen sah, vor den Mitgefangenen konnten wir unser Bemühen nicht ganz verborgen halten, und mit begehrlichen Blicken verfolgten einige jeden Löffel, den wir zum Munde führten. Doch ein weiteres Teilen war einfach sinnlos.

Am Osterdienstag, also nach mehr als zehn Tagen, kam erstmals wieder eine Lieferung von Nahrungsmitteln. Es gab täglich wieder Maisbrot und Maissuppe durch weitere Wochen.

Als diese »Kukuruzperiode« abgeschlossen wurde, kam von General Georgijević, dem für das Kriegsgefangenenwesen Zuständigen, der Befehl zu einer »Gesundenuntersuchung«. Er kam dazu persönlich aus Belgrad, ließ alle im Hof antreten und den Oberkörper frei machen. Der General schritt die Front ab und stellte fest, daß diese Ernährung keine negativen Auswirkungen auf unsere Gesundheit hatte.

Der Erste Mai wurde als der Tag der Werktätigen jedes Jahr gebührend gefeiert und zur Durchführung von Sportwettkämpfen genützt. In diesem Jahr erhielten die Sieger Faschingskrapfen aus Polenta und schwarzen Kaffee, natürlich keinen Bohnenkaffee. Emil Leys, wohl der jüngste unter uns Tirolern und ein Vetter von mir, war das ganze Jahr über bemüht, alle Schwächen zu überwinden und sich mit aller Energie durch Übungen fit zu halten. Er glaubte immer, einmal auf der Flucht seine Kräfte brauchen zu können. Stets hilfsbereit war er beim Lagersport als Organisator tätig und ging nach einer Veranstaltung von Lager zu Lager, um sich bei jedem persönlich für das Mitmachen zu bedanken. Bei den Senioren wurden in diesem Frühjahr Fritz Lang und Robert Egger die Sieger im Weitsprung.

Der Sommer kann im pannonischen Klima fürchterlich heiß werden. Im Freien gab es soviel wie keinen Schattenplatz.

Dafür aber waren die Stechfliegen eine arge Plage. Sie vermehrten sich zu Tausenden in unserer Kloake. Die Entleerung der Latrine wurde von Jahr zu Jahr ein größeres Problem. Im ersten Jahr führten Bauern die Fäkalien auf die Äcker. Danach wurde durch Abzugsgräben in alle vier Himmelsrichtungen ein Abfließen der Jauche erreicht. In der großen Wanne unter unserem Stelzenbau tummelten sich die Ratten, und allzubald drohte sie überzulaufen. Der Lehmboden dieser Gegend ermöglichte es, zur Trockenzeit bis zu elf Meter tiefe, senkrechte Wände abzuteufen. Das Ableiten in diese Gräben war eine harte und unangenehme Arbeit, zu der sich immer welche bereit finden mußten.
Eines Tages wurde eine Liste angeschlagen. Sie kam aus Belgrad. Darauf waren alle Gefangenenlager verzeichnet, die noch in diesem Jahr aufgelöst und deren Insassen repatriiert würden. Die Offizierslager Werschetz und Zrenjanin waren nicht angeführt. Dies brachte erneut Niedergeschlagenheit in unsere Gemeinschaft.
Zu unserer Überraschung kamen dann doch einzelne von uns nach Belgrad und über ein dortiges Repatriierungslager in die Heimat. Zunächst waren es einige Kranke, dann kamen auch Gesunde dran. Dabei war es für uns völlig unerfindlich, nach welchen Gesichtspunkten die Auswahl getroffen wurde.
Gleichzeitig wurden im Lager die Vernehmungen verstärkt, die vom Kommissar persönlich geleitet wurden. Es verging kaum ein Tag, an dem nicht Namen zum Abtransport verlesen wurden. Wohin? Das war die große Frage. So mancher, der in der Vorfreude auf die Heimfahrt seinen Rucksack packte, fand sich bald in Zrenjanin. Die Hallen wurden leerer. Jeder Tag begann mit Hoffen und Bangen.
Eines Abends war es soweit, Herfried Rohrer hatte gerade die Nachrichten verlesen, da wurde ich aufgerufen: »Zum Abmarsch fertig machen!« Meine Freunde Hans und Ernstl

halfen mir, die Habseligkeiten zusammensuchen. Hans vermachte mir einen Rucksack. Eine Dose Sardinen und etwas Kakao aus einem der letzten Pakete sowie ein Schweizer Taschenmesser gaben sie mir mit. Hinter das lederne Dreieck, dort wo die Träger am Rucksack zusammenlaufen, schob Hans noch eine Rasierklinge ein. »Für alle Fälle«, meinte er. Wir wußten alle drei, daß es mit mir nicht Richtung Heimat ging. Nervös und aufgeregt saß ich neben den Kameraden, mit denen ich jahrelang alles geteilt hatte. Ich ging in der düsteren, matt erleuchteten Halle von Pritsche zu Pritsche. »Mach's gut! ... Ohren steif halten ... Schau, daß du gut heim kommst!« hörte ich sagen. Mancher versuchte mit derbem Humor mich aufzumuntern. Einer wollte unbedingt mit mir länger reden, es war der sonst so verschlossene Dr. Fritz Lang. Gegen Mitternacht holte mich ein Posten ab.

Zrenjanin: Ich übersetze Protokolle

Wir standen zu dritt im Warteraum des Bahnhofes von Werschetz. Links von mir ein Posten, rechts Dr. Mantinger. Er war bisher unser Lagerarzt aus dem Salzkammergut. Neben ihm stand noch ein älterer Herr, den ich wohl im Lager schon gesehen hatte. Bis ein Zug kam, mußten wir endlos warten. Ich mußte unentwegt gähnen und wunderte mich, daß die beiden anderen sich mit dem Posten unterhalten konnten. Ich hatte Angst, fürchterliche Angst vor dem, was uns erwarten würde. Wir kämen nach Zrenjanin und ich soll dort im Lager Übersetzungsarbeiten leisten, war mir bedeutet worden.

Wir fuhren durch eine lange Nacht. Einmal leuchtete im Vorbeifahren eine Tafel auf. »Margita« las ich und mußte an meine kleine Kusine in Südtirol denken, die ich allerdings noch nie gesehen hatte. Ich war mit meinen Gedanken bei meinen Verwandten. Ob ich jemals meine Eltern und meinen Bruder wiedersehen würde? Im Morgengrauen stiegen drei Burschen zu – der Sprache nach Schwaben. »Hei, Drusche! Dürfen wir denen Zigaretten anbieten?« wandten sie sich an den Posten, als sie erfuhren, daß wir in das berüchtigte Lager Zrenjanin unterwegs seien. Es dürfte sieben Uhr gewesen sein, als sich der Posten mit uns dreien beim Lagerkommandanten in dessen Wohnung meldete. Uhren haben wir seit Jahren keine besessen, dafür wuchs bei uns das Zeitgefühl. Wir waren durch die Straßen bis zu der Baulichkeit marschiert, in der das Gefangenenlager eingerichtet war. Früher war es eine Zuckerfabrik.

Crncévić, der Kommandant, trat aus der Tür. Ich sah sein Gesicht und verstand, warum er allen Insassen stets Angst und Schrecken einjagte. Er galt als brutal und grausam und wollte sich an jedem einzelnen deutschen Wehrmachtsangehörigen persönlich rächen. Dies, obwohl bereits drei Jahre seit dem Kriegsende vergangen waren. Er habe einen Arzt und zwei Übersetzer angefordert, betonte er. Ich wagte zu erklären, daß meine Kenntnisse in Serbokroatisch nicht ausreichen würden. Er unterbrach mich ungehalten: »I ti si takav jedan iber ales!« (Du bist auch einer von denen, ... über alles!) Dabei spielte er auf das Deutschlandlied an. Ich wußte nun, daß ich von ihm als Kriegsverbrecher eingestuft war.
Wir standen die längste Zeit vor dem Lagertor. Eine hohe Mauer mit einem dreifachen Stacheldrahtzaun umgab das Gemäuer.
Von den Wachtürmen starrten die Maschinengewehrläufe. Um uns war es still wie in einem Totenhaus. Crncévić kam und ging wieder, und hinter ihm trottete plattfüßig und hündisch-folgsam sein Dolmetscher, den sie Philipp nannten. Aistrisch, so hieß der zweite Mitgefangene neben mir, wollte noch schnell etwas fragen, doch der Dolmetscher winkte unwirsch ab. Er wollte mit den Neuankömmlingen sichtlich nichts zu tun haben.
Wir wurden in einen großen Raum im Erdgeschoß gebracht. Der Holzboden war herausgerissen worden, und wir sollten uns auf die bloße Erde legen. Dr. Mantinger erhielt bald einen kleinen Raum nebenan zugewiesen. Ein weißlackierter Glasschrank stand darin; einige nickelblinkende Instrumente, wie Scheren und Pinzetten waren dort neben wenigen, harmlosen Medikamenten verwahrt. Neben mir auf dem Erdboden lag Oberstleutnant Aistrisch. Er war bereits 63 Jahre alt, im Ersten Weltkrieg Offizier der Österreichisch-Ungarischen Armee, zuletzt Domobrane, und als einziger von den kroatischen Offizieren in Werschetz zurückbehalten

worden. In dem großen Raum sollen vorher bis zu 90 Gefangene gelegen haben.
Am Abend wurde uns eine Erbsensuppe gebracht, Mantinger setzte sich zu uns, und wir löffelten zu dritt aus dem Kochgeschirr. Da stand plötzlich der »Kommandant logora«, der kleine, ehrgeizige Partisan mit den dunkelbraunen Sprotzaugen unter der Tür und schrie darauf los: Der Arzt habe hier nichts verloren. Es sei ihm doch verboten worden, sich zu uns zu setzen. Diese beiden da hätten Protokolle zu übersetzen. Bereits am folgenden Tag wurde die Tür zum Nebenraum zugemauert und Dr. Mantinger von uns regelrecht ausgesperrt.
Auf dem Brett des primitiven Zimmerklosetts krochen mir die kleinen, platten Wanzen, diese impertinent stinkenden Tierchen entgegen, und ich mußte damit rechnen, daß der Raum auch mit Läusen und Flöhen verseucht war.
Wir erhielten ein paar Bretter als Pritsche. Der alte Aistrisch legte sich darauf und starrte zur Decke, während ich noch auf und ab ging. Ich merkte, wie der Deckel am Spion der Tür zur Seite geschoben wurde und hörte einen Posten zum anderen sagen: »Vidi, vidi, sve mu se to jefe, starome!« Für Angehörige eines Volkes, das Jahrhunderte unter byzantinischer Herrschaft gelebt hatte, allzu natürlich, für einen Mitteleuropäer allerdings nicht wiederzugeben.
Nun so gleichgültig, wie es den Anschein hatte, war dem Alten doch nicht zumute. »Tschof, Tschof! Ein Frosch, ein Frosch!« rief er aufgeregt. Es ekelte ihn, als er das Aufpatschen des schlüpfrigen Körpers auf dem Lehmboden im dunklen Raum vernahm. Aistrisch stand auf und machte Licht. »Da durch den Spalt unter der Schwelle muß er vom Hof hereingekrochen sein!« »Ist ja egal! Mach's Licht aus!« antwortete ich und dachte daran, welche Delikatesse Froschschenkel sein könnten. Wenn es dunkel war, wurde es in mir ruhiger. Da kam kein Kommandant mehr, um mit uns zu

schreien: Warum wir beide nicht übergelaufen seien; jetzt wären wir bei den Siegern. Jeder vernünftige Mensch hätte so gehandelt. Aber wir würden schon die einzig wahre und heilbringende Lehre jetzt kennenlernen.

»Dieser montegrinische Ziegenhirte, dieser präpotente Kerl . . .!« ereiferte sich Aistrisch. Er hatte sich auf der Pritsche aufgesetzt und eine Zigarette angezündet. Wenn er konnte, rauchte er pausenlos und verteilte seine Zigaretten auch unter den Posten, bis er keine mehr hatte. Vor dem Einschlafen müsse er eine Zeitlang aufrecht sitzen wegen seines Asthmas, und dabei möchte er Licht haben, betonte er. Ich wollte es dunkel haben. So hatten wir etwas zu streiten. Dieses stumme Nebeneinanderliegen empfanden wir zeitweise als Qual, und so begannen wir, uns zum Zeitvertreib etwas zu erzählen, Erlebnisse, Witze, Geschichten aus alten Zeiten.

»Kennst du den Witz der Kordunaschen?« meinte der Alte. »Also, in der Kordunaschenzeit ritten Jovo und Rado das Ufer der Una entlang. Ihre Gewehre hatten sie quer über den Rücken gehängt. Da sagte Jovo: ›Bruder Rado, hast du eine Zigarette?‹ ›Nein, Bruder Jovo, ich habe keine‹, war die Antwort. Sie ritten weiter und nach einiger Zeit frug Rado: ›Bruder Jovo, hast *du* eine Zigarette?‹ ›Nein, Bruder Rado, ich habe keine Zigarette.‹ Sie ritten weiter und wieder war einige Zeit verstrichen. Siehe, da rauchten sie beide.«

Ich kannte die Una gut; den Fluß, der Bosnien im Westen von Kroatien trennt. Ich habe an manchem Abend darin gebadet. Das Wasser war unheimlich ruhig und silbrig schwarz. Wenn es drückend heiß war, schlich ich mit meinen Kameraden auch tagsüber dahin. Doch das war gefährlich, denn wir wurden von den Partisanen beschossen. Kordun hieß dieser Landstreifen entlang der Una, in dem die Österreicher die vor den Türken geflüchteten orthodoxen Serben angesiedelt hatten. Kordunaschen nannte man sie. Sie sollten die Grenz-

wache bilden und das Hinterland vor den Raubzügen der Türken schützen.
Für mich stiegen Erinnerungen auf an die Zeit, in der ich an der Una einer kroatischen Jägerbrigade als Verbindungsoffizier zugeteilt war:
Ich hatte für den Nachschub und für das Veterinärwesen zu sorgen und den Auftrag, auch an die Cetnik's Munition zu liefern, die im nahen Dvor ihr Lager hatten. Die Cetniks waren serbisch-orthodoxe Freischärler, die als Königstreue an der Seite der Deutschen gegen die Kommunisten kämpften und von der Wiedererrichtung der Monarchie in Jugoslawien träumten. Wir mußten allerdings damit rechnen, daß diese Cetniks die Gewehre gegen uns richten würden, sobald irgendwo am Balkan die Engländer landen. So war es eine Gewissensfrage, wieviel Munition wir dieser Truppe zukommen ließen.
Eines Abends kam in die Schreibstube meiner Kompanie ein Cetnik. Ich kannte ihn und hatte ihn Tage zuvor auf einem nahen Maisfeld fleißig bei der Arbeit gesehen. Er war ganz verstört und hatte Tränen in den Augen. Immerzu wiederholte er ein und dasselbe: »jeli zbilja ili śala? Jeli zbilja ili śala?« (Ist es ernst oder ein Witz? Ist es ernst oder ein Witz?). Er sei ein friedliebender Mensch, er mache alles, was immer man ihm als Aufgabe stelle. Nur in den Kampfeinsatz wolle er nicht. Jetzt aber habe man ihm gedroht, als Cetnik, als königstreuer Orthodoxer, müsse er mit. Er sei Orthodoxer, ein Cetnik, aber ein friedliebender und wolle nicht in den Kampf. Er sei zu allem bereit, kochen, Erdäpfel schälen, er sei zu jedem Dienst bereit, nur nicht in den Einsatz. »Was soll ich tun, Herr Oberleutnant? Ich getrau mich nicht mehr nach Hause!« begann er. »Sie haben mich gezwungen! Sie kennen ja den Kommandanten, den Bärtigen . . . jeli zbilja ili śala?« Hilfesuchend irrten seine Augen im Raum umher, und dann begann er zu erzählen: Sie seien in den Einsatz mar-

schiert. Er sei in einem Cetnik-Trupp im Gänsemarsch als letzter in der Reihe gelaufen. In einem Dorf am Brunnen sei es passiert. »Da ist auf einmal ein Schuß gefallen, und der Hauptmann, der Bärtige, ist tot umgefallen. Jetzt behaupten sie, ich sei es gewesen. Ich hätte ihn getötet. Ich? Bei Gott! Bruder, ich war es nicht! Ich getraue mich nicht mehr nach Hause! Man wird mich umbringen!« Er bat mich, mit ihm zu gehen. Soll ich? Ich durfte nicht ablehnen. Ich spürte den Puls an meinem Hals schlagen. Ich fühlte mich in meiner Haut nicht wohl, versuchte aber, Ruhe vorzutäuschen. Ich zog mit ihm los. Der Mann neben mir zitterte am ganzen Körper. Unser Domobranenstützpunkt lag am äußersten Ende von Dvor. Dieses Dorf war in T-Form angelegt; in dem Ortsteil gegen Westen, in einem Tal, siedelten die Cetniks. Bei einem der Häuser blieb er stehen. Heute nacht wolle er nicht mehr nach Hause, sondern hier bei einem seiner Nachbarn bleiben. Er bedankte und verabschiedete sich.
Zwei Tage später sagte die kroatische Lehrerin, bei der ich einquartiert war: »Wissen Sie? Sie kannten doch den Cetnik...? Den haben sie umgebracht.«
Aistrisch riß mich aus meinen Träumen. Er wollte mich aufheitern, ihm war etwas Lustiges eingefallen:
»Ich war in Dalmatien in einer Garnison. Es war ein glühend heißer Tag und stinklangweilig in jener steinigen, verlassenen Gegend. Einer unserer Offizierskameraden galt als Sonderling; er war das Ziel für einen Schabernack. Wir wußten, wo er draußen zwischen Felsen seine Notdurft zu verrichten gewohnt war. Ein Spaßvogel hatte sich dort mit einem »lopar«, einer Backofenschaufel, versteckt. Dieser hielt dem Hockenden die Schaufel unter und als der junge Offizier gewohnheitsmäßig seine Leistung betrachten wollte, fand er nichts. Ganz verstört kam er zurück in das Kasino und erzählte den absonderlichen Vorfall.«
Ich war froh, wenn der alte Freund erzählte. Ganz gleich,

was ihm einfiel. Nur nicht an die Zukunft denken. »Erzähle, erzähle weiter!« bat ich.

Er wußte ein Erlebnis, wie er als junger Leutnant in Laibach ein Mädchen in der Nacht in einem vornehmen Hotel besuchen wollte. Er sei durch den weitläufigen Park an das Gebäude herangeschlichen. An der Terrasse habe er sich an den weißen Schnörkeln entlang hanteln können, und schließlich sei er von einem Balkon zum anderen gestiegen, bis er sich hinter einem wehenden Vorhang verstecken konnte.

Am liebsten erzählte er von seinen Einsätzen am Isonzo. Er hatte immer noch sein Soldbuch bei sich und bewies mir, daß er neben vielen anderen Auszeichnungen auch die »Große Goldene« verliehen bekommen hatte. Er war davon überzeugt, wenn der Erste Weltkrieg von den Mittelmächten gewonnen worden wäre, hätte man ihn in den Adelsstand erhoben. »Aistrisch von San Marco« würde er genannt, denn dort sei jene Schlacht gewesen, in der er sich besonders hervorgetan habe.

Leider litt der alte Herr offensichtlich schon arg an Verkalkung des Gehirnes. So begann er mitunter plötzlich zu toben und zu schimpfen. Man müsse ihn sofort entlassen, niemand habe ein Recht, ihn hier festzuhalten. Er werde den Staat verklagen. Er werde die Angelegenheit demnächst seinem Freund, dem Rechtsanwalt Dr. Tusklan, übergeben. Ich bemühte mich, ihm klarzumachen, daß wir nicht mehr in einem Rechtsstaat leben würden. Es habe sich in Jugoslawien vieles verändert. In einer Volksdemokratie könne niemand den Staat verklagen. Er ließ mich aber nicht zu Ende kommen, fuhr sich energisch über seine Glatze und beharrte starrköpfig auf seiner Meinung: »Nein, nein, nein! Da bist du viel zu jung und zu unerfahren!« Er habe bereits mit einem Posten Verbindung aufgenommen. Er wüßte bereits, wann Züge nach Agram abgingen und wann er Anschluß von dort

nach Karlstadt bekäme. Ich konnte den kleinen Kahlkopf nicht beruhigen, nur bedauern.
Wenn ich ihn einlud, von den Kaisermanövern zu erzählen, kam er richtig in Fahrt. Weitschweifig schilderte er, wie es damals in Kärnten und in Tirol gewesen sei. Wenn er frei sei, werde er alle jene Orte besuchen und wolle bei den ihm bekannten Wirtinnen einkehren. Er sei neugierig, ob sie inzwischen älter geworden seien.
In den großen Raum ohne Fußboden war uns ein Tisch mit einer Schreibmaschine gestellt worden. Von früh bis spät mußten wir die Protokolle von vernommenen Kameraden übersetzen. Ich sah Aistrisch über die Schulter beim Tippen zu und bekam es mit der Angst zu tun. Der Alte wollte mit seinem Geschreibsel beweisen, daß er nur ganz schlecht Serbisch könne und mit der Syntax, dem Satzbau schwer zu kämpfen habe. »Das nimmt mir keiner ab. Wenn du auch Altösterreicher bist, aber du bist nun bereits 40 Jahre im Lande. Es glaubt dir niemand, daß du die Landessprache nicht besser beherrschest. Das wird dir nichts nützen. Das kannst du so nicht abgeben.« Ich wollte ihn belehren, und wir stritten uns, wenn wir uns unbeobachtet glaubten.
Jeden Tag bekamen wir die Käfersuppe, mit den wenigen gekochten Erbsen, auf der ebensoviele Käfer schwammen. Immer nur diese Erbsensuppe. So war es verständlich, daß auch Aistrischs Gedanken alle Augenblicke bei Schlemmereien vergangener Zeiten landeten. Er habe einem Vereine als Mitglied angehört, der sich den romantischen Namen »pod starim krovovima« (d. h. »Unter den alten Dächern«) zugelegt hatte. Jeden Dienstag habe man sich getroffen, und dabei habe immer ein anderer kochen müssen. Ausführlich beschrieb er mir, welche ausgefallenen Gerichte zubereitet wurden, zum Beispiel, auf wie vielerlei Arten man Wildbret, wie etwa einen Hasen, richten könne. Natürlich rann auch mir dabei das Wasser im Mund zusammen.

Wir hatten in diesen Sommermonaten arg unter der Fliegenplage zu leiden. Auf Aistrischs Glatze hatte es dieses Ungeziefer besonders abgesehen, und er schlug mit seiner Fliegenklatsche unentwegt auf sie ein. So wie die Dolmetscher hatten auch wir als Übersetzer ein solches Gerät erhalten und zählten neben den Vernehmern zu den »privilegierten« Insassen. Unser Zimmerklosett war stillgelegt worden, und wir mußten den Hof überqueren, wenn wir zur Latrine wollten. Es wurde uns eingeschärft, auf diesem Weg stets gut sichtbar eine Fliegenklatsche zu halten. Damit würden wir von den Posten auf den Wachtürmen als »die Besonderen« erkannt und seien sicher, nicht beschossen zu werden.
Der Oberstleutnant sammelte die erlegten Fliegen in einem Papierschiffchen, so wie es Kinder zum Spielen basteln. Er war bemüht, einen möglichst großen Vorrat für den Frosch bereit zu haben, wenn dieser zu Besuch kam. Er fand das Tier jetzt nicht mehr ekelhaft und hatte ein kindliches Vergnügen, wenn er es füttern konnte.
Ich weiß nicht, wie viele Tage es gewesen sein mögen, an denen wir zwei zusammen hausten und uns einander oft genug auf die Nerven gingen. Die Ungewißheit, weshalb wir hier festgehalten wurden, was man uns alles vorwerfen und wie lange der Aufenthalt dauern wird, brachte uns manchmal zur äußersten Gereiztheit. Lächerliche Kleinigkeiten, wie ein abnormes Verhalten oder eine unüberlegte, kindliche Äußerung des Partners konnte Anstoß und Anlaß für eine ausfällige Reaktion sein. Den Hof durften wir nur betreten, wenn sich dort keine Gefangenen aufhielten. Wir durften mit keinem Menschen zusammenkommen. Wenn draußen Kameraden Runden drehen durften, versuchten wir, durch einen Spalt am verklebten Fenster einen Bekannten zu erkennen. »Schau, schau! Der alte Eberlein, immer noch in vorbildlich strammer Haltung«, beschrieb mir Aistrisch den alten Oberst und, nachdem dieser um zehn Jahre

älter als er war, nahm der Oberstleutnant hinter dem verklebten Fenster militärische Haltung an.

Dann kam der Tag, an dem wir getrennt wurden und ich mich von ihm verabschieden mußte. Er sah meine Bedrücktheit und versuchte, mich zu trösten: »Wenn du allein sein mußt, dann strenge deine ganze Phantasie an und denke dir etwas aus. Etwa so: Ich habe mitten in einem schönen Garten ein Haus gebaut. Der ganze Besitz ist mit einer zwei Meter hohen Mauer umgeben, so daß uns niemand stören kann. Ich werde darin mit meiner Frau und mit dir zusammen hausen. Wir wollen unsere Ruhe haben und werden keine Besuche empfangen. Ich weiß schon, wie die Möbel aussehen werden. Den Plan für einen Schrank habe ich schon längst entworfen. Er soll viele Abteile haben. Schubladen für sämtliche Gewürze sind vorgesehen. Lebensmittelvorräte für mindestens zwei Monate werde ich darin horten ...« Ich konnte ihn nur zweifelnd und mitleidig ansehen. Mich quälten andere Gedanken. Vor allem der eine, wie ich lebend aus diesem Lande herauskommen könnte. Alles andere lag für mich in weiter Ferne.

Zrenjanin: »Warum bist du nicht übergelaufen?«

Ich wurde in den zweiten Stock, in eine kleine, schmale Kammer gebracht. Ein Tisch stand in der Mitte, an der Wand hing eine Karte der Ostalpen, und in der Ecke war die Pritsche. Das Fenster war vergittert, gab mir jedoch den Blick auf den Friedhof der Stadt frei. Für die Notdurft stand eine Kaffeekanne der Wehrmacht auf dem Boden, mit einem nassen Fetzen abgedeckt. Vor der Tür stand so wie im Erdgeschoß ein Posten mit der Maschinenpistole.

Was will man von mir? Jetzt bist du also ganz allein. Was wird man mit mir vorhaben? Warum sondert man mich von allen Kameraden ab? Soll dies eine Strafe sein? So dachte ich bei mir. Jahrelang konnte ich Freud und Leid mit Kameraden in einer großen Gemeinschaft teilen. Jetzt hörte ich nur ein Summen, das aus dem Raum einen Stock tiefer kam. Dort schien eine größere Zahl von Gefangenen untergebracht zu sein.

Tage vergingen, dann kam der Lagerkommandant: »Warum bist du nicht übergelaufen?« begann er zynisch. Verdutzt sah ich ihm ins Gesicht. »Eine Million siebenhunderttausend habt ihr Deutschen in unserem Land umgebracht!« Ich überlegte, wie er wohl zu dieser Zahl kam. Es wird darum gehen, vor der Weltöffentlichkeit operieren und von den Deutschen Reparationen fordern zu können.

Dann bekam ich den ersten Vernehmer zu Gesicht. Es war Heinz Nauburg, ein langer Kerl, Sachse, zuletzt Unteroffizier der Wehrmacht in einer Schreibstube. Ein dünkelhafter, eingebildeter Mensch, der, so wie sein Brotgeber, der Montegriner Crncévić, jeden dutzte. Ich mußte mich neben ihn setzen, die Aussagen der Vernommenen mitschreiben und hinterher diese Protokolle ins Serbische übertragen. Die Opfer wurden von der Wache einzeln vorgeführt. Zuweilen hatte er einen Gefangenen zwei oder drei Tage in der Kur. Zwischen den einzelnen Verhören kamen die Deliquenten in den Keller, wo sie »weichgemacht« werden sollten. »Wie die Axt im Walde«, so war sein Ausspruch, »werde ich dreinfahren, und jeder wird seine Verbrechen eingestehen.« Protzig, grob und ungeschlacht gab sich Nauburg. Kaum einmal gab es einen konkreten Anhaltspunkt für eine Anschuldigung. Ab und zu klebte am »Personalakt« ein schmaler, vervielfältigter Papierstreifen mit zwei oder drei Maschinenschreibzeilen. Hie und da konnte ich einen kurzen Blick darauf werfen: Der... hat zu Weihnachten über den Kommunismus geschimpft, der... hat gesagt, Tito ist ein Schwein... oder ähnliches. Mit sichtlichem Genuß faltete Nauburg die übersetzten Protokolle fein säuberlich zusammen, kaum daß ich die Schlußsätze geschrieben hatte.

Eines Tages war ein Richter an der Reihe. Er habe es vornehmlich mit Ehescheidungen zu tun gehabt, gab er an. Da zeigte der Vernehmer Interesse und wollte wissen, unter welchen Bedingungen eine Ehe geschieden werden könne. Er zog unvermittelt das Foto eines drei- bis vierjährigen Kindes aus der Tasche. Das sei seine Tochter. Es hatte die Augen voller Tränen, den Mund heulend weit offen und hob seine Ärmchen in die Höhe. Ungerührt erzählte der Vater dem Richter, daß er sich von seiner Frau in Dresden scheiden lassen wolle.

Der Reihe nach wurden die Kameraden vorgeführt. Sie wurden aus einem unterirdischen Verlies geholt. Ihre Gesichter waren blaß, und das Haar, so schien es mir, hatte in der Dunkelhaft den natürlichen Glanz verloren. Ich durfte auch nicht für kurze Zeit mit einem Gefangenen allein sein.

Doch einmal kam ein Adjutant der 22sten zu der Vernehmung. Er mußte in allen Einzelheiten die Geschichte dieser Einheit erzählen. Mit einem erstaunlichen Gedächtnis berichtete er von der Aufstellung dieser Division, von den ersten Einsätzen und siegreichen Kämpfen zu Beginn des Krieges, über ihre Luftlandung in Holland und so fort bis zum Rückzug aus Kreta und Griechenland. Da sei einmal ein Mann wegen Meuterei erschossen worden. Darüber sollte er nun genau berichten; das fand das besondere Interesse des Vernehmers. Plötzlich mußte Nauburg zur Latrine, und er marschierte mit der Fliegenklatsche über den Hof. Die Tür blieb offen, und davor stand der Posten mit seiner MPi. Das war nach langer Zeit das erste Mal, daß ich mit einem Menschen reden konnte. Wir mußten ganz leise reden. Er sei schon wochenlang in Einzelhaft im Keller, er sei passionierter Sportberichterstatter gewesen und habe nach einem Fußballspiel im Wagen auf der Heimfahrt in die Schreibmaschine diktiert . . .

Nauburg konnte ich nicht als Menschen ansehen. Ich blieb Tag und Nacht allein. Um fünf Uhr früh durfte ich den Kübel zur Latrine tragen, Wasser holen und im Hof ein paar Runden drehen. Am Abend stand ich vor dem vergitterten Fenster und blickte auf den Friedhof hinüber. Von dem Raum unter mir war das Gemurmel der Kameraden zu hören, und ich hatte nur den einen Wunsch, wieder bei ihnen und ihresgleichen sein zu dürfen. Lange sah ich der Spinne zu, die den Faden zu einem Netz wob. Manchmal glaubte ich, im Raum ein leises Geräusch zu hören und horchte angestrengt hin. Es begegnete mir nur Totenstille.

Einige Posten zeigten sich ängstlich und nervös, waren stets in Sorge, es könnte ihnen einer entfliehen. Sie sahen wie Studenten aus. Sie drehten in der Nacht das Licht in meiner Kammer an, um mich ständig beobachten zu können. Andere wieder, ich hielt sie für Bauernburschen, waren gleichgültiger und ließen mir zum Schlafen die Dunkelheit. »kolo sreće se opoteće!« (das Glücksrad dreht sich weiter), meinte einer hintergründig und wollte mir damit etwas Tröstliches sagen.

Der Kommandant kam selten und wenn er kam, brüllte er mit mir. Immer war es die gleiche Frage, warum ich nicht übergelaufen sei. An einem Sonntag nachmittag kam Philipp, sein Leibdolmetscher. Die längste Zeit stand er schweigend vor der Landkarte. Die Geographie schien für ihn wie für seinen Chef ein spanisches Dorf zu sein. Die Karte fand auch bei den Vernehmungen keine Verwendung. Philipp wollte von mir einiges über Julisch-Venetien wissen, dann wollte er die Namen der Exoten unter den Bäumen hören, die auf dem Friedhof standen, da ich ja auf diesem Gebiet Fachmann sei. Ich wußte nicht, welchen Auftrag er hatte, ob er mich ausholen oder nur mein Vertrauen gewinnen sollte.

An einem weiteren Sonntag kam ein Vernehmer verstohlen zu mir. Es war Walter Münstermann, ein Hamburger, und brachte mir Lesestoff. »Das große Pferd« von Sven Hedin war dabei, das übrige waren billige Schundhefte aus der Schweiz. Ich hatte bis dahin noch nie derart süßliches Zeug gelesen, jetzt verschlang ich diese Romane. Es war für mich wie Balsam auf Wunden.

Mit dem Asienforscher Hedin mußte ich hadern. Er schrieb, wie er auf seiner Reise gefangen wurde und durch Tage in einer Zelle auf die Hinrichtung warten mußte, die dann doch nicht stattfand. Mit keinem Wort erwähnte er, was er angesichts des Todes gedacht hatte. Er ließ den Leser an seinem Innen- und Gefühlsleben nie teilnehmen und wußte in seinem Forscherehrgeiz nur von seinen Entdeckungen zu berichten. Erst viel später fand ich in seinen Büchern »Wildes heiliges Tibet« und »Mine Hundar i Asia« auch metaphysische, religiöse Fragen behandelt, die mich in meiner Einsamkeit besonders beschäftigten.

Die Sommertage waren brütend heiß geworden; auf dem Friedhof hatte man das Gras zwischen den Gräbern gemäht und auf dem Dach der Totenhalle getrocknet. Ich sprengte Wasser aus meinem Notdurftkübel auf den Boden. Es verdunstete auf dem Estrich rasch, doch es entstand eine unangenehme dämpfige Luft.
Oberst Knetsch wurde in die Vernehmung gebracht. Er fiel mir schon in Werschetz auf und erinnerte mich mit seinem weiß-grauen Haar an den Filmschauspieler Hans Albers. Er hatte seine Uniformbluse auf Taille genäht und erhielt von uns die Bezeichnung »Stalinfrack«. Er mußte den Rückzug aus Griechenland schildern und wurde vom Vernehmer dabei ständig unterbrochen. Er solle ja die Wahrheit, die reine Wahrheit sagen. Vor allem Verbrechen und Greueltaten müsse er genau beschreiben. Der Oberst erzählte, daß er auf dem Marsch durch ein Dorf gesehen habe, wie ein Zivilist an einem Baume hing. Schon hakte Nauburg ein und verlangte eine genauere Darstellung. Knetschs Stimme wurde heiser. Seine Kehle war rauh und sein Mund trocken geworden. Als wir für einen Moment allein waren, konnte ich ihm einen Schluck Wasser reichen. Er konnte nicht ahnen, daß ihm diese Darstellung später zum Verhängnis werden konnte.
An einem Abend stand ich am Fenster und dachte an zu Hause. Seit ich in dieses »Totenhaus« eingeliefert wurde, hatte mich nie mehr eine Post erreicht. Kein Brief, kein Kistchen aus dem Gailtal mit Zwieback und Sirup. Da stand der Lagerkommandant unter der Tür und fuhr mich an: »Du bist jugoslawischer Staatsbürger, du warst serbischer Offizier!« Ich wehrte ab: »Nein, nein! Das stimmt nicht!« log ich. »Schreib deinen Lebenslauf neu!« schrie er und schlug die Tür hinter sich zu. Ich lehnte am Tisch und zitterte am ganzen Körper. Wie oft habe ich in den letzten Wochen diese Behauptung schon bestritten. Beim Schreiben des Lebens-

laufs habe ich immer diese Zeit verschwiegen. Einmal habe ich bereits eine der kritischen Seiten fein zerrissen und zur Vorsicht aufgegessen, dann neugeschrieben und wiederum vernichtet. Je länger ich so vor mich hin sinnierte, um so wirrer wurde es in meinem Kopf. Wenn Crncévić jetzt zurückkäme und sähe mich in diesem erbärmlichen Zustand! So dachte ich. ... »Ach was! Jetzt ist mir alles gleich! Ich halte es nicht mehr aus! ...« Am folgenden Morgen sagte ich mir wieder: »Reiß dich zusammen! Durchhalten! Du mußt dies durchstehen! Reiß dich zusammen!«

Ich begann, wie schon so oft, mit dem Lebenslauf von neuem. Das letzte Mal hatte ich siebenundzwanzig Seiten vollgeschrieben. Jetzt verlangte der Kommandant vierzig Seiten. Verfänglich darin war ja immer nur die eine oder andere Seite. So ein Stück Papier konnte man nicht so leicht verschwinden lassen, auch nicht in der Latrine. Mein Leben mit fünfunddreißig Jahren erschien mir einfach zu kurz für vierzig Seiten ... Immer wieder kamen die gleichen Fragen: »Warum bis du nicht übergelaufen? Willst du nicht mit uns zusammenarbeiten? Nein? Bandit jedan!« »Ich ... ich tu es ja ohnehin ... Ich übersetze doch die Protokolle.« »Du willst also nicht mitarbeiten? Ich sehe schon, du willst nicht!« Damit war wieder ein Gespräch zu Ende.

Mit niemandem konnte ich darüber sprechen. Ich saß allein vor dem Tisch, und mir gegenüber hing die Landkarte. In schönen, braunen, ockergelben und grünen Farben waren darauf die Ostalpen dargestellt. Statt zu schreiben, starrte ich auf die Landkarte und folgte in Gedanken der Drau, ging flußaufwärts und bog bei Villach in das Gailtal ein:

Beiderseits der Ache steht dichter Auwald mit Erlen und den blaubereiften Brombeeren. Ich sehe mich mit meinen beiden Brüdern am ersten Ferientag den Gailtaler Bummelzug besteigen und höre die mir vertrauten Mundarttöne. Die Lokomotive zischt und faucht dampfend talaufwärts. Links und rechts stehen in den sauren, sumpfigen Wiesen Scheunen und behäbige Heuharpfen. Die Augen brennen, wenn der Wind in den Windungen der eingleisigen Bahnstrecke den Ruß der Maschine uns neugierigen Buben in das Gesicht weht. Dann kam dieser herrliche Duft, der »Gruch« von frischem Heu in unsere Nasen, für mich der Künder der kommenden Freiheit. Vorbei ging es am Presseggersee, schon winkten die Alleebäume vor dem gelbgestrichenen Bahnhof von Hermagor. Weiter ging es, fort von dem allzu sauberen, bürgerlich-protzigen Ort taleinwärts, an Rattendorf, Weidegg und Thresdorf vorbei, bald erreichten wir Kirchbach. Dieses Dorf war unsere zweite Heimat, unser Zuhause, und gleichzeitig außer Reichweite der oft allzu strengen, asketischen Mutter. Alle drei hatten wir vor der Abfahrt in Marburg noch den Kopf kahl geschoren erhalten. Jetzt liefen wir barfuß zwischen den Hühnern und hinter dem steif einherstolzierenden Gockel durch die Stalltür. Bei dem Lärmen wendeten die Kühe, die »Goaß« und das eine Roß ihre Köpfe und die »Faklan« grunzten in ihren Koben.

Gemeinsam mit den Ziegen des Nachbarn Ambros durfte ich unsere dem Berg zu treiben. Dort traf ich mich auf dem Gipfel der Grenzberge, dem »Wipfel«, mit den »Goaßa« von Flitsch-Tolmein. Am frühen Morgen konnte der Staub noch ordentlich kalt sein, so daß ich zunächst auf den Zehen einen Spitzentanz vollführte. »Gehst Goaßa studieren?« rief mir der Großvater spöttisch nach. Er war der Schwiegervater meiner Tante, doch wir nannten ihn Großvater. Er stand mit einem Feldstecher am Fenster und setzte sich danach wieder an seine Nähmaschine, doch nicht um zu arbeiten, sondern um in der »roten Zeitung« zu lesen, die ihm der Briefträger täglich bringen mußte. Er war Schneider von Beruf, doch hinter der Nähmaschine saß er nur, »damit es nach Arbeit aussieht«, und angeblich nähte er den Kunden die Hosensäcke zu, anstatt deren Löcher zu stopfen.

Großvater war äußerst belesen und voller Stolz bekannte er, er sei der erste Sozialist des Gailtales. Er lebte längere Zeit in Wien, wo er Theateraufführungen besuchte, sich in Kunstgalerien herumtrieb und, wie er betonte, auch Karl Marx gründlich studiert habe. Er galt auch im Dorfe als vielseitig beschlagen und hatte es übernommen, sonntags nach dem Gottesdienst am Kirchplatz die Gemeindekundgebungen zu verlesen. Seinen fortschrittlichen Grundsätzen getreu, legte er mit fünfzig die Nähnadel beiseite und überließ es der arbeitswütigen Großmutter, sich und seine Familie zu erhalten. Diese soll drei Tage vor ihrem Tod noch bei Regen und Wind auf dem Acker gestanden sein. Einen Umhang über die Schultern geworfen, ging sie gebückt die Furchen entlang, um die Erdäpfel zu setzen.

Wenn ich von dem allen in meinem Lebenslauf schreiben dürfte, wären die vierzig Seiten bald gefüllt. Dann würde ich ebenso gerne von der Welt meines Großvaters in Südtirol, der Heimat meiner Mutter berichten. Kurtinig heißt das Dörfl mitten im Etschland. Es ist dort, wo sich vor Millionen von Jahren die Gletscher zwischen Fenn und Geier stauten und sich allmählich in das breitere Tal quetschten. Am Fuße des Fennberg mit seinen schrägen Rissen und Kratzern im Felsgelände liegt der Stammhof der Teutsch, auf dem meine Mutter zur Welt kam und ich meine früheste Kindheit verbringen durfte.

Dort überschwemmte die Etsch das Land oberhalb von Salurn, wenn die »Kanäler« vom Kalterersee oder andere Zuflüsse und Seitenbäche einmal über die Ufer stiegen. Die morastigen Möser blieben zurück, die das üppigste Pflanzenwachstum aufwiesen, worin alles mögliche Getier zu finden war und die »Kroklan« quakten. Unser Dörfl liegt an jener Grenze, wo das Schlagen der Nachtigallen aufhört, wo einst Langobarden, Franken und Bajuwaren aufeinander einhieben und südlich davon Volkstum und Siedlungsgebiet

aufgaben, das heute in Resten in den Sieben- und Dreizehngemeinden noch erhalten ist. Es ist die Salurner Klause, wo die Etsch den Namen »Adige« erhielt.
Der Großvater war stolzer Weinbauer, Gastwirt und Weinhändler. Mit beiden Beinen stand er auf der Erde, ›Tue recht und scheue niemand!‹ war sein Wahlspruch. Durch achtundzwanzig Jahre stand er als Vorsteher der Gemeinde Kurtinig vor, der Gesinnung nach ein Verehrer des deutschen Reichskanzlers Otto von Bismark, daher Großdeutscher. Der Südtiroler Bauer machte sich einmal auf den Weg, um in dem ärmlichen Gailtal seine Tochter zu besuchen.

Mitten auf dem Kirchplatz von Kirchbach stand die mächtige Linde auf einem riesigen Felsbrocken. Auf diesen Platz sah man aus allen Häusern ringsum; aus den Fenstern der drei Gasthöfe, aus den Wohnungen der Familien Peter Berger, Albin Berger und Lampersberger. Auf diesen Platz sah auch der fortschrittliche Schneider von seinem Arbeitsplatz aus, der Schwiegervater meiner Tante, der Wirtstochter aus Kurtinig. Am Fels unter der Linde stand der Südtiroler Bauer gerade, als vom nahen Kirchturm die Mittagsglocke zu läuten begann. Da kniete der Bürgermeister von Kurtinig nieder, bekreuzigte sich und fing an zu beten. Der Schneider sah dies, sprang hinter der Nähmaschine auf und brachte nur mehr stotternd hervor: »Da. . .da. . .ja. . . was tuat denn der? Ja, was tuat er denn?« Das konnte der Gailtaler Sozialist nicht verstehen. Er hielt nichts von den Pfaffen und spottete: »Liebe Pfarrgemeinde, morgen ist keine Mä. . .ä. . .ße.« Er selbst hielt sich in dieser Welt für unverstanden. Er durfte der »haute volee« in Hermagor die Anzüge schneidern, aber Wahlrecht hatte er keines. Der Unterberger und die Wirte, die Großkopferten im Dorf, hatten ihm zu wenig Steuern zugemessen. Er hätte so gerne seine rote Partei gewählt. Mit kurzen, zittrigen Schritten, auf den wackligen, reichbeschla-

genen Krückstock gestützt, schlurfte er über den Dorfplatz, die Rumflasche in seinem »Leibl«. Mit seinen knöcherigen Fingern verabreichte er den Kindern einen Klaps, dann bot er den Erwachsenen eine Prise aus seiner Tabakdose an. Saß er hinter der Nähmaschine, so leerte er die Prise auf seine große Schere und bot sie nach hitzigem Streitgespräch seinem politischen Gegner zur Versöhnung. Bis zu seinem Tode blieben ihm die Zeitung und der Feldstecher wichtig.

Derlei kam mir in den Sinn, während ich meinen Lebenslauf neu fassen sollte und auf die Landkarte vor mir starrte. Das einzige was ich auf dem Blatte stehen hatte, war ›geboren am 1. Februar in Franzensfeste‹. Soll ich nun ›in Südtirol‹ oder ›in Julisch-Venetien‹ schreiben? Olga Sorli, meine Lehrerin, hat als Triestinerin vor lauter Patriotismus meinen Geburtsort nach Julijska Benećija verlegt, als sie mein Volksschulzeugnis schrieb.

Mit aller Gewalt mußte ich mich von den Jugenderinnerungen losreißen. Die Zeit drängte. Ich sollte den Lebenslauf abliefern. Von den siebenundzwanzig Seiten war auf jeden Fall eine verfänglich. Die mußte ich verschwinden lassen; ich wußte nur nicht wie. Vierzig Seiten müssen es sein, verlangte der Kommandant.

Jeden Tag sah ich die blassen, verängstigten Gestalten in der Vernehmung vor mir, einer nach dem anderen wurde nach wochenlanger Kellerhaft hierher gebracht. Nichts, rein gar nichts lag als Beschuldigung gegen sie vor, außer die eine oder andere unbedachte, törichte Äußerung, die auf einem schmalen Zettel mit Maschine geschrieben an den Akt geheftet war.

Mir war klargeworden, man will mich zum Vernehmer machen. Ich soll gleich diesen Geständnisse erpressen, in den Verhören verfängliche Äußerungen herauslocken und womöglich Verbrechen herausprügeln, die meine Kameraden nie begangen hatten. Wie könnte ich meine Hände

derart besudeln! Ich sollte, so wie diese krankhaft veranlagten Halunken, derart sadistisch-perverse Vergehen erfinden und andere zu solchen Geständnissen bringen! Wie stünde ich vor mir selber, vor meinem Gewissen da! Immer wieder mußte ich an meine Mutter denken, die in ihrer unbestechlichen Wesensart so hart gegen sich selber sein konnte. Wie lange werde ich dies durchstehen? --- Nicht nachgeben! Durchhalten! Immer wieder sagte ich mir das ein um das andere Mal vor, lehnte zitternd am Tisch oder saß zusammengekauert auf dem Stuhl. Mein sehnlichster Wunsch war, mit einem Freund reden zu können. Am Abend drang durch das Fenster aus dem Stockwerk unter mir das Gemurmel der Kameraden herauf. Es war so grausam, die Runden im Hof ganz allein drehen zu müssen. In der engen Kammer lief ich oft genug rund um den Tisch, wenn ich nicht mehr zu sitzen vermochte.
Was ist das für ein Leben? Werde ich noch überschnappen, dem religiösen Wahn verfallen? Ich kam von der Frage nicht mehr weg: Was ist das Leben? ... Ein Verbrennen ..., ein Atemzug ... In meinem Rucksack, den mir Hans in Werschetz mitgegeben hatte, fand ich eine Reibholzschachtel und ein einziges Zündholz darin. An den Sonntagnachmittagen wurde dieses Alleinsein für mich fast unerträglich. Da brannte ich das Zündholz an und sah zu, wie es sich krümmte und langsam verglomm. Es atmete wie ich. Mein Leben war nicht mehr als ein kurzes Aufflammen. In diesen Minuten fühlte ich mich auf einmal nicht mehr einsam. Doch welchen Sinn hat dieses Leben? Gibt es keine Botschaft mehr für die Leidenden? Welchen Sinn hat das Leiden? Ist Gott tot? Nietsche sagt, Gott ist tot. In der Gemeinschaft anderer war alles so leicht zu ertragen. Da gab es Kameradschaft, dieses Verbundensein mit dem Nächsten in der Not, das gab neue Kraft und Zuversicht. Wo sind die Grenzen der Nächstenliebe? Der Christ sollte auch die Feinde lieben ... Das

Denken wurde zur fürchterlichen Qual. ... Abschalten! ––– Abschalten können.
Ich holte aus dem Rucksack die »eiserne Reserve«. Ernstl und Hans haben mir die Konservendose als solche zum Abschied mitgegeben. Ich habe sie geöffnet und nur ein klein wenig davon verkostet. Den Rest ließ ich durch Tage stehen, bis alles in Fäulnis überging. Dann schlang ich die stinkenden Fische in mich hinein. Dieses Gift wird wirken. Ich will nicht mehr leben.
Ich saß neben Nauburg, als die Fäulnis zu wirken begann. Ich lief schnell zur Latrine hinunter, wieder herauf und hinunter, die Fliegenklatsche in der Hand. Elendiglich war mir zumute. Warum läufst du mit der Klatsche in der Hand? Wirf sie weg, und du wirst im Hof erschossen, kam mir auf einmal in den Sinn. Ich lief in den Hof und verlor das Bewußtsein. Dr. Mantinger, der Arzt, gab mir Opium. Woher er es wohl hatte? Das Opium wirkte bald wie ein Riegel, doch der Drang blieb. Mein Zustand war erbärmlich, doch Nauburg ärgerte sich über diesen Schwächling.
Ich mußte weiter schreiben. Das Protokoll begann in der Regel: Aus Deutschland kommend, der Einheit XY zugeteilt, meldete ich mich in ... Am Ende hatte ich zu schreiben: An Eidesstatt erkläre ich, daß ... dann kamen die drei »g« (gelesen, gesehen, gefertigt) die Unterschrift des Vernommenen ...
»Smrt faćismu, sloboda naradu!« (Tod dem Faschismus, Freiheit dem Volke) Ilija Cernćević, kapetan, Kommandant logora.
Ich übersetzte ein Protokoll nach dem anderen. Dabei war mir schon aufgrund des Textes speiübel. Ich hätte keiner verdorbenen Fische bedurft. Dazu kam die Angst vor dem Tag, an dem ich mein eigenes Protokoll anfertigen werde müssen.
Ich war bei den letzten Zeilen meines Lebenslaufes, da

schien es mir, als schwebe hinter mir eine große, schlanke, schwarzgekleidete Gestalt. Ich wußte nicht, wie mir geschah, sie beugte sich über mich. Ich tippte, wurde nervös und schrieb statt Crnćević Crnćrvić. Leicht möglich, denn auf der Tastatur steht neben dem »e« der Buchstabe »r«. Doch jetzt flüsterte die Frauengestalt mir ins Ohr: »Was fürchtest du dich? Hab keine Angst, er ist doch nur ein »crn ćrvić.« Das heißt auf kroatisch »schwarz« und auf slowenisch »Würmchen«. Ich hörte deutlich die Stimme: »Er ist nur hier mächtig, hat Macht über Leben und Tod. Er ist nur ein schwarzes Würmchen. Hab keine Angst! Seine Macht währt nicht lange.« Die Gestalt hatte einen Schleier vor dem Gesicht. Jetzt war sie verschwunden. Es wurde ganz ruhig in mir. Das war ein Bote aus einer anderen Welt. Muß ich vielleicht den Auftrag eines Überirdischen erfüllen? Für andere ein Bote Gottes sein?

Ich mußte den Lebenslauf abgeben. Ich lieferte ihn in deutscher Sprache und hoffte, eine weitere Atempause zu gewinnen, bis die vierzig Seiten übersetzt waren. Da trat eine Wende ein. Die Arbeit gehe viel zu langsam, tobte der Kommandant. Es müsse alles schneller, viel schneller gehen. Neue Vernehmer trafen ein. Es waren ehemalige Wehrmachtssoldaten, die sich als Kommunisten bekannten. Mit ihnen durfte ich nicht in Berührung kommen, und die Wache führte mich einen Stock tiefer in einen großen Raum.

Viele bekannte Gesichter starrten mich an. Freunde umringten mich: »Was ist mit dir los?« wollten alle wissen. Ich konnte nicht sprechen, stand verdattert da und wußte nicht, wie mir geschah. Durfte ich mich freuen? Auf der Pritsche lagen sie aufgereiht, Kopf an Kopf, alles alte Bekannte, zumeist Österreicher. »Magst du etwas zum Lesen? Lies das hier. Oder schau, da sind Bilder drin. Ich weiß, wie einem zumute sein kann.« So tröstete mich Herbrich. Ich erfuhr die Namen derer, die hier im Halbdunkel saßen. Novotny war

da, Wretschun und Divijak. Einer den ich nicht kannte, er sei aus dem Mannschaftslager geholt worden. Obstltn. Pätzold sei schon seit längerem im Keller. Von Corda traf ich wieder, Jäger und Siebert waren auch da. »An Siebert kannst du dich immer halten, der ist ein gerader Michl«, riet mir einst Hans, der »Ludwig den Eisernen« besser kannte.
Ich sah mich um und sah die Benzintonne zur Notverrichtung mit all dem Unappetitlichen darin. »Die Tonne muß jeden Morgen geleert werden. Sie ist an die 150 kg schwer. Es werden jeweils zwei bestimmt, die sie hinunterschleppen müssen«, wurde ich belehrt. Das kann ich nie. Dieses schwappende Ding bringe ich nie über die Stiege, war meine Überlegung. Mir wurde versichert, für eine halbe Suppenration würde sicher zunächst für mich jemand einspringen. Mit der Zeit würde ich schon zu mehr Kräften kommen.
Mir wurde ein Schlafplatz auf der Oberpritsche angewiesen, unmittelbar neben einem Fenster mit einer zerbrochenen Scheibe. Am Morgen zog die kalte Luft herein, und ich begann zu zappeln. Ich wollte nicht zur Tonne, sondern zuwarten, bis wir in den Hof geführt würden. Neben mir lag Ludwig, es war sicher noch vor fünf Uhr früh, da stieß er mich an und flüsterte: »Ein Mongol, schau, ein Mongol!« Er konnte durch das Loch im Fenster in den Hof sehen. Dort drehte einer mutterseelenallein die Runden, so wie ich es bisher durfte. Er trug einen grau-weißen »Stalinrock«. Woher wohl dieser Schlitzäugige kommen mag? Endlich durften wir, der große Haufen, zur Latrine und im Hofe einige Kreise drehen.
Corda lud mich ein, mit ihm ein wenig Französisch zu üben, was ich gerne annahm. Ich fand allerdings anfänglich kaum den rechten Gesprächsstoff. Er war bemüht, als Adeliger seinen Stolz zu wahren. Für ihn waren die von der

Gendarmerie und die aus dem Mannschaftsstande kommenden »Zwölfender« Offiziere minderer Kategorie.
Die Nacht über mußte im Raum ständig Licht brennen. Das ließ mich oft lange nicht schlafen. Ich sah, wie sich Ludwig erhob und sich über den Pritschenrand beugte: »Was tust du da? Was schreibst du denn?« rief er Novotny zu, der unter ihm lag. »Nichts, nichts!« kam es von dort zurück, doch es klang so, als sei er bei einer Heimlichkeit ertappt worden. Er war einmal ein begeisterter Nationalsozialist. War er jetzt als »Mitarbeiter« angeworben worden? Das Mißtrauen unter den Gefangenen war groß. Siebert bot mir einen italienischen Schmöker zum Lesen an. Pitigrilli hieß das Buch und handelte von den »picole mucose«, vom Urschleim, aus dem alles Leben entsteht, mit guten und schlechten Eigenschaften, mit Tugenden und Lastern, sobald es menschliches Leben ist. Die Lektüre brachte mich auf andere Gedanken.
Dann wußte Ludwig mir zu erzählen, wie es Johnsen, dem evangelischen Bischof ergangen ist. Die Latrinengrube des Gefängnisses war sehr klein und mußte oft entleert werden. In der Nacht fuhr hierzu ein Pferdegespann mit einem Jauchefaß vor. Einer der Kameraden wurde dazu bestimmt, zur Bedienung des Fasses mit aufs Feld zu gehen. Dazu wurde einmal nachts Johnsen aufgerufen. Mitgefangene erklärten sich bereit, für ihn einzuspringen, da dieser kaum mehr zu gehen, nur mühsam auf einen Stock gestützt, zu humpeln vermochte. Allein, der Posten bestand strikt auf Johnsen. Er ist von diesem Dienst nicht zurückgekehrt. Auf der Flucht erschossen, hieß es. Der andere Schlafnachbar war SS-Untersturmführer Laal, und er wußte zu erzählen, was inzwischen in Werschetz mit Abt Neipperg passiert sei. Er sei verschwunden, den habe sicher der Papst herausgeholt; die katholische Kirche sei ja allmächtig.
Doch wenige Tage später wurden zwei Neue eingeliefert. Sie berichteten, sie seien in Werschetz in die Stadt zu einer

Arbeit kommandiert worden. Zivilisten hätten ihnen erzählt, die Leiche des Abtes liege in der nahen Friedhofshalle. Sie seien dahin gegangen und hätten ihn tatsächlich dort gefunden. In der Stadt ging das Gerücht um, Graf Neipperg sei nach grausamen Folterungen an einen Leiterwagen gebunden und so zu Tode geschleift worden. Auf der Weide soll sein Leichnam verscharrt und nach Tagen von Schweinen wieder ausgewühlt worden sein. Sie hätten im Lager von dem Gehörten und Gesehenen berichtet und seien daraufhin sofort hierher verbracht worden.
Eintönig lief der Alltag ab. Die Posten kamen und brachten oder holten jemanden zur Vernehmung. Kaum einer kam danach zurück. Es hieß, sie seien in ein anderes Gefängnis, vielleicht nach Sarajevo, gekommen. Gerüchte waren ständig im Umlauf. Dort ginge es geordneter her, und es sei ruhiger, doch der alte Eberlein sei dort nach ein paar Wochen Haft verstorben. Das Leben ohne seine Kameraden habe er nicht ertragen. Nacht für Nacht schlich Crnćević, der montegrinische Ziegenhirt, wie ihn Aistrisch getauft hatte, um das Gebäude und überzeugte sich persönlich, ob alle Sicherheitsvorrichtungen in Ordnung wären. Jeden Tag erhielten wir unsere Erbsensuppe. Ganz selten wurde ein Paket für einen der Mitinsassen gebracht. Der Hunger blieb unser ständiger Begleiter.
Plötzlich wurde ich aufgerufen. Ein Posten brachte mich in den mir bekannten Raum im Erdgeschoß. Dort fand ich mehrere Dolmetscher bei Übersetzungsarbeiten. Peter Jahn war dabei, meinen Lebenslauf ins Serbische zu übertragen. Auch der »Mongole« saß da. Von ihm wußte der gesprächige Jahn, er heiße Franz Schäfer, sei Unteroffizier beim Ic der 22sten gewesen und habe gestanden, einen Partisanen erschossen zu haben. »Mit fünf Schuß, stell dir vor!« wiederholte er mehrmals entsetzt, weil er nicht gleich tot gewesen sei. Zu Hause sei er irgendwo am Schwarzen Meer gewesen.

Von den anderen im Raum wurde er weitgehend gemieden, und so versuchte er sich an mich anzuschließen. Ich konnte es verstehen. Allein wollte ja keiner sein.
Schäfer erzählte mir, wie er bereits in einem zivilen Arbeitseinsatz gewesen, dann aber »aufgeflogen« und nach Zrenjanin gebracht worden sei. Seine Großmutter sei Tatarin gewesen, daher habe er ein Mongolengesicht. Oft rieb er sich den Rücken an einem Pfosten, er hatte am ganzen Körper ein arges Jucken, die Krätze. Diese »Beiß« habe er sich von einer Katze geholt, mit der er im Lager gerne gespielt habe.
Wenn er Serbisch sprach, mischten sich immer wieder bulgarische Brocken darein. Er beherrschte eine Reihe von Sprachen. Er verstand Türkisch, konnte Griechisch und bewies immer wieder sein Talent, ungemein rasch eine Sprache zu erlernen. In seiner burschikosen Art gab er gerne mecklenburgische Sprüche von sich.
Ich litt unter starken Kreuzschmerzen, da lieh mir Münster, der Hamburger, sein Polsterkissen. Die Wärme tat mir gut, und er überließ mir das Kissen für mehrere Wochen. Dann aber erließ der Lagerkommandant den Befehl, alle Polster und Federbetten seien in den Hof zu bringen und dort aufzuschneiden. Ich weiß nicht, ob es dazu einen Grund gab oder ob es lediglich Sadismus war. Die Federn flogen und wirbelten durch die Luft. Ich kam mit einer Plane voller Federn an der Mauer zu stehen. Da erkannte ich den Mann neben mir. Es war der Syrmiendeutsche, auf den in Defreggental sein »Luisele« wartete. Ich entsann mich, wie er seinerzeit in Werschetz zu mir kam und sagte, er müsse jetzt weg, er käme vor Gericht. Sollte er nicht zurückkommen, bat er mich, seine Frau über meinen Bruder in Lienz davon zu unterrichten. Durch viele Wochen hörte ich nichts mehr von ihm, und so gab ich die Meldung in die Heimat weiter. Kaum war dieser Brief weg, kam er wieder in das Lager. Er habe im Gefängnis Arges mitmachen müssen. Ihm habe man vorge-

worfen, er habe mehrere Morde begangen. Er sei SS-Mann gewesen. Alle seine Unschuldsbeteuerungen hätten nichts genützt. Doch dann seien Zeugen aufgetreten und hätten ausgesagt, der gesuchte SS-Mann habe eine Anzahl von Goldzähnen gehabt. Das sei seine Rettung gewesen, und er sei freigesprochen worden. Nach Österreich dürfe er jedoch nicht mehr. Er habe sich zum Einsatz auf einem landwirtschaftlichen Staatsbetrieb gemeldet. Jetzt stand er hier im Vernehmungslager neben mir, und uns war es streng verboten, miteinander zu reden. Doch er flüsterte mir zu, er habe jede Hoffnung aufgegeben, seine Freiheit wieder zu erlangen. Er habe in Jugoslawien eine Frau kennengelernt und sei entschlossen, sich hier zu einer Arbeit zu verpflichten. Mehr konnten wir nicht miteinander sprechen. Ich überlegte noch öfter, ob ein solches Verhalten richtig ist oder nicht. Doch wie kann man unter derartigen Umständen die Handlungsweise anderer beurteilen?

Peter Jahn erwies sich immer wieder als der Einfältige. So bat er eines Tages den Kommandanten um mehr Zucker für den Tee. Danach kam Leutnant Erich Weber, der mit einigen anderen in der Küche arbeitete, ganz erbost zu mir: »Wie könnt ihr Vernehmer und Dolmetscher mehr Zucker verlangen! Was fällt euch ein! Ich muß jetzt das bißchen Vorrat den anderen Kameraden vorenthalten.«

Ausführlich erzählte mir Jahn, wie es ihm bei seinem Fluchtversuch ergangen war. Von Werschetz aus habe er sich zum Arbeitseinsatz gemeldet und sei nach Slawonisch-Brod gekommen. Dort habe er einen Kameraden kennengelernt, der in seinem Leben immer nur »auf die Butterseite« gefallen sei. Er habe sich entschlossen, mit diesem Glückspilz zu flüchten. Alles, was ihnen nötig schien, hätten sie sich beschaffen können, und sie hätten die Vorbereitungen gründlich getroffen. Zu dritt hätten sie sich auf den Weg gemacht. In der Nacht seien sie marschiert, bei Tag sich in Wäldern versteckt.

Neun Tage sei alles gut gegangen, dann seien sie untereinander in Streit geraten, welche weitere Richtung man nehmen sollte. Jahn wollte nach Norden, Ungarn zu, die anderen beiden nach Westen. Sie seien sich ohnehin schon arg auf die Nerven gefallen. So trennten sie sich. Er marschierte allein, und nach zwei Tagen sei er fertig gewesen. Der nächtlichen Schleicherei überdrüssig geworden, sei er einfach tagsüber unterwegs gewesen. In einem Dorf habe er sich nach dem Weg zur Donau erkundigt. Es stellte sich heraus, daß sich im Haus daneben die Kommandantur der Miliz befand. Ein Milizsoldat habe ihm auf die Schulter geklopft, weil er mit der deutschen Uniform und der goldenen Brille auf der Nase aufgefallen sei. So kam er hierher nach Zrenjanin. Er belehrte mich, hier müsse man sehr vorsichtig sein, man stünde ständig »im Rampenlicht«.

Außer den Dolmetschern und Vernehmern begegnete ich kaum einem anderen Gesicht. Im Hof wurde einmal General Schmidt-Richtberg an mir vorbeigeführt. Ich grüßte ihn. Da schnauzte mich der Vodnik, der Posten, an: »Warum grüßt du?« Ich meinte, dieser sei einmal mein Vorgesetzter gewesen, daher kenne ich ihn. Wütend begann er zu schreien: »Das ist auch einer von denen, die euch in den Krieg gehetzt haben. Diese Banditen! Du hast niemanden zu grüßen.« Ich konnte nur an den alten Ustaschen auf dem Hungermarsch denken, der solchen Haßausbrüchen in seiner Art begegnete und uns in Schutz nahm: »Sind alles arme Teufel, genauso wie wir.« Ein andermal stand ich im Hof und trat an die Mauer, um ein paar Sonnenstrahlen zu erhaschen, da traf ich Aistrisch mit einem Kameraden, der ihm gerade ein französisches Buch zum Lesen anbot. Aistrisch meinte, von seinem Schulfranzösisch sei ihm nichts mehr geblieben, obwohl er seinerzeit gerne mit »Charles« unterschrieben habe. Er wurde wieder bei uns Dolmetschern einquartiert. Ich freute mich über das Wiedersehen mit ihm und über die Lektüre,

die er mitbrachte. Leider durfte er nur wenige Tage bei uns bleiben. Der Vodnik erschien und wandte sich an Aistrisch mit dem bekannten Ruf: »spakuj stvari!« Dieser wurde vor Aufregung rot im Gesicht, er war davon überzeugt, jetzt käme er endgültig nach Hause. Hastig packte er seine Habseligkeiten zusammen, konnte sich kaum verabschieden und ging . . . ins Gefängnis, wie ich später erfuhr.
Dann kam der Tag, an dem es für mich hieß: »spakuji stvari!« Ich hatte keine Illusionen so wie Aistrisch. Ich hatte meine arg verdreckte Bluse zum Waschen in die Küche gegeben. Ich bat, diese holen zu dürfen, fand die grüne Jacke. Sie war schwarz vor Nässe, doch ich zog sie an. Die Bluse war mir wichtig. Ich wußte ja nicht, wohin es mit mir ging. Nur mit dem Hemd erschien mir jede Ortsveränderung ein Risiko zu sein.
Ich kam zur Vernehmung zu Münster: Major Hermann Peiz und Leutnant Münster waren die beiden ältesten deutschen Vernehmer; beide kamen von der Polizei. Als mir Münster seinerzeit Lesestoff brachte, wollte er wissen, wieso ich Serbisch konnte. Ich sei aus dem Gurktal, sagte ich, da spreche man Slowenisch. Es war nicht gelogen, denn diesen Fluß gab es zweimal, wenn man die Kcrka in Persien entsprechend übersetzt, sogar dreimal. Soweit ich wußte, gab es die Feistritz, die Bistrica, fünfmal oder noch öfter. Ich war unsicher, ob der Vernehmer meinen Lebenslauf bereits kannte. Soweit ich bis dahin beobachten konnte, war Peiz bei Crnčević besser angeschrieben. Er bekam nie sein Geschrei zu hören: »Du lügst! Du lügst, . . . lażeś, lażeś!« Ich mußte daran denken, wie Peiz einmal aufgeregt in die Schreibstube stürmte: »Na so was! Stellt euch vor, welche Zumutung! Der Kommandant will, daß ich mich von der Frau scheiden lasse und eine Jugoslawin heirate.«
Münster wußte also schon, woher ich Serbisch konnte. Wie alle Vernehmungen begann es mit der Aufzählung aller

Einheiten. Aus Deutschland kommend, meldete ich mich bei ... in Agram, dann ging es nach Sarajevo und so fort. Es wurde genau geforscht, bei welcher der vier Jäger- bzw. Gebirgsbrigaden der Kroaten ich Dienst zu tun hatte.
Über Nacht kam ich in einen Holzverschlag, der auf der anderen Seite des Hofes lag. Ich hörte aus dem Raum daneben ebenfalls Maschinengeklapper, es mußte also eine weitere Schreibstube sein. Am Morgen brachte mich ein Wachposten in den 1. Stock in die »Stube der Vernommenen«. Einige Bekannte waren da, darunter auch Jäger, dem ich mich anschloß. An diesem Tage erfuhr ich noch eine weitere angenehme Überraschung. Ich erhielt ein Paket und zwar mit so reichlichem und nahrhaftem Inhalt, wie ich noch keines als Gefangener gesehen hatte. Es war für von Corda bestimmt, der nicht mehr im Lager war. Doch er habe verfügt, wenn etwas für ihn ankäme, sollte es mir gegeben werden. Wir beide, Jäger und ich, konnten uns leider nicht allzu lange daran gütlich tun. Jäger wurde weggeholt, und ich wurde zu den Dolmetschern in die Schreibstube gesteckt, diesmal in jenen Raum neben dem Holzverschlag, in dem ich eine Nacht verbracht hatte. Dahin durfte ich nichts mitnehmen.
Da lernte ich ein neues Gesicht kennen. Sein Name war Pötsch. Er hatte blaue, kugelige Sprotzaugen, die mich an die des Schauspielers Theo Lingen erinnerten. Er hatte Tränen in den Augen und schimpfte drauflos. Er sei im Entlassungslager in Pančevo gewesen, da habe man ihn wieder herausgeholt. Er könne Tschechisch, aber nicht Serbisch. Die anderen Übersetzer an ihren Schreibmaschinen trösteten ihn, sie würden ihm schon unter die Arme greifen. Als ich im Hof mit ihm die Runden drehte, erzählte er mir, er stamme aus Prag, sein Vater sei dort Hochschulprofessor gewesen. Im Lager Karlsdorf sei er bei der Antifa gewesen. Es sei eine Sauerei, wie man ihm mitspiele. Ich redete auf ihn ein und

riet ihm, klug zu sein und nicht zu schimpfen. Ich konnte mich in seine Lage versetzen und seine Enttäuschung mitfühlen, aus der Hochstimmung vor der Entlassung herausgerissen zu werden und sich plötzlich unter den »Kriegsverbrechern« zu sehen. Ruhiger wurde er erst, als er durch die verklebten Fenster im Hof die anderen Runden drehen sah. Er erkannte darunter Leutnant Erich Hoflehner, mit dem er in der Einheit diente. Er habe dessen Posten angestrebt und müßte es jetzt als Glück ansehen, daß er es nur zum Ordonnanzoffizier gebracht habe.
Ein Männchen kam an, mit zwei übereinander gebauten, vollgepackten Rucksäcken, die seine Figur noch kleiner erscheinen ließen. Als Heinrich Pfeifer stellte er sich vor, ehemals Unteroffizier. Seinem Gepäck nach könnte er ebenfalls vor der Entlassung gestanden sein. Er schien jedoch gefaßt und nicht so verstört wie Pötsch. Er konnte Serbisch und wurde sogleich als Vernehmer eingeteilt. »Hans Dampf in allen Gassen« nannte ihn Peiz, weil er unruhig von einem zu dem anderen schoß. Noch ein Zivilist tauchte auf. Der Sprache nach hielt ich ihn für einen Slowenen. Wir sahen ihn in einem roten Schlafmantel umhergehen. Daher hieß er bald bei Gefangenen »der rote Domino«; andere nannten ihn wegen seines Typs »den schwarzen Peter«. In der Schreibstube erzählte man sich, er führe die Vernehmungen in einem schönen warmen Zimmer durch. – Es war inzwischen Herbst und an manchen Tagen recht kühl geworden. Er soll auch nicht prügeln, so wie andere Vernehmer, bei ihm sei ständig das Radio eingeschaltet.
Ich saß mit Pötsch zufällig allein in der Schreibstube, und er wollte mir von den Freimaurern erzählen. Sein Vater sei ein solcher gewesen und sei jeden Dienstag festtäglich gekleidet zu den Sitzungen gegangen. Ich hätte gerne etwas über die verschiedenen Logen gehört, da stürzte völlig verstört Schäfer herein. Der Kommandant verlange von ihm, er müsse

Vernehmer machen, sonst erginge es ihm so wie dem Klausner, dem schnauzbärtigen Richter von der 373sten. Der sei schon durch Wochen im Keller. Er käme gerade von dort. – Er sprach nicht mehr weiter, sondern ging nervös auf und ab. »Was soll ich machen? Was soll ich machen?« jammerte er. Pötsch stand neben mir am Fenster und raunte mir zu: »Ihn haben sie in der Hand mit seiner Ic-Vergangenheit bei der 22sten. Er hatte die Gefangenen zu verhören. Was kann man ihm schon raten?« Ich hörte mich sagen: »Wenn du glaubst, du verbesserst dir die Lage?« Pötsch pflichtete mir bei. Oft genug habe ich hinterher dieses Wort bereut. Aber ich konnte nicht ahnen, welches Scheusal aus ihm noch wurde, aus einem Menschen, den ich für völlig normal hielt. Schäfer hielt in Zukunft zu uns Dolmetschern Distanz und schloß sich dem roten Domino an. Dieser konnte sogar ohne Fliegenklatsche den Hof queren. Sein roter Mantel war Legitimation genug. Als erster kam Gustav Hüfing zu Franz Schäfer in die Vernehmung. Hüfing, ehemals Feldgendarm, ein Untersetzter, eher Korpulenter, einsilbig und verschlossen. Ich hatte ihn aus Werschetz als einen der Flickschuster in Erinnerung. Er sei bei der Wachmannschaft eines KZs gewesen, wurde ihm vorgeworfen.

Es wurde immer kälter im Bau. Ich kratzte Kohlenstaub zusammen, füllte damit Papierschnitzel, goß etwas Wasser darüber und ließ es über Nacht gefrieren. Mit diesem Heizmaterial versuchte ich unseren »Kasperl«, den Ofen, zu füllen.

Einen großen Bogen Papier erhielt eines Tages jeder von uns. Wir könnten darauf nach Hause schreiben. Wir glaubten nicht, daß dieses Blatt aus der Anstalt herauskommen wird. Doch ich schrieb drauflos, schrieb und schrieb. Ich beschrieb die Welt um mich, die verklebte Scheibe, an der Gestalten vorbeihuschten, die trippelnden Füße auf dem Hof, die durch den waagrechten Spalt zu sehen waren und so fort.

Ein Sonntag kam, an dem mich Philipp, der Leibdolmetscher, holte und in einen Raum brachte, in dem der Inhalt aus eingelangten Paketen lag. Es waren vornehmlich Konserven, die Philipp mit einem Dosenöffner der Reihe nach aufschnitt. Plötzlich wurde ich blaß. Aus einer Dose kam ein langer Papierstreifen zum Vorschein, ein Brief von oben bis unten beschrieben. Philipp freute sich über den Fund. Das dünne Blatt war fein säuberlich an die Dosenwand gelegt worden. Ich mußte es übersetzen.

Das Schreiben war an einen Feldgendarm im Lager Werschetz gerichtet und enthielt die Anweisungen für eine Flucht, bis ins kleinste Detail beschrieben. Da stand: Beim Schilfschneiden im Herbst sei das Flüchten möglich. Über den Bahndamm käme man gegen Norden nach Arad in Rumänien. Schwäbische Bauern würden dort weiterhelfen. Vor Pelzmützenträgern müsse man sich in acht nehmen, das seien Rumänen. Für Geld und Verpflegung müßte man ausreichend vorgesorgt haben. Bahnhöfe müßten gemieden werden. Es sei jedoch denkbar, über Kinder zum Lösen von Fahrkarten zu kommen.

In der Stadt X sollte man sich in einem Frauenkloster melden. In der Klosterstraße liege allerdings auch eine Kommandantur, es gelte daher, sehr vorsichtig zu sein. Bei der Pförtnerin verlange man nach der Schwester N.; deren Bruder sei gekommen. Die Genannte sei eine Deutsche und wüßte weiter.

In Budapest fände man am Bahnhof einen Veteranen aus dem Ersten Weltkrieg, ein Invalide, der dort auffallend umherhumple. An ihn könne man sich wenden. Wer Wien erreiche, der sei gerettet. Von dort käme man ohne Schwierigkeit weiter. Es folgten noch verschiedene Ratschläge für das richtige Verhalten bei der Begegnung mit Leuten. Man soll sich ja keine Angst anmerken lassen und so weiter.

Ich war nicht wenig erstaunt, wie genau der Fluchtweg

beschrieben war und was es alles an Kleinigkeiten zu bedenken gab, um durchzukommen. Für uns in diesem KZ hatten Fluchtüberlegungen ohnehin aufgehört. In Zrenjanin gab es kein Entkommen. Das war aussichtslos.
Der rote Domino kam mit einer Zeitung, es war die Ausgabe eines Lokalblattes. Er verwies auf einen zwei Seiten langen Bericht über die Festnahme von Sepp Janko, ehemals ein höherer NS-Funktionär in Zrenjanin, die Stadt hieß damals noch Nagy Becskerek. Ein Bild zeigte einen großen Menschenauflauf und wie Janko gefesselt angeschleppt wurde. Alle beugten sich über das Blatt auf dem Tisch. Ich hatte bald den Text überflogen und trat von der eifrig diskutierenden Gruppe zurück. Da konnte ich sehen, wie sich der »Rote« abseits geschickt postiert hatte, um jeden einzelnen in seinem Verhalten genau beobachten zu können. Die Reaktionen der Häftlinge waren sehr unterschiedlich, manche mimten Entsetzen in übertriebener Weise, vor allem Peter Jahn fiel auf und gackerte wie eine aufgescheuchte Henne. Mir tat die ganze Runde um den Tisch, die sich benahm, als ob sie zu der am Bild dargestellten Horde gehörte, ebenso leid, wie Sepp Janko, der jetzt irgendwo in Fesseln lag.
Dann geschah etwas ganz Ungewöhnliches. Ich kam am Morgen als erster in die Schreibstube und setzte mich an die Maschine. Es war eine Olivetti, in die ein Blatt Papier eingespannt war und darauf eine einzige Zeile in deutsch getippt: »Ich habe keine Zeit! Dein Bruder.« Ich zog das Blatt aus der Maschine, sah mich um und las. Ich war allein im Raume. Ich steckte das Papier ungefaltet unter das Auflagenbrett. Was soll das bedeuten? Wer konnte in der Nacht in diesen Raum gekommen sein? Wenn ich von meinem Schreibplatz über die Maschine geradeaus sah, fiel mein Blick auf ein verhülltes Fenster, das in einen Nebenraum führte. Das Fenster war hoch oben, knapp unter der Decke und nur schwer zu erreichen. Vielleicht sitzt dahinter, der dies schrieb, und

kann mich jetzt beobachten? Dieser Zettel hat mich völlig verwirrt. So oft ich mich unbemerkt wußte, zog ich ihn hervor, um mich immer wieder zu vergewissern, daß ich nicht träumte und das Papier echt war. Wurde mein Bruder in Lienz entführt und hierher gebracht? Liegt hinter dem Fenster jemand? Die absurdesten Überlegungen kamen mir. Ich wagte mit niemandem darüber zu reden. Am folgenden Morgen war das erste, wieder das Blatt hervorzuholen. Tatsächlich, es ist so; ich las die gleiche Zeile und ließ den Zettel wieder verschwinden. Ich wollte mir nichts anmerken lassen, konnte aber an nichts anderes mehr denken. Die Kameraden wollten wissen, was mit mir los sei, daß ich nichts mehr redete. ich suchte nach Ausflüchten. »Nichts, nichts«, sagte ich. Niemand sollte meine Nervosität merken. Ich brachte aber das Ganze nicht mehr aus dem Kopf. Wer hat mir den Zettel unterschoben? Ist der Domino im Spiel? Steht dies in Zusammenhang mit Sepp Janko?

Das Übersetzen der Protokolle lief auf Hochtouren, die Vernehmungen gingen weiter. Crnćević trieb alle an. Ich beobachtete Nauburg, wie er sich offensichtlich freute, wenn er manche Aussage noch etwas »zurechtfrisieren« konnte und wenn ihm bloß die Rechtschreibfehler Gelegenheit gaben, »Verbesserungen« vornehmen zu müssen.

Hermann Peiz bekam Roland v. Laban »in die Arbeit«. Fließend konnte er die Gliederungen seiner Division aufzählen, alle Offiziere und insbesondere die Ic-Abwehrleute namentlich nennen. Er wußte, wer nur kurze Zeit und vertretungsweise solche Dienste versah. Dann wurden neue Gefangene nach Zrenjanin gebracht. Wieder sah ich Bekannte darunter, Dr. Lang und Robert Egger, der uns in Werschetz immer und überall geholfen hatte. Flüchtig sah ich, wie sie Ludwig Siebert in die Vernehmung holten. Wer hat wohl ihn in die Kur genommen?

Neue Vernehmer waren angekommen. Einer nannte sich

Adam Ulrich. Er sei in Vinkovci als Leutnant bei der Feldgendarmerie gewesen. Seine Eltern seien geflohen und befänden sich jetzt in einem Lager in Sachsen. Ulrich wollte witzig sein und verfiel dabei in sehr einfältige Blödelei. Niemand lachte, wenn er statt Eisenbahner Häuslibahner und statt Vitamine Vatamane diktierte. Vielleicht wollte er mit seinem wenig geistreichen Geschwätz sein Gewissen beruhigen.
Ludwig Treichl, der Mittelschullehrer aus Innsbruck, wurde von ihm verhört. Er war im Krieg Sonderführer, als Dolmetscher für Italienisch eingesetzt, also ein äußerst »Kriegsverbrechen-Verdächtiger«. Postbeamte, Zahlmeister, Schreibstubenkräfte, alle waren auf einmal höchst verdächtig. Einige deshalb, weil sie im Gefangenenlager beim Gottesdienst ministrierten.
Ich mußte Treichls Protokoll übersetzen und las« »... Ich habe zwei gesunde Kinder ...« Beim Schreiben war ich auf einmal überzeugt, der kommt bald heim, wußte nicht wieso. Als dann Treichl zur Unterschriftsleistung geholt wurde, konnte ich ihm zuflüstern: »Wenn du heim kommst, geh zu meinem Bruder. Er soll jetzt in Innsbruck sein. Sag ihm, wo wir sind.«
Münster begegnete mir. Ich hatte ihn lange nicht mehr gesehen. Er sah sehr schlecht aus und war recht verzagt. Er sei selbst eingesperrt gewesen. Habe aus den »Deliquenten« zu wenig herausgebracht. Drei Wochen habe er im Keller gesessen. Er sei jetzt fertig. Ich riet ihm: »Schlafen, wenn du kannst, versuche zu schlafen.« Ich wußte kein anderes Mittel.
Es ging auf Weihnachten zu. Am Tag vor dem Heiligen Abend ließ der Kommandant alle Vernehmer und Dolmetscher antreten, ging von einem zum anderen, die Reihe entlang und verlas die Namen derer, die in die Stadt gehen dürften. Er ging an mir vorbei, verlas auch meinen Namen nicht. Er wiederholte noch einmal alle Namen im Vorbeige-

hen und übersprang mich wieder. Ich ahnte nichts Gutes. »Warum fragst du nicht, warum du nicht verlesen wirst?« schrie er mich an. Ich blieb stumm. Noch einmal stellte er die Frage, ich gab keine Antwort. »Du hast gelogen! Du hast verschwiegen, daß du Ic warst. Dein Kommandeur ist jetzt in der Vernehmung. Du warst Adjutant und Ic. Du wirst deinen Lebenslauf noch einmal schreiben!«

Ich saß allein im Raum, während die anderen in der Stadt waren. Ich war darüber nicht unglücklich, ich wollte ja nicht ihresgleichen sein. Ich wußte, wieso Crnćević zu einer solchen Ansicht kam. In jeder kommunistischen Militäreinheit gab es einen Kommissar. Diese Funktion mußte es auch bei der deutschen Wehrmacht gegeben haben und war die Einheit noch so klein, jemand mußte nach Meinung des Kommandanten bei jedem Einsatz die Soldaten antreiben und für ihre Kampfmoral verantwortlich sein. Ich war für ihn soviel wie »komesar«. Unser Verbindungsstab bestand aber bei Kriegsende nur aus zwei Offizieren, dem Kommandeur und seinen Adjutanten, dazu vierzehn Mann. Die Aufgaben eines Komesar konnte nur der Adjutant erfüllt haben.

Ich war innerlich aufgewühlt und suchte die Möglichkeit, mit jemandem zu reden. Ich lief zu Erich Weber in die Küche. Er wußte, Münster sei nun doch zur Repatriierung gekommen. Da kam Erich Pötsch hinzu, auch er werde jetzt nach Panćevo kommen und werde heimfahren können. Ich trug ihm auf, dort zu Herfried Rohrer zu gehen. Ich hörte, daß dieser den Inhalt von Paketen der bereits Heimgekehrten an die verteilen darf, die zurückbleiben müssen: »Bitte Rohrer um ein Hemd für mich. Schau, wie das meine aussieht!« Pötsch versprach dies und bot mir gleichzeitig ein SA-Hemd an. Erfreut nahm ich es an, wagte aber dann wieder nicht, es anzuziehen. Wie würde ich nachweisen können, daß ich kein Parteimann war.

Pötsch hat aber sein Wort halten können. Einige Wochen danach erhielt ich über Rohrer ein Herrenhemd.

Es kam jene komische Weihnachtsfeier 1948. Wir saßen an einer langen Tafel. Ganz oben der Kommandant und links und rechts in der Reihe die Vernehmer Nauburg, Schäfer, Ulrich, Pfeifer. Ob auch Peiz mit dabei war, bin ich nicht sicher. Ich saß am Ende des Tisches wie auf Nadeln. Die »Feier« wurde zu einem großen Fressen. Man hatte die Pakete der Häftlinge geplündert. Ich konnte von dem gestohlenen Zeug kaum einen Bissen hinunterbringen. Obwohl mich der Hunger dazu trieb, schmeckte mir nichts. Ich hätte alles dafür gegeben, wenn ich jetzt mit den »Kriegsverbrechern« auf den Pritschen dahindämmern und von Weihnachten in der Heimat träumen könnte. – Auch dieser Abend nahm ein Ende. Ich schrieb wieder an meinem Lebenslauf.

Peiz sei heimgekommen, hieß es. Er hatte sich nicht von uns verabschiedet. Er habe sich die Freiheit erkauft. Womit wohl? Auch Knetsch war jetzt unter den Vernehmern. Er sei erpreßt worden, erzählte man sich. Der Bericht über den erhängten Zivilisten, den er in dem griechischen Dorf auf dem Rückmarsch sah, sei ihm zum Verhängnis geworden. Ich habe jedoch nie etwas gehört, daß er jemals ein Protokoll verfaßt habe.

Ein Lager nach dem anderen kam zur Auflösung. Die Entlassungen erfolgten in Belgrad oder Pančevo, wurde bekannt. So mancher soll jedoch wieder im letzten Moment aus dem Zug geholt worden sein. Das erzählte mir Karlo Koschitz, mit dem ich in der Folgezeit manches Geschick zu teilen hatte. Er habe eine solche Situation erlebt. Da habe sich Oskar von Kaltenegger vor die Mutlosen hingestellt, habe aus seinem Rucksack das Büchlein »Trost bei Goethe« hervorgeholt und daraus vorzulesen begonnen. Unter Schlägen wurde das Häuflein wieder hinter den Stacheldraht getrieben.

Da gab es eine überraschende Wende. Es kam der Befehl

zum Packen. Nach Einbruch der Dunkelheit zog eine Kolonne ausgehungerter Gestalten durch die Straßen des Städtchens zum Bahnhof. Die Zivilbevölkerung sollte nichts merken, was in diesem KZ zurückgehalten war. Hinter den Verbrechern marschierte die Schar der Vernehmer und Dolmetscher, »Nauburg und seine Getreuen«, alle hatten sie jetzt Zivilkleider. Ich war der einzige mit einer grauen Feldbluse. Heinz Nauburg gab das Anlaß zu Spötteleien. Er konnte mir nie verzeihen, daß ich ihn einmal in meinem Jähzorn in den Papierkorb gesetzt hatte. Er hatte mich beim Protokollschreiben dermaßen in Wut gebracht, daß ich mich nicht mehr beherrschen konnte. Da habe ich die lange, dürre Latte gepackt und durch den halben Raum gezerrt. Daß ich dazu noch die Kraft besaß, war mir eine große Genugtuung.
Die Gefangenen marschierten in Fünferreihen und wurden ständig angetrieben. Wir mußten alle laufen. Vereinzelt standen Zivilisten auf dem Gehsteig und starrten uns mit fragenden Blicken an. Die Gefangenen waren bald in Viehwaggons verladen. Wir, die Besseren, saßen auf den gelben Holzbänken eines Personencoupés. Crnćević lief ein ums andere Mal den Gang entlang und ließ die Bemerkung fallen: »Laßt mir den Fabian nicht entwischen!«
Am frühen Morgen erreichten wir unser neues Domizil. Es war das uns so vertraute Lager Werschetz. Es schien völlig ausgestorben, menschenleer zu sein.

Werschetz: Lager der Folterkammern

Es war der 17. Jänner 1949, als wir hier einzogen. Eine Katze saß da auf den Hinterbeinen und bettelte uns an. Bald kam eine Hündin, ein kleiner weißscheckiger Pinscher, angelaufen und hatte vier Junge dabei. Von den vorherigen Insassen hilflos zurückgelassen, waren sie für uns in dem leeren, ausgedehnten Lager die einzigen Lebewesen. Doch dann fanden wir in einer Hallenecke eine Gruppe ehemaliger Offiziere. Sie seien beim »Aussieben« in Pančevo, in Belgrad und teilweise schon hier in Werschetz festgehalten worden. Wehmütige Erinnerungen an Tage mit eindrucksvollen kulturellen Erlebnissen vermischten sich mit den beklemmenden Gefühlen, was uns jetzt erwarten würde.
Franz Schäfer fand ich bereits am nächsten Tag beim Backen von Palatschinken auf der Herdplatte im Knusperhäuschen. Wo er wohl das Mehl gefunden haben mochte? Nur wenige Tage vergingen, und es begann in den Hallen lebendig zu werden. Truppweise kamen weitere Gefangene und neue Vernehmer.
Da war ein junger Ostpreuße, Taller mit Namen. Aus ihm habe man unschwer einiges herauspressen können, wußte einer, sei er doch eine Zeitlang bei Hitler in der Wolfsschanze gewesen. Ich wußte nicht, was die einzelnen auf dem Kerbholz hatten und warum sie eventuell gar nicht nach Deutschland zurück wollten. Ob verschuldet oder unverschuldet in die Verstrickung geraten – jetzt waren sie erpreßbar geworden. Wie oft mögen sie die Stunde der Schwäche und Feigheit verflucht haben, sie fanden kein Zurück. In den ausge-

mergelten Körpern wurden die Gehirne stumpf, die Nerven versagten, und der Wille zum Widerstand war gebrochen. Es wuchs die Bereitschaft zu der immer wieder geforderten »Mitarbeit für Jugoslawien«. Wir mußten miterleben, wie manche immer tiefer sanken und zu Grausamkeit und Brutalität fähig wurden.

Wir Übersetzer kamen in den Bau gleich neben dem Eingangstor, wo früher die Lagerpolizei saß. Erich Nawra hatte sich einen Schreibplatz am Fenster ergattert und konnte die Passanten beobachten. Er war als Werschetzer auch zur Feldgendarmerie eingezogen worden. Doch das wollte er nicht jedem auf die Nase binden. Zunächst wurden in diesem Raum auch die Vernehmer untergebracht. Bald aber konnten sie in der Stadt wohnen, so Nauburg und Wolters, der Leutnant zur See. Auch Genart, ein Hamburger, ließ sich selten im Lager blicken und galt als einer der Undurchsichtigen. Bei uns machte sich Wypokol als Vernehmer wichtig. Irgendwo an der polnischen Grenze sei er beheimatet gewesen. Ein Kameradschaftsdiebstahl soll ihm nachhängen und habe ihn in die Rolle eines Außenseiters gedrängt. Als Übersetzer lernte ich Georg Schwarz kennen, ein junger »Brandenburger«, so hieß eine Einheit der Abwehr. Er nützte jede freie Minute zum Studium. Bücher gab es in diesem Lager genug. Insbesondere interessierten ihn die Fächer Mathematik und Physik. Ich schloß mich an Karl Koschitz an. Das schmächtige Bürscherl fiel mit seiner Pelzmütze und den daran hängenden Ohrklappen auf. Er trug sie auch noch, als es wärmer wurde und die Jahreszeit nicht mehr danach war. Weiter saßen bei uns Djuri Roth und Hans Marth, beide kamen von der »Prinz Eugen«, jener SS-Division, zu der vornehmlich die Banater Schwaben eingezogen wurden. Marth war groß und breitschultrig und stellte sich als Mittelschulprofessor vor. Mathematik und Himmelsmechanik nannte er als seine Spezialgebiete. Am wenigsten fiel ob

seiner ruhigen Art Major Adam Pfeffer auf. Auch er kam von der »Prinz Eugen«.
Jeden Tag kam ein neuer Trupp Gefangener an. Sie wurden aus dem Lager im nahen Potporanje geholt. Dort waren sie zu Hunderten beim Bau des Donau-Theiß Kanals eingesetzt. Sie wurden zu einer immer größeren Norm angetrieben und erhielten in Aussicht gestellt, bei entsprechender Leistung entlassen zu werden. Ausgemergelte Gestalten, der Erschöpfung nahe, schleppten sie sich durch das Tor, standen meist in Gruppen zu zehn verzagt im Hof vor unserer Baracke, ehe sie weiter in eine der Hallen getrieben wurden.
So begann sich das Lager zu füllen und Karl Swoboda, der über die Ankommenden Buch führte, hatte eines Tages elfhundert registriert. Wir wußten nicht, ob er das von sich aus tat oder ob er dazu beauftragt war. Wir hatten zu schreiben, zu übersetzen und wieder zu schreiben.
Zum Sommer hin wurde die Zahl der Vernehmer immer größer. Es kamen jugoslawische Reserveoffiziere, einige davon dürften Juristen gewesen sein und können sich auch zu so einer Aufgabe gemeldet haben, andere hatten wohl etwas ausgefressen und sollten sich auf diese Weise bewähren. Sie kamen aus den verschiedensten Gegenden des Landes. Die aus Syrmien, der Batschka und dem Banat erkannte ich an der breiten, behäbigen Sprache. Ebenso waren die Slowenen und die pfiffig, schlauen Dalmatiner unverkennbar. Mitunter waren recht grobe und gehässige Burschen dabei.
In den seltensten Fällen waren diese der deutschen Sprache mächtig, daher wurden ihnen Dolmetscher beigegeben. Karl Koschitz erzählte mir, wie er die Einvernahme eines Generals miterlebte. Wie der Vernehmer mit seiner Schulbildung prahlen wollte und den Delinquenten mit »tempora mutantur« begrüßte. Doch zu mehr reichten die Lateinkenntnisse nicht, und Karl konnte als Dolmetscher ohne weiteres An-

spielungen anbringen, indem er schlagfertig das Sprichwort ergänzte: »et nos in iis« (– die Zeiten ändern sich – und wir uns mit ihnen).
Wir hörten in der Nacht Jammern, Stöhnen und Schreien aus der nahegelegenen »Wilhelmstraße«, wo die armen Teufel in Einzelbunkern lagen. So gegen neuen Uhr abends rückten betrunkene Soldaten als Prügelkommandos an, und manchmal nahmen die Schmerzensschreie bis fünf Uhr morgens kein Ende. Stojanovic, »Hinkebein« nannten wir diesen Vernehmer, brüstete sich, er führe mit den Kriegsgefangenen nur Wortgefechte. Und ich wagte zu sagen: »Wohl mit sehr unterschiedlichen Waffen, Herr Stojanovic!« »Mag sein. Haben Sie noch nie von Inquisition und Hexenprozessen gehört?« belehrte er mich zynisch.
Wie diese Menschen zu solchem Sadismus kommen konnten, war mir unbegreiflich. Die Schreie der Gefolterten, soweit sie nicht selber prügelten, hörten die Vernehmer nicht. Sie waren nach Dienstschluß bereits weg in ihr Quartier in der Stadt, wenn die Folterkommandos anrückten. Die zogen grölend durch die Wilhelmstraße und schlugen die armen Kerle wund, die in den Zellen gefesselt lagen, dort wo früher Räume für Entlausung, Brausen, Friseur und die deutsche Lagerführung geschaffen worden waren. Ein Dikker aus Syrmien wurde »Kindermörder« genannt, denn aus seinen Händen kam kein Protokoll, in dem nicht von Totschlag und Kindesmord die Rede war, den der »Delinquent« begangen haben mußte. Ob er auch selbst geschlagen hat, weiß ich nicht. Es mußten alle Geständnisse ablegen, Menschen auf bestialische Weise umgebracht und verschiedene andere, unmögliche Verbrechen begangen zu haben.
Die Wände zwischen den Zellen waren dünn. Das Stöhnen des Gefolterten mußte der nebenan anhören und erwarten, daß er als nächster an die Reihe käme. Flüsternd versuchten sich die Gefangenen Ratschläge zu geben. Es ging nicht mehr

darum, ob einer bereit war, sich Verbrechen auszudenken oder nicht, sondern welcher Art und in welcher Zahl sie bekannt werden sollten, um ein Ende dieser Torturen zu erreichen.
Ich habe es erlebt, wie der Kommandant in unsere Schreibstube kam und darin die deutschen Vernehmer vergatterte. Es dürfe keiner mehr aus dem Verhör kommen, der nicht mindestens einen Mord gestanden habe. Ich sah die betroffenen Gesichter. Wie sollten sie es den ehemaligen Offizieren beibringen, daß sie ohne Geständnis, ein Verbrecher zu sein, nicht aus der Folterkammer kämen. Die Stöcke, mit denen die Vernehmer ausgerüstet waren, haben manche wohl nur zum Schein angewendet. Wer jedoch nichts oder nicht hinlänglich genug bekennen wollte, wurde von den nächtlichen Prügelkommandos eines Besseren belehrt. Mit welcher Methode ein Vernehmer am raschesten zum Ziel kam, war seiner Phantasie überlassen.
Ich schrieb Protokoll um Protokoll mit den erfundenen Verbrechen und Grausamkeiten, die sich die Kameraden ausdachten. Dabei konnte ich nur ständig überlegen, wie werde ich mich verhalten, wenn das gleiche von mir verlangt wird. Bei der Wahrheit bleiben, heißt sich totschlagen lassen. Sich aufbäumen ist das Dümmste, was einer tun konnte. Wie lange werde ich durchhalten, wenn ich zum Krüppel geschlagen werde? Und wenn ich das Glück haben sollte, entlassen zu werden und heimzukommen, wird man meinen Berichten glauben können? Was wird meine Mutter sagen, die in ihrer einfältigen Rechtschaffenheit immer nur an das Gute im Menschen glauben wollte.
Wieder schleppten sich ein paar an unserem Fenster vorbei. Unter strenger Bewachung waren sie von Potporanje hierher getrieben worden. Vier Jahre nach Kriegsende waren sie dem Wunsch nach Freiheit ferner denn je. Ich sah ihre enttäuschten Gesichter auf dem Weg zu neuen Qualen, die

sie noch nicht kannten. Vergeblich wollten sie ihre Unschuld beteuern und mußten in den zu Fratzen verzerrten Gesichtern der Folterknechte erkennen, daß es kein ordentliches Gericht und keine Rechtsprechung gab. So wie ich werden sie ebenso oft genug zu zweifeln begonnen haben, ob es noch normale Menschen gibt. Was ist eigentlich normal?
So gegen Mitternacht war es, da marschierte mit langsamem Schritt einer der Gefangenen wie ein Schlafwandler auf das offene Tor zu und ging, ohne einen Blick auf den Posten zu werfen, an dem Schilderhaus vorbei. Verdutzt schreit der Posten: »Halt! Halt! Was soll ich machen? Was soll ich?« »Schießen, schießen!« kam der Befehl von hinten. In einer Garbe aus der Maschinenpistole wälzte sich der Wehrlose am Boden und hatte es bald überstanden. Es war Hauptmann Dutzi aus Wien, lange Zeit hier im Lager mein Kopfnachbar.
Einer erzählte es dem anderen: Gestern wurde einer zu Tode geprügelt. Einer hat versucht, sich die Pulsadern zu öffnen. In der letzten Nacht habe sich einer erhängt. An einem Tage wurden gleich drei Leichen aus dem Lager gekarrt.
Ich saß zufällig allein in der Schreibstube, da stand plötzlich ein mir Unbekannter da: »Hast du etwas zum Rauchen? Zigaretten oder Tschiggs? Nein?« »Doch, warte! Im letzten Paket aus Österreich war auch eine Rolle Kautabak dabei.« »Ja, gib her! Ich heiße Gsellmann. Wie heißt du?« So stellten wir uns einander vor. Er war Ordensmann und bedankte sich für den Tabak, wie es unter Klosterbrüdern üblich ist: »Der Herr wird dich nicht verlassen! Ich bin Dolmetscher bei den Vernehmern. Doch jetzt werde ich das nicht mehr mitmachen. Ich werde mich dumm stellen. Stell dir vor, die Verhörten behaupten, sie würden in der Nacht geprügelt. Ich habe das selbstverständlich weitergemeldet. – Verschwinde! Marsch! Dich können wir nicht brauchen! Hat es dann geheißen. Jetzt werde ich wohl meine Ruhe haben.«

Der Einfältige! dachte ich. Er verschwand in der Baracke derer, die auf die Vernehmung zu warten hatten. Ich habe ihn nie mehr gesehen.
Zu Karlo Koschitz hatte ich volles Vertrauen. Nachdem er, wie ich, aus Marburg kam, hatten wir uns viel zu erzählen. Die Gelegenheit hierzu bot sich, wenn wir uns in der kurzen Mittagspause an der Barackenwand in die Sonne legen durften. Ging jemand vorbei, mußten wir sofort schweigen. »Ihr könnt ruhig weiterreden«, meinte einer. Es war Djuri Roth von der »Prinz Eugen«, der vorüber kam. Er war wie so viele Volksdeutsche aus dem Banat zu dieser SS-Einheit einberufen worden, ebenso wie Professor Hans Marth. Dieser erzählte mir, daß er seinerzeit vor ein Kriegsgericht gestellt werden sollte, weil er als Nachrichtenmann einen Codeschlüssel verloren hatte. Nach Kriegsende sei er einige Zeit in einem Gefängnis mit Aistrisch zusammen gewesen. »O ihr Decki (Bübelen), ich könnte euer Vater sein!« habe er zu den Vernehmern gesagt. Doch die hätten vor dem Alten keinen Respekt gezeigt.
Ein gewisser Bünte wurde uns als Übersetzer zugeteilt. Ich glaubte, daß es bei ihm im Oberstock fehlen müßte. Als Globetrotter habe er in Jugoslawien Serbisch erlernt und könne die Partisanen schon recht gut verstehen. Viel mehr brachten wir von ihm nicht heraus.
Der jüngste unter den Dolmetschern war Erich Valstyn, ein Österreicher, zuletzt Angehöriger der 22sten. Er besaß ein ungewöhnliches Sprachentalent. Er war bereits durch eine Vernehmungstortur gezogen worden. Mit ihm kam ich öfter zusammen, und wir schenkten einander Vertrauen.
Ab und zu durften in der Schreibstube Nachrichten gehört werden. Von dem, was in der Welt vorging, hatten wir kaum eine Ahnung. Bruchstückweise erfuhren wir, daß es zwischen Moskau und Belgrad zu einer Spaltung gekommen war. Ich wagte einmal insgeheim an dem Kasten zu drehen

und es gelang mir, einen deutschen Sender zu bekommen und in den Nachrichten etwas von Adenauer zu hören. Der könnte uns helfen, wurde im Lager geflüstert. Die Übertragung eines Streichquartetts aus Graz brachte mich völlig aus der Fassung, als ich vom Ansager als Mitwirkende den Namen Helga Reiser hörte. Ich mußte Karl Swoboda, der neben mir saß, fragen, ob ich schon richtig gehört hätte. Helga war doch meine Jugendfreundin in den Marburger Zeiten gewesen, und ich träumte davon, sie wiederzusehen und nochmals ihre Freundschaft gewinnen zu können. Da kam der Kommandant hinzu und drehte das Gerät ab: »Was hört ihr diese Speibereien (bljuvotine)!«

In der Mittagspause bestand am ehesten die Möglichkeit, unbeobachtet Kontakt mit einem der Zelleninsassen zu finden. Ich fand in einer Zelle Wolfgang Berkefeld, konnte ihm durch das Fenster ein Stück Brot zuschieben und mit ihm einige Worte wechseln. »Es ist hier eine andere, ganz andere Welt«, ließ sich der abgeklärte Philosoph in seiner vornehmen Weise hören. Ich war ganz glücklich »einem Menschen« begegnen zu können und reden zu hören. Im nachhinein machte ich mir Vorwürfe, daß ich ihn nicht einmal gefragt hatte, ob ich ihm irgendwie helfen könnte. Nach dem Befinden zu fragen, war in dieser Lage überflüssig.
Als ich auf dem Weg durch die Lagerstraße Stöhnen hörte und in diese Richtung lief, konnte ich durch Bretterfugen Hauptmann Radinger, den Salzburger Musiker, erkennen. Er war einer von denen, die durch Jahre mit mir auf der gleichen Pritsche lagen, doch nie mit mir ein Wort gewechselt hatten. Wir kannten uns nur vom Sehen. So unpersönlich lebten wir im Lager nebeneinander. Er litt fürchterliche Schmerzen infolge einer Nierenkolik. Ich lief und konnte tatsächlich einen Arzt erreichen. Nach dieser Begegnung habe ich von ihm nie mehr etwas gesehen oder gehört.

Wir in der Schreibstube erhielten regelmäßig unser Brot, während es anderen oft durch Tage vorenthalten wurde. Bereits Vernommene kamen manchmal in unsere Nähe, und ich konnte ihnen etwas von meiner Ration zustecken. Ich sehe vor mir Remschak, dann Oberst Reindl. Wie die sich freuten über den Bissen, den ich ihnen zustecken konnte.
Ich mußte ein Protokoll zur Unterschrift in die Lagerstraße bringen. Da stand Dr. Lang mit blutüberströmtem Gesicht und blickte völlig teilnahmslos in die Ferne. Ich sprach ihn an und grüßte, doch er sah und hörte mich nicht.
Ich kam an einer offenen Zellentür vorbei und sah darin Hauptmann Pindur, ehemals Rezeptionschef des Hotels Imperial in Wien. Ich mußte ihn immer ob seiner vornehmen Haltung bewundern. Jetzt stand er da, hielt sich am Tisch fest, und als er mich sah, lächelte er und sagte: »Sehen Sie, was man aus uns gemacht hat.«
Im Lager war aus der früheren Zeit eine Zahnbohrmaschine mit Fußantrieb. Ein Zahnarzt namens Kropf, wir nannten ihn den »Dentistenlehrling« konnte dieses Gerät nützen. Auch ich schlich mich in der Mittagspause gemeinsam mit Marth in die Baracke zu Kropf und erhielt von ihm eine neue Plombe. Dazu waren mehrere Sitzungen notwendig. Da fand ich günstige Möglichkeiten, um den Kameraden Brot zu bringen. Während einer solchen Behandlung konnte ich auch mit Reinhold Wildner sprechen. Er war noch immer zuversichtlich und glaubte an eine baldige Heimkehr. Ob er sich doch als Übersetzer melden sollte, meinte er. In der Schreibstube sei doch ein Rundfunkgerät, und er würde zu gerne einmal eine Musik hören. Ich äußerte Bedenken, ob er sich in dieser Gesellschaft wohlfühlen könnte. Als ich ihn das nächste Mal traf, winkte er ab, er werde sich nicht als Dolmetscher bewerben.
Unter den Vernehmern tauchte jetzt Dengl auf, den wir in unserer Gemeinschaft seinerzeit »die personifizierte Gier«

nannten, weil er bemüht war, sich auf alle möglichen Arten Vorteile zu verschaffen. Zunächst war er durch Monate als Sanitäter tätig, und seine Kameraden nannten ihn den »Gräberoffizier«. Als er infolge seiner Tätigkeit beim Volksgerichtshof als Richter entsprechend erpreßt wurde, erwies er sich bald als ein besonders folgsamer »Mitarbeiter«. Er hat in diesem Folterlager das »Hängen« als eine wirksame Vernehmungsmethode eingeführt. Dem Delinquenten wurden dabei die Hände auf dem Rücken gefesselt, daran ein Seil gebunden und der Körper so weit in die Höhe gezogen, daß gerade noch die Zehenspitzen den Boden berühren konnten. Ein Beispiel dafür, welche Phantasie Vernehmer entwickelten, um in ihrem Sinne zu einem positiven Ergebnis zu kommen, war der Fall Eisenzopf. Dieser stammte aus der Gotschee, und der, aus welchen Gründen immer, am Ende des Krieges in Frankreich arbeitete. Er war ein junger Bursch und wurde in Marseille 1945 noch zur Wehrmacht eingezogen und kam so in französische Gefangenschaft. Von dort wurde er bald in seine Heimat, also nach Jugoslawien, entlassen und nun wieder von den »Befreiern« gefangengesetzt. Es konnten ihm daher bei bestem Willen keine Kriegsverbrechen angedichtet werden, die er in seinem Heimatland begangen haben konnte. Doch Dengl ließ sich trotzdem etwas einfallen. Der Bursche war einfach Angehöriger »der Fünften Kolonne« in Frankreich. Das mußte er auch gestehen.

Paul Wilde war mir schon vor Jahren aufgefallen, da er zu seinem strohblonden Haar als Kontrast auffallend dunkle Augen hatte. Jetzt saß er eines Tages bei uns am Tisch und sprach zunächst mit niemandem ein Wort. Dann brach es aus ihm heraus: Siebzehn Tage und Nächte sei er im »Kohlenbunker« gelegen. So wurde eine Blechkiste bezeichnet, in der man sich nicht ausstrecken konnte. Darin mußte er die Zeit ohne wärmende Kleidung, ohne Decke, bei Jännertemperaturen verbringen. »So hat man mich weich gemacht!« rief er wütend und halb weinend, voller Zorn auf sich und die Welt, und hieb auf den Tisch ein. Er hatte ein Buch bei sich, das er mir zu lesen gab. Ich war froh darüber, denn zu dieser Zeit bekamen wir sonst keinen Lesestoff. »Die Erinnerungen einer Nackttänzerin« lautete der Titel. Es behandelte die Anfänge der Emanzipation in Holland, wie darin von Generation zu Generation allmählich immer größere Fortschritte erzielt wurden. Die Jugend in der vierten Generation wollte das Erreichte nicht mehr gelten lassen und konnte die Entwicklung nicht verstehen.

Ich war für jede Zeile dankbar, nachdem mir eine Aussprache mit Menschen und auch jede Begegnung mit der Natur verwehrt blieb. Die Lagerkatze besuchte mich öfter. Sie sprang auf die hölzerne Klinke, bis sich die Tür einen Spaltbreit auftat. Als sie aber eines Tages eine Ratte auf meinen Strohsack zerrte, der sie den Kopf abgebissen hatte, packte mich der Ekel. Das Blut quoll der Beute aus dem Hals, und ich konnte sie für diesen Fang nicht loben. Ich verjagte sie, und sie kam nie mehr wieder, was mir aufrichtig leid tat.

Dann war noch die Schnauzerhündin mit ihren Jungen da. Eines davon hatte einen auffallend dicken Kopf, benahm sich stets ungeschickt und kam immer weit hintennach angewackelt. So konnte Valstyn eines seiner Zitate anbringen: »Spät kommt Ihr, Graf, doch Ihr kommt.« Er hatte für die Hundefamilie immer etwas übrig und war bemüht, für sie Futter zu ergattern.

Den seelischen Druck, unter dem wir litten, versuchte jeder auf eine andere Art abzureagieren. So band Marth der Hündin rostige Konservendosen an den Schwanz und ergötzte sich an dem Geklapper, das sie verursachten, wenn sie umherlief. »Aber, aber. Herr Professor!« bemerkte ich, und beschämt wollte er stotternd seinen Einfall rechtfertigen.

Erich Nawra behauptete seinen Fensterplatz und machte

gerne seine Bemerkungen, wenn er die Fahrgäste vom Bahnhof in Richtung Stadt eilen sah. »Seht dort den Zigeuner! Er hat einen Pyjama an. Er ist sicher überzeugt, auf billige Weise einen modernen Sommeranzug erworben zu haben.«

Wenn die Vernehmer am Sonntagnachmittag Ausgang hatten, kamen sie in der Nacht angesäuselt zurück und hatten das Bedürfnis zu reden, pausenlos zu reden. Ulrich lachte kindisch vor sich hin, Schäfer erzählte von seiner Begegnung mit Türken, die ihn Mustafa nennen würden. Jetzt habe er eine hübsche Ungarin kennengelernt, die ihn ihre Sprache lehre.

An einem Abend wandte sich Ulrich an mich. Er suche meinen Rat. Der Kommandant habe vorgeschlagen, er soll die Eltern aus Deutschland zurückrufen. Ich wußte keine Antwort und glaubte in meinem Mißtrauen immer wieder Fangfragen herauszuhören. Nach etlichen Wochen waren seine Eltern tatsächlich in Vinkovci eingetroffen, und Ulrich erhielt die Erlaubnis, sie zu besuchen. Ich konnte nur mitleidig lächeln, als er danach berichtete, sein Vater habe sich sehr gewundert, daß er als Kriegsgefangener solche Besuche machen dürfe. Wie konnte er nur seine Eltern hierher locken, wo er doch genau wußte, daß er seinen Grund und Boden nie mehr bekommen konnte. Das war doch eine verbrecherische Dummheit.

Eines Montags früh lief Schäfer mit einer großen Flasche durch die Schreibstube. »Hast du heute einen Brand!« wollte ich scherzen. Er gab keine Antwort und lief weiter. »Bist du aber naiv!« flüsterte mir der Nachbar zu. »Der schlägt seine Opfer, bis sie ohnmächtig sind, und schüttet ihnen dann Wasser über den Kopf.« Ungläubig sah ich den Kollegen an. »Der hat sich noch einige andere Methoden zurechtgelegt. So müssen sich Gefangene auf den Tisch legen. Dann kippt er diesen und läßt die Gefesselten zu

Boden fallen« erklärte er weiter. Schäfer hatte ich bis dahin anders eingeschätzt und war erschüttert, von solchen Folterungen zu hören. Ich mußte an Siebert denken, wie er rief: »A Mongol! A Mongol!« Bald blieben Ulrich und Schäfer weg. Ich sah sie jedenfalls nicht mehr.

Marth und ich gingen die Wilhelmstraße auf und ab. Da hörte ich durch ein Loch in der Mauer Reinhold Wildners Stimme. Wir freuten uns, ein paar Worte wechseln zu können. Er sei bei Pfeifer in der Vernehmung, begann er uns zu erzählen. Da mußten wir weitergehen, denn wir sahen uns beobachtet. Am folgenden Tage kam Pfeifer zu uns und verlangte Zigaretten: »Jetzt habe ich ihn weich. Achtundvierzig Fälle hat er bereits gestanden. Noch zwei, dann ist eine runde Zahl erreicht. Gebt mir Zigaretten!« verlangte er. Ich hatte welche und allzugern hätte ich Reinhold welche zukommenlassen. Doch sie dem Vernehmer zu geben, damit er das Geständnis für fünfzig Morde erzwingen kann? Es war bereits die vierte »Offensive«, so nannte damals Pfeifer seine Folterrunden. Was der arme Wildner nicht alles durchstehen mußte! Die Antifa hatte in seiner steirischen Heimatgemeinde nachfragen lassen, welche politische Einstellung Reinhold gehabt habe, und der einfältige Gemeindesekretär bestätigte, daß Wildner bei der HJ gewesen sei. Diese Bestätigung war der einzige belastende Vermerk, der an seinen Personalakt geheftet war. Ob unser Musikgenie wegen dieser Auskunft schließlich den Tod erleiden mußte? In seinem Kopf hatte nie etwas anderes als Noten Platz. Zur Beruhigung ihres Gewissens bestärkten sich die Vernehmer noch gegenseitig. »Er hat es doch zugegeben, er hat gestanden und unterschrieben.«

Ein junger katholischer Priester wollte trotz härtester Folterungen die ihm zugedachten Morde nicht eingestehen. Erst als ihm das Protokoll unter die Nase gehalten wurde, nachdem ein evangelischer Amtsbruder unterschrieben hatte,

noch mehr derartige Verbrechen begangen zu haben, fand auch er sich zur Unterschrift bereit.
Zu Paul Wilde wagte ich noch zu sagen: »Sollte ich zu dir in die Kur kommen, gebe ich sofort alles zu, selbst wenn ich gestehen müßte, ich sei der Sohn des Papstes.« Ich führte sonst mit keinem Vernehmer mehr Gespräche. Zu Wilde hatte ich wieder etwas Vertrauen geschöpft, denn er hatte mir zuvor erzählt: »Hörst du, Thiele ist geflüchtet. Er lag auf der anderen Straßenseite gefesselt im Keller der ehemaligen Molkerei. Erinnerst du dich an ihn, an den mit den flinken O-Beinen? Wie der das bloß geschafft hat? Er muß der reinste Entfesselungskünstler sein. Wenn es ihm doch gelänge in die Heimat durchzukommen. Wenn der bei Adenauer berichten könnte . . .!«
Derartige Gespräche gab es höchst selten. Doch manchmal brach es auch aus den Vernehmern heraus. Im letzten waren es alles gequälte Kreaturen, die selbst in ständiger Angst zu leben hatten.

Von Knetsch hatte ich nie mehr etwas gesehen oder gehört. Von ihm war nie ein Protokoll bei uns angelangt. Eines Tages wurde die Tür aufgerissen und Vypokol warf ein Paar Schuhe und einen grauen Wehrmachtsrock herein, dazu ein dunkelblaues Polohemd. Die Bluse war auf Taille geschnitten. Jeder kannte die Kleider von Knetsch. Das Hemd war mit einem Österreich-Paket in das Lager gekommen, und er hatte es auf dem Tauschweg erworben. Niemand stand auf und langte nach den Kleidungsstücken. Alle saßen wir da und steckten die Köpfe möglichst tief auf den Tisch. »Er hat wohl nichts herausbekommen«, flüsterte der eine. Ein anderer fragte: »Hat er nie geschlagen?« Ich mußte an seine Schilderung des Rückzugs denken, wie seine Truppe auf dem Weg durch Griechenland an einem Galgen vorbeikam.
Ein anderes Mal flog wieder eine Bluse durch die Tür. Es war

diesmal eine verblichene, ehemals dunkelblaue Ziviljacke. Marth bückte sich und hob sie auf. Sie hatte am Rücken ein Loch mit einem grünlich-schimmeligen, faustgroßen Fleck. Niemand sprach ein Wort. Wer mag wohl auf diese Weise den Tod gefunden haben? Eine Nacht lang wälzte ich mich schlaflos auf meiner Pritsche. Ich sah immer nur die durchschossene Jacke vor mir.

Die Vernehmer erhielten für ihre Arbeit eine Entlohnung. Sie schickten Marth in die Stadt, Paprika und Tomaten zu kaufen. Als er zurück war, vertraute er mir an, er habe den Posten überreden können, mit ihm zu einem Photographen zu gehen. Er habe sich photographieren lassen. »Wozu ein Photo?« Und seine Antwort war: »Ja, ich habe mir eben ein Photo machen lassen.« Tage später sah ich Marth in der Mittagspause an der Schreibmaschine. Er hatte ein liniertes Blatt aus einem Schulheft eingespannt und »Legitimation« darauf geschrieben. Also dazu war das Photo bestimmt. Welche Einfalt! So dachte ich. Wie kann man hierzu ein liniertes Papier aus einem Heft verwenden! Sollte ich mit ihm reden und ihn warnen? Peter Sutter habe ich auch nicht gewarnt und hinterher mir schwere Vorwürfe gemacht, schoß es mir durch den Kopf. Ich schwieg. Marth kam nicht mit, als ich in der Mittagspause durch die Lagerstraße ging. Ich wanderte allein hin und her.

Auf dem Boden lag etwas Glänzendes. Ich bückte mich, es war eine Patrone für eine Maschinenpistole. Sie hatte wohl ein Posten verloren. Ich steckte sie in meine Drillichhose und begann zu überlegen: Wie könnte man so ein Ding gegebenenfalls am besten zur Explosion bringen? Wie könnte man sich damit das Leben nehmen, wenn man es in der Vernehmung nicht mehr aushält? Mit einem Stein oder mit einem Nagel? . . . Die Patrone blieb in meinem Hosensack und war bald vergessen.

Der Gedanke an Selbstmord plagte verständlicherweise auch

andere. Das war kein Wunder, wenn man vom Abend bis zum Morgengrauen ständig die Schreie und das Brüllen der Gefolterten hörte. Es verging kaum eine Nacht, in der nicht ein Prügelkommando unterwegs war. In Zrenjanin machte man noch viel Aufhebens, als sich Gazzera die Pulsadern öffnete. Er war einst Teilnehmer bei Olympischen Spielen, ein Leichtathlet. Der Mann, der unter ihm lag, merkte es, weil das warme Blut auf ihn heruntertropfte. Es hieß, er habe die Nerven verloren. In diesem Folterlager sprach niemand mehr davon. Mich beschäftigte oft genug dieser Gedanke, und ich fragte mich: Wäre es ein Zeichen von Schwäche? Ist es eine Schande, wenn man sich das Leben nimmt?

Schwechla machte sich beim Mittagsspaziergang an mich heran. Er war ehemals Ic beim Armeekorps oder bei der Heeresgruppe. Er zeigte sich äußerst gesprächig. Seine Frau sei Krankenschwester in Berlin; er sei nun in Sorge, nachdem dort die Blockade verhängt worden sei. Er käme bei den Vernehmungen ohne zu prügeln aus, dennoch könne er Erfolge nachweisen. Ich wunderte mich darüber, daß er mir das alles erzählte, und ich zweifelte an der Wahrheit. Ich war bereits soweit gekommen, daß ich keinem mehr glauben wollte. Vielleicht hat er aber Vertrauen gesucht und wollte lediglich sein Herz ausschütten. Wahrscheinlich hätten so manche der Vernehmer noch Vertrauen gebraucht und zunächst auch verdient.

An einem Samstag drehte ich im Dreieckshof vor unserer Behausung einige Runden und Hans Marth sowie Rudolf Schwarz gesellten sich zu mir. Letzterer erzählte von seinem Arbeitseinsatz, in dem er Gelegenheit fand, ins Kino zu gehen. Es wurde ein Film gezeigt, in dem der preußische Drill verspottet werden sollte. Die serbischen Zuseher fanden jedoch den Stechschritt bei der Parade der vorbeiziehenden Kolonnen gar nicht lächerlich. Sie begannen im Takt zu stampfen und begeisterte Rufe waren aus den Reihen zu

hören. Der Film hatte offenbar die gegenteilige Wirkung erzielt.
Da trat ein serbischer Vernehmer auf uns zu: »Wer von euch will heute nacht beim Verhör dolmetschen?« Keiner von uns wollte natürlich. Wir sahen uns gegenseitig an und zögerten mit einer Antwort. Schließlich erklärte sich Marth dazu bereit. Ich sah ihn am Abend über die Straße gehen. Das Brett mit der Olivetti trug er vor sich her, und er hatte die dunkelblaue Bluse an, mit dem grünlich-schimmeligen, faustgroßen Fleck und dem Loch im Rücken.
Als ich am folgenden Morgen erwachte, sah ich, daß die Pritsche von Marth leer war. Wir lagen damals nicht mehr auf Strohsäcken auf dem Boden in dem großen Raum, sondern auf Stockpritschen in einem Nebenkammerl. Ich legte mich schnell wieder flach und dachte, hoffentlich ist er jetzt auf der Flucht unterwegs. Wenn es nur recht lange nicht bemerkt würde. Jede Viertelstunde als Vorsprung könnte für ihn kostbar sein. Da erwachte Swoboda und rief aufgeregt: »Marth ist weg! Hans Marth ist nicht da!«
Der Dumme lief, um dies zu melden. Obwohl es Sonntag war und Nauburg in der Stadt wohnte, war dieser bald zur Stelle. Er fluchte und teufelte drauflos: »Wartet, wenn ich den erwische, eigenhändig bringe ich ihn um. Ich werde ihn erschlagen!«
Um 11 Uhr nachts habe ihn der vernehmende Offizier entlassen und mit der Schreibmaschine über die Straße zurückgeschickt. Offenbar ist er nicht durch das Tor, sondern auf der Straße weitermarschiert. Die große Maschine wurde in einiger Entfernung im Straßengraben gefunden.
Es verging etwa eine Stunde, da standen Crnćević und der Intendant, den wir »Sutra-sutra« nannten, vor mir. Ich müßte wissen, wohin Marth getürmt sei, wir seien immer beisammengesteckt, man habe uns auf der Lagerstraße auf und ab gehen sehen. »Heraus mit der Sprache! Wen hat er in

der Stadt gekannt? Du warst mit ihm zusammen. Rede! ...ubicu te...ko konja... ko konja..., ich werde dich schlagen wie ein Pferd, wie ein Pferd!« So brüllte er mit mir. Ich blieb stumm. Auch andere wurden vernommen. Im ganzen Lager herrschte gedrückte Stimmung. Jeder blieb mit seinen Gedanken allein, keiner ließ etwas verlauten. Am Montag saßen wir wieder bei unserer Schreibarbeit, und Erich Nawra hatte gerade seinen Fensterplatz eingenommen. »Da, da... sie bringen den Marth!« Wir drängten alle zum Fenster. Über der Straße vor dem Eingang auf den Stufen unter dem Vordach stand einer mit einem Posten daneben. Die massige Gestalt war unverkennbar. Er sah nicht zu uns herüber, sondern auf den Boden. Er schien arg zugerichtet zu sein. Die uns bekannte Jacke hatte er nicht mehr an. Schweigend gingen wir auf unsere Plätze. Niemand sprach von Marth, auch nicht in den folgenden Wochen und Monaten.

Nauburg wollte Marth erschlagen; immer wieder mußte ich daran denken. Wie konnte ein Deutscher es fertigbringen, die Kameraden zu schlagen. Handeln diese Kreaturen aus Feigheit, aus Angst? Fürchten sie, selbst zu Tode gefoltert zu werden? Ist es der gleiche Selbsterhaltungstrieb, der manchen »Heldentaten« vollbringen ließ und Kriegsauszeichnungen einbrachte? Bei Nauburg traf dies jedenfalls nicht zu. Als ich ihn in meiner Wut in den Papierkorb setzte, reagierte er darauf mit keinem Wort, aber ich sah den Haß in seinen Augen, der ihn zu allem fähig werden ließ.

Wie konnte Franz Schäfer die armen Teufel gefesselt vom Tisch fallen lassen? Woher kam ein solcher Sadismus? Wer kennt sich selbst genug, um urteilen zu können, wie er sich in ähnlicher Lage verhalten würde. Wer windet sich nicht wie ein wehrloser Wurm, der getreten wird, und was wird nicht alles verleugnet, wenn einer glaubt, sich damit das Leben retten zu können.

Nauburg rühmte sich, vom Kommandanten die jugoslawische Staatsbürgerschaft angeboten erhalten zu haben. Er protzte mit seiner neuesten Eroberung, die er in der Stadt gemacht habe, einer Witwe von einem serbischen Offizier. Seine Frau und sein Töchterchen in Leipzig waren vergessen. Wenn doch dieser Nauburg rechtzeitig repatriiert worden wäre, dachte ich, es wäre uns so manches Leid erspart geblieben.
»Du kommst unter zwanzig Jahren nicht weg! Das sage ich dir!« drohte er mir, nachdem wir eine lächerliche Auseinandersetzung hatten. Daß dieser Mann nicht mehr nach Deutschland zurückkehren konnte und wollte, war klar.
Auch Paul Wilde erhielt den Antrag, die Staatsbürgerschaft zu wechseln, dieser wollte jedoch davon nichts wissen.
Dem Peter Jahn schlug Crnćević vor, er solle Frau und Sohn aus Deutschland zurückrufen, letzterer bekäme hier sicher zu einem Studium ein Stipendium. Er wollte dazu meinen Rat haben. Ich konnte mich über eine solche Einfalt nur wundern, oder bedeutete diese Frage ein »auf den Busch klopfen«? Das Mißtrauen konnte ich nie loswerden.
Jede Woche standen Neue im Hof und wanderten in die Zellen. Ein Phantasieprotokoll nach dem anderen hatte ich zu übersetzen. Das einzige, was stimmen mochte, waren die Lebensläufe. Da war herauszulesen, wie so mancher auf seinem Lebenswege stolperte, keinen ordentlichen Beruf finden konnte und die Militär- und Kriegsdienstleistung eigentlich ihn vor dem Scheitern bewahrte. So manches tragische Geschick hatte in der Kindheit seinen Anfang gefunden.

»Er hat gestanden«

Aus Belgrad kam der Befehl, es dürfe ab nun keine Kriegsgefangenen geben. »Es gibt nur mehr Kriegsverbrecher, im Lager sind nur ›Belastete‹. Die Untersuchungen sind beschleunigt durchzuführen. Die Verfahren gegen die Österreicher sind vorrangig zu behandeln.«
Erich Nawra hatte mit der deutschen Sprache ständig Schwierigkeiten und fragte: »Was heißt eigentlich das Wort ›Bélastéte‹?« Durch unrichtige Betonungen ging ihm der Sinn für manche Wörter verloren. Dafür konnte er eingelernte Sprüche als Spott verwenden, so wenn er zu uns sagte: »Österreicher, harret aus!«

In den Verfahren wurde jetzt sichtlich eine härtere Gangart befohlen. Crnćević las die Übersetzung eines Protokolls vor mir durch und begann zu toben: »Kommt gar nicht in Frage! Wenn er auch Generalstäbler war, dieser Gostischa. Ohne Morde kommt mir der nicht davon! Zurück!« Pfeifer – jetzt nannte er sich als Slowene Pfajfar – hatte Gostischa in der Kur und sollte sich rechtfertigen, warum in dem Protokoll nur so wenig und keine schwereren Verbrechen zu lesen seien. Gostischa war der Sohn eines österreichischen Generals und slowenischer Abstammung. Ich mußte mich an meinen gestrengen Mathematiklehrer an der Marburger Realschule erinnern, der den gleichen Namen trug.

Jetzt wurde in der Stadt ein Militärgericht eingerichtet. Schon begannen welche, Hoffnung zu schöpfen, damit könnte es doch noch zu einer »Rechtsprechung« kommen. Die Zuversicht wurde durch Gerüchte genährt. Einer der Militärrichter habe erklärt: »Mit allen da hinter dem Stacheldraht setze ich mich an einen Tisch, nicht aber mit denen davor.« Wenn diese Äußerung jemals gefallen ist, so war das sicher ein Einzelfall.

Das ständige Sitzen bereitete mir zunehmend Beschwerden. Es half auch nichts, daß ich mir eine Rolle unter die Schenkel legte. Der Arzt stellte Hämorrhoiden fest und konnte mir eine Salbe geben. Er war ganz glücklich über eine Medikamentensendung aus Deutschland, die eine solche enthielt. Herbert Stockder, den ich im Lager als Schauspieler bewundern konnte, hatte als Heimkehrer diese lobenswerte Aktion gestartet. Dankbar nahm ich diese Hilfe an, die mir bald Linderung brachte.

Der kleine Swoboda bemühte sich, mit mir recht freundlich zu sein. Ich wollte auf der Hut sein; auffällige Anhänglichkeit hielt ich für verdächtig. Ich dachte an das Verhalten von Apold, der angeblich aus Marmoro Sziget zu uns ins Lager kam. Swoboda erzählte mir, wie er den Putsch im Februar 1934 in Wien erlebt hat, er sei damals bei der Heimwehr gewesen. Er redete drauflos und wollte wissen, was ich von den damaligen österreichischen Sturmscharen gehalten habe. Ich hatte von diesen paramilitärischen Einheiten keine Ahnung, nachdem ich damals nicht in Österreich lebte. Ich gab mich als unbeteiligter Beobachter, der das Ganze als ein aufgeputschtes Soldatenspielen ansah. Er bohrte weiter in mich und ließ erst von mir ab, als ich ihm keine Antwort gab. Ich war froh, ihn los zu sein.

Aus Protokollen erfuhr ich auch von dem tragischen Schicksal der beiden ehemaligen österreichischen Gendarmen Leninger und Steiner. Ich sah ihnen in den ersten Jahren unserer Gefangenschaft gerne zu, wie sie aus Aluminiumblech Zigarettendosen fertigten und sie mit geschmackvollen

Gravierungen versahen. Ein weiterer Gendarm aus dem Gailtal, namens Mayer, arbeitete mit ihnen. Leninger verstand es, Landschaften in zarten Tuschzeichnungen festzuhalten. Bäume waren seine Lieblingsmotive. Aus seinem Lebenslauf entnahm ich, daß er in Pörtschach zum Absperrdienst eingeteilt war, als dort der König von Spanien, Alfons XIII. tödlich verunglückte.

Die beiden Obengenannten waren zuletzt in Veldes (Bled) stationiert, wurden in Laibach vor Gericht gestellt, von diesem freigesprochen und in das Lager Werschetz »entlassen«. Ein Gewährsmann erzählte mir, daß sie tagelang Folterungen erdulden mußten, der Boden in ihren Zellen sei ganz naß gewesen. Sie haben sich jedenfalls entschlossen, schließlich so viele Verbrechen zu gestehen, daß ihre Angaben auf jeden Fall unglaubwürdig erscheinen müßten. Der eine wollte in Veldes 200, der andere gar 500 Zivilisten umgebracht haben. Als ich mir beim Übersetzen die Bemerkung erlaubte, daß dieser Ort ja gar nicht so viele Einwohner habe, wurde ich angepfiffen: »Das tut nichts! Sie haben es jedenfalls gestanden!« Ihr Schicksal war damit entschieden; sie durften die Heimat nicht wiedersehen.

Folgende Begebenheit bestätigte mir, wieviel die Aussagen in den Protokollen wert waren:

Nauburg hatte einen gewissen Bungter im Verhör. Dieser bekannte schließlich, die Ortschaft Majur bei Kostajnica in Brand gesteckt zu haben. Beim Übersetzen konnte ich nicht an mich halten und bemerkte: »Majur steht aber noch. Ich bin aus diesem Dorf als einer der letzten mit der 4. kroatischen Jägerbrigade von dort abgezogen. Kurz bevor die Brücke von Kostajnica hinter uns gesprengt wurde, hatten wir um Mitternacht in Majur noch eine Besprechung. Das Dorf steht noch. Du kannst dort anrufen.« Hierauf wurde Nauburg wütend: »Das geht dich gar nichts an! Er hat zugegeben, er hat die Ortschaft angezündet. Damit basta!

Aus!« Von da an wagte ich nie mehr, einen Einwand vorzubringen.

Dem Herbst 1949 zu drängte man, die Aburteilung der Österreicher müßte so rasch als möglich erfolgen. Edy Schreier war bei Gericht als Dolmetscher eingesetzt. Ich kannte den rothaarigen Berufsmusiker aus Wien mit seiner auffallend fliehenden Stirn als Dolmetscher schon aus den Anfängen unserer Gefangenschaft. Er brachte uns Berichte, wie es beim Gericht in der Stadt zuging. Reinhold Wildner habe dort seine Aussagen widerrufen und sei jetzt wieder hier in der Baracke, um neuerlich Folterungen zu erfahren. Erich Nawra bestätigte mir, er habe gesehen, wie Reinhold, seinen Geigenkasten unter dem Arm, unter Schlägen durch das Tor getrieben worden sei. Wenige Tage später wußte Schreier zu erzählen, nach grausamen Prügeleien habe Wildner erneut gestanden. Zu hoffen, daß es bei Gericht korrekter herginge, sei verfehlt. Wer von uns Gelegenheit fände, solle die Nachfolgenden warnen.

Karl Koschitz, der Jusstudent, wurde eine Zeitlang von einem serbischen Offizier verhört, jetzt saß er wieder bei uns in der Schreibstube. Wenn er gerade nichts zu schreiben hatte, saß er wortlos auf seinem Platz und starrte geistesabwesend vor sich hin. Nach Tagen gestand er mir: Gefesselt sei er in einem Keller gelegen, da sei ihm in der Nacht der Heiland erschienen. Eine lichtumstrahlte Gestalt sei es gewesen, und er sei von der Helle ganz benommen gewesen. Er habe davon auch dem Vernehmer Mitteilung gemacht, doch dies habe keinerlei Eindruck gemacht. Er habe in dieser Nacht gelobt, sollte er die Heimat wiedersehen, so werde er Theologie studieren.

An einem Abend gab es eine »Feier«. Welcher Anlaß dazu gegeben war, wußte ich nicht. Der Kommandant ließ reichlich Wein bringen und saß mit den Vernehmern an einer

Tafel. Wir Dolmetscher erhielten etwas abseits an einem Nebentisch den Platz angewiesen. Es ging zwar nicht lustig, aber sehr laut her. Die Vernehmer berichteten über ihre Delinquenten; wie lange es dieser und wie lange es jener ausgehalten habe. Sie prahlten mit ihren Methoden, die als erfolgversprechend anzusehen wären. Sie redeten und redeten, bestätigten und bestärkten einander. Der Wein floß reichlich, doch keiner war betrunken. Sie machten den Eindruck, als glaubten sie selbst an die erpreßten, so gräßlichen Geständnisse. Trotz des Halbdunkels im Raume war die Nervosität und Unruhe deutlich spürbar. Mir schien, es wollten alle ihre schwere Bürde durch dieses Geschwätz loswerden. Mir wurde ganz übel.

Einer der eifrigsten im Wort war Dengl, der erfahrene Jurist, den wir »die personifizierte Gier« nannten. Mit ihm wollten die übrigen Vernehmer nichts zu tun haben, doch jetzt fand er in Gegenwart von Crnćević aufmerksame Zuhörer. Er sprach von der krankhaften Homosexualität, die von den Gerichten zu streng bestraft würde, er kam von einem Thema zum anderen, wußte von Hypnose und Telepathie und zeichnete das Bild einer gefängnislosen Gesellschaft, die ihm erstrebenswert schiene. Als er einmal seinen Redeschwall unterbrach, konnte es der freche Valstyn neben mir nicht lassen und rief zu Dengl eines seiner Zitate hinüber: »Heinrich, mir graut vor dir!« Doch dieser reagierte nicht und begann von neuem. Er wandte sich Taller und Wilde zu, die von den Verbrechen der Geistlichen zu berichten hatten.

Mir wurde schlecht, und ich schlich mich hinaus in die kühle dunkle Nacht. Da stand einer im Hof, es war Heinrich Pfeifer. Auf meine Frage, was er da mache, kam die Antwort: »Ich bin auf der Hut. Der Alkohol..., da hört man die Nachtigall trapsen.«

Der Alltag ging weiter. Ich erfuhr, daß Emil Leys, mein Vetter, bei Paul Wilde im Verhör ist und bat diesen: »Schau, dieses kränkliche Bürschl ist mein Verwandter. Was soll dieser blutjunge Kerl in den wenigen Wochen seiner Militärzeit in Triest schon begangen haben.« Er mußte gestehen so wie auch der Kaiserjäger Robert Egger; sie sind allerdings relativ glimpflich davongekommen. Letzterer hat seine Urteilsschrift, auf 14 Jahre lautend, nach Hause gebracht.

Ich werde zum Tode verurteilt

Es kam der Morgen, an dem der Posten unter der Tür stand und nach mir rief: »spakuj stvari!« Jetzt war es soweit. In der Angst vor den Prügeln, die ich zu erwarten hatte, bat ich, eine andere Hose anziehen zu dürfen. Ich holte die dicke blaue Flakhose hervor und zog die Drillichhose aus. Da fiel die MP-Patrone aus der Tasche und rollte über den Boden. Flink hob der Drusche das verräterische Ding auf, und ich gestand, wo ich das Geschoß gefunden hatte. »Dazu wirst du schon noch Gelegenheit erhalten, dies zu erklären. Ich werde dir dabei schon nachhelfen. Warte nur! Du wirst dich schon noch erinnern, woher du die Patrone hast.« Damit ging er mit mir ab, den Weg, den so viele vor mir schon gehen mußten.

Ich stand vor Obltn. Djordjević und noch ein junger Vernehmer saß hinter dem Tisch. Vor ihnen lagen die mir abgenommenen Gegenstände: das Soldbuch, ein Metallkreuz an einem roten Band und die Patrone.

Mit der Erklärung, woher die Munition sei, fand sich Djordjević bald ab und steckte sie weg. »Was soll dieses Kreuz?« war die nächste Frage, und warf es mir vor die Füße. Ich bückte mich danach. Dann ging es richtig los: »Wie viele hast du umgebracht?« – »koliko si ubio?« Blitzschnell schossen mir die Gedanken durch den Kopf. Ich hatte genug in den Protokollen gelesen und wollte diese Erfahrung nutzen. Nicht zuviel gestehen, damit es kein Todesurteil wird, aber nicht zu wenig Verbrechen, dann kann ich mir Foltern ersparen.

»Siebzig Cetniks«, gestand ich. »Ach was, ob Cetniks oder andere ist gleichgültig. Wie ging das zu? Erzähle!« meinte der Serbe. Ich begann: In Dwor, wo von Westen ein Fluß in die Una mündet, da waren die Cetniks mit allen ihren Waffen angetreten. Sie hatten die unterschiedlichsten Modelle an Gewehren mit allen möglichen Kalibern. Ich erzählte ausführlich von diesen königstreuen Serben, die gegen Kriegsende auf der Seite der Deutschen und der Kroaten gegen Tito kämpften, nachdem der Großteil des Landes bereits in den Händen der kommunistischen Partisanen war. Ich dachte, es müßte den Vernehmern recht sein, wenn von diesen viele umgebracht wurden. Ich mußte den Hergang in allen Einzelheiten schildern. Die Cetniks sollten damals entweder sich den Domobranen, also der kroatischen Landwehr, eingliedern lassen oder die Waffen abliefern und nach Hause gehen. Ich schilderte nun, wie ich damals auf einen Tisch gesprungen sei und hinter mir hätten einige deutsche Unteroffiziere die Maschinengewehre in Stellung gebracht. Die Freischärler hätten meiner Aufforderung, die Waffen abzulegen, kein Gehör geschenkt. Daraufhin habe ich alle an Ort und Stelle umlegen lassen. Es seien ihrer siebzig gewesen. – In Wahrheit haben damals sich einige den Domobranen angeschlossen, die Mehrheit lieferte uns die Waffen ab und verschwand.
»Das ist nichts! Das ist noch gar nichts! Wen hast du noch umgebracht?« hieß es. In der Angst vor den zu erwartenden Torturen erzählte ich drauflos: V-Männer (Vertrauensleute unter der Zivilbevölkerung) hätten mir in Novi Verdächtige namhaft gemacht. Ein Notar, ein Kaufmann auch ein Beg seien darunter gewesen. – Beg oder Bey war der Titel eines türkischen Offiziers, etwa eines Oberst. – Ich hätte sie vernommen und am nächsten Tag allesamt entlassen, es seien alles Mohammedaner gewesen. Doch nach einer Woche hätte ich feststellen müssen, daß sie verschwunden waren,

über die Berge seien sie zu den Freischärlern übergelaufen. Von einem könnte ich noch den Namen nennen. Feridbeg Cerić habe er geheißen. Das könne man jederzeit nachprüfen.
So redete ich unentwegt drauflos und verband dabei allen nur möglichen Unsinn mit Erinnerungen an Begebenheiten, die ich während des Kriegseinsatzes erlebt hatte.
»Weiter, weiter!« befahl Djordjević ungeduldig. »Das ist alles nichts!« und ich mußte weiter phantasieren: Einmal habe man zwei Hirten angeschleppt, nachdem in der Nähe ein Eisenbahnzug gesprengt wurde. Der eine sei ein alter Mann gewesen und beim zweiten stellte sich heraus, daß es ein Mädchen war. Die beiden hätten unweit der Sprengung die Schafe gehütet. Von mir seien sie der kroatischen Feldgendarmerie übergeben worden. Einmal habe ein Kosakenoffizier eine Frau dahergezerrt. Deren Untersuchung und Vernehmung hätte ich dem Kosaken überlassen ...
»Du wirst noch nachdenken müssen«, unterbrach mich einer der Vernehmer, und ab ging es mit mir in eine Zelle. Wie lange ich dort lag, weiß ich nicht. Die rostigen Handschellen schnitten in die Gelenke ein. Auf dem Balken über mir liefen Mäuse hin und her und sahen mich mit ihren schwarzen Augen verwundert an. Hoffentlich kommen keine Ratten, dachte ich. Ständig überlegte ich was ich als Nächstes gestehen könnte. Ich wollte mich jedenfalls nicht zum Krüppel schlagen lassen.
Ich wurde aus der Zelle geholt, neuerlich vernommen und kam wieder in das Verlies. Beim nächsten Verhör war ich so weit, daß ich sagte: »Schreiben Sie nur, schreiben Sie, was Ihnen beliebt. Ich habe alle umgebracht.«
Ich hatte großes Glück, ich wurde nie den Schlägerkommandos ausgeliefert. Ein Posten brachte mich schließlich in jenen Barackenteil, der »CDU«, Club der Untersuchten, genannt wurde. Da fand ich meine Kameraden, die bekannten Ge-

sichter, wieder. In Gruppen standen sie beisammen. Gostischa führte gerade das Wort, sah mich kommen und wollte mich trösten: »Es ist doch alles erlogen, was in den Protokollen steht. Vierundneunzig Prozent bestimmt.«

Der Aufenthalt in dieser Halle war für mich sehr kurz. Noch am gleichen Abend, nach Einbruch der Dunkelheit, mußten wir antreten, wurden gefesselt, und in Fünferreihen ging es durch das Lagertor hinaus in die Stadt. Da und dort war ein Fenster erleuchtet. Aus einem offenen Tor kam mir der süßlich-saure Geruch von Maische entgegen, es war ja Herbst. Voller Wehmut mußte ich an meine Kindheit im Südtiroler Unterland denken. Der Geruch der »Proschggl« war für mich so »hoamalant«.

Die Posten waren grob und schlugen auf uns ein. In der Reihe vor mir brach einer zusammen. Es war Hauptmann Gersi, der kleine Verwachsene aus Niederösterreich. Der Arme ist noch in der gleichen Nacht verstorben – und hat sich noch Schlimmeres erspart.

Jeder war auf diesem Weg durch die dunklen Gassen mit sich selber beschäftigt und kümmerte sich kaum um den Nebenmann. Beim Gerichtsgebäude mußten wir an einer Ziegelmauer Aufstellung nehmen. Ängstlich sah ich mich um, ob Einschußlöcher zu sehen waren. Vielleicht hatten hier schon Freunde von mir gestanden, Emil Leys oder Reinhold Wildner?

Den Posten war langweilig, und sie wollten die Anklageschriften lesen. Jeder von uns trug eine solche bei sich. Doch sie konnten nichts lesen, denn sie waren deutsch verfaßt. So gingen sie einfach von einem zum andern, schlugen und fragten: »Wieviel hast du ermordet? – koliko si ubio?« Bei mir hatte sich allerdings niemand die Mühe der Übersetzung gemacht. Meine Niederschrift war serbisch. Das war großes Pech; ich wurde fürchterlich verdroschen.

Mit mehreren zusammen kam ich in eine Zelle. Ein Posten

verlangte von jedem, den Ort zu nennen, wo er im Krieg im Einsatz gestanden habe. Als ich Novi nannte, kündigte er an, mit mir würde er sich in dieser Nacht noch besonders beschäftigen müssen.
An Schlafen war nicht zu denken. Neben mir kam Rammersorfer, ein Bergführer aus Innsbruck, zu liegen. Er hatte mir einmal erzählt, in welch kritische Situationen er als Extrembergsteiger schon gekommen sei. Jetzt wollte ich wissen, an was man so denkt, wenn man in Lebensgefahr gerät, wenn man Angst hat, das Leben verlieren zu müssen. Die Angst hier und dort könne man nie vergleichen, meinte er; hier habe man es mit völlig unberechenbaren Menschen zu tun.
Am folgenden Tag stand ich bereits vor Gericht. Da saß ein Major als Richter, ein Staatsanwalt, auch ein Verteidiger und ein Schreiber. Der Richter verlas das Protokoll aus der Vernehmung, das als Anklageschrift abgefaßt war. Bei meinem Lebenslauf kam er ins Stocken. – Seit wann Franzensfeste in Julisch-Venetien liege, wollte er wissen. Aber dann machte er eine wegwerfende Handbewegung und fuhr mit dem Vorlesen fort.
Soll ich leugnen? Soll ich widerrufen? So ging es in meinem Kopf um, während ich mein ausführliches Schuldbekenntnis hörte. Doch ich hatte ja gehört, wie es Wildner und so manch anderem ergangen war, als sie widerriefen. Ich war entschlossen zu schweigen.
Überrascht war ich, als ich den Verteidiger sagen hörte, das hohe Gericht möge bedenken . . . Stotternd fuhr er weiter, . . .und wie jung der Angeklagte sei . . . Auf ein Plädoyer war ich gar nicht gefaßt. Ich verstand die Hemmung des Verteidigers, denn gerade zu den Jungen durfte ich mich auch nicht mehr zählen.
Danach wurde ich in einen Nebenraum gebracht und war mit dem Staatsanwalt allein. Der Offizier bot mir eine Zigarette an und begann: »Eigentlich sehen Sie nicht danach

aus ...« Ich konnte ihn nur mitleidig ansehen und blieb stumm. Wie konnten diese Männer nur glauben, daß irgend etwas wahr sein kann von dem, was in diesen Papieren stand. Was konnte sie dazu befähigen, diese Arbeit zu leisten? War es Verhetzheit, Fanatismus, Stumpfheit? Ich hatte diesen Offizier schon früher im Lager gesehen, und er mußte wissen, wie diese Geständnisse zustande kamen.
Es dauerte gar nicht lange, und ich wurde wieder vor den Richter geführt. Es kam zur Verlesung des Urteils, und dabei wurde im vollen Wortlaut wieder mein Geständnis wiederholt. Auch die Geschichte mit dem Hirtenmädchen war nicht vergessen worden. Ich dachte bei mir, es war doch gut, daß ich gleich so willig Geständnisse abgelegt hatte. Ich kam ohne die üblichen Folterungen zur Unterschrift. Die Einzelheiten aus dem Protokoll nahm ich gar nicht mehr war. »Zum Tod durch Erschießen«, vernahm ich auf einmal.
Das gibt es nicht. Das kann doch nicht wahr sein, ist nicht möglich! Und doch, ich hatte richtig gehört. Mir blieb der Verstand stehen. Was danach verlesen wurde, habe ich nicht mehr mitbekommen. Wie eine Woge, die auf die andere folgt, kam immer aufs neue das Wort auf mich zu: »streljanjem ... streljanjem ... streljanjem ...« Ich wurde aufgefordert, an den Tisch zu treten und das Urteil zu unterschreiben. Es war ganz eigenartig, ich war auf einmal neugierig, wie meine Unterschrift ausfallen würde. Es schien mir, als ob meine Schriftzüge großzügig ausgefallen wären. Ich habe nicht gezittert.
Ein Blatt Papier wurde mir noch in die Hand gedrückt, mit dem Bemerken, darauf könnte ich meine Berufung schreiben. Dann erhielt ich die rostigen Handschellen angelegt und wurde abgeführt.
Der Posten marschierte mit mir durch die leeren Straßen. Die Stadt war wie ausgestorben. Einem einzigen alten

Weiblein begegneten wir, und dieses blickte uns gar nicht an, als wir an ihr vorbeikamen. Es war ein trüber Sonntagvormittag.

Durch ein Tor kamen wir in den Hof eines verlassenen schwäbischen Bauernhauses. Der Hof war gepflastert, und an der Hauswand saßen nebeneinander fünf Milizsoldaten mit Maschinenpistolen im Schoß. Das Pflaster senkte sich von allen vier Seiten der Mitte zu, zu einem Gitterrost. Auf diesen Rost mußte ich mich stellen. Hier haben die Bauern früher ihre Weinfässer gespült, mußte ich denken. Ich soll in Richtung Sonne schauen, befahl einer. Ihre Umrisse waren nur ganz schwach zu erkennen. Sie stand hinter Wolken und wollte offenbar nicht hervortreten, um zu sehen, was hier vor sich ging. Der Ausguß unter mir wird das Blut auffangen müssen, dachte ich. Da erhielt ich von hinten einen Schlag, dann einen Stoß und noch einen kräftigen Fußtritt, daß ich vornüber gegen eine Tür mit einem kleinen viereckigen Ausschnitt flog. Die Tür sprang bei dem Aufprall auf, und ich torkelte in einen dunken Gang; die Tür war hinter mir wieder zugeschlagen worden.

Ich tastete mich vorsichtig weiter. Ich glaubte, ein Atmen, dann ein leises Stöhnen zu hören. »Ist hier jemand?« rief ich. Ich hörte gleich mehrere antworten. »Auch Todeskandidaten?« fragte ich. »Ja«, war die Antwort. Auf meine Frage, wer sie seien, meldeten sich die da am Boden lagen der Reihe nach, Betz, Putz, Obstltn. Becker, Zabka, Budil. »Gut, daß du da bist«, meinten sie, »du kannst uns helfen. Wir sind völlig zusammengeschlagen. Du wirst uns die Kochgeschirre reichen und den Kübel entleeren können.« Durch eine dünne Abwandung waren Laute aus dem Nebenraum zu hören. Nebenan seien auch noch welche, wurde mir erklärt: Czuma, Switil, Wildner, Lang . . . Zu uns wurde noch einer hereingestoßen. Es war Ofer, ein Gendarm aus Kärnten.

Ich war in Schweiß geraten. Der Fußboden war aus Beton, darum wollte ich den Mantel ausziehen und unterlegen. »Behalt ihn ja an!« belehrte mich der Nachbar.« Am Abend kommen die Prügelkommandos. Heute am Sonntag sind sie sicher besoffen. Sie haben Schraubenmuttern an einem Draht befestigt, damit schlagen sie zu. Behalt bloß den Mantel an!« In der Ecke lag Becker. Er konnte nicht sprechen und stöhnte in einem fort. Ich wollte wissen, ob jemand eine Berufung geschrieben hätte. Alle verneinten dies. Als es Nacht wurde und draußen Schritte zu hören waren, lagen schon alle flach auf dem Boden oder kauerten sich im Winkel zusammen. Es wurde mäuschenstill; alle hielten den Atem an. »Jetzt kommen sie«, flüsterte mein Nebenmann, als die kleine Luke in der Tür aufgestoßen wurde. Es wurde eine Glühlampe in einem Drahtkorb an einem langen Kabel hereingeschoben. Es war die erste Nacht, in der kein Schlägertrupp kam. Der Schrecken blieb aus. Ich durfte wieder einmal von einem besonderen Glück sprechen. Wie wir später erfahren konnten, hätten die Bewohner umliegender Häuser bei der Behörde Beschwerde geführt, die Schreie der Geschlagenen seien nicht mehr auszuhalten.
In der gleichen Nacht wurden wir durch das Geschrei einer Frau geweckt. Soviel wir mitbekamen, hatte man ein Straßenmädchen aufgegriffen und in die Zelle neben Dr. Lang gesperrt. Dessen Wunden am Rücken waren dermaßen vereitert, daß die Fäulnis einen entsetzlichen Gestank verbreitete. Die Frau schrie, man möge sie woanders hinlegen, sie halte das nicht aus. Der Posten lachte bloß und spottete, sie schlug an die Wand, kreischte und tobte.
Am Morgen hatte ich den Kübel zur Latrine zu tragen. Da begegnete ich diesem Mädchen. Es war ein zartes Ding in einem niedlichen Kleid. Sie war mit einem ähnlichen Gefäß unterwegs.
In unserer Zelle war es bei Tag und in der Nacht gleich

dunkel. Durch die Luke in der Tür wurde uns einmal am Tag Suppe hereingereicht, und ich, der ich gleich dahinter lag, hatte die Aufgabe, die Kochgeschirre einzusammeln und wieder weiterzureichen.
Wir entschlossen uns dazu, Berufungen zu verfassen. Dr. Betz traf als Jurist die Formulierungen, und ich versuchte, sie trotz der Dunkelheit für alle zu schreiben.
Das Verhalten der Posten war sehr unterschiedlich. Der eine steckte den Kopf herein und brüllte, er habe soeben gehört, wie wir Tito schmähten und über den Kommunismus schimpften. Danach war uns, die wir um unser Leben zitterten, am wenigsten zumute. Ein anderer wiederum rief durch den Türspalt: »Will von euch jemand Trauben kaufen? Draußen steht ein Bauer mit seinem Wagen.« So waren sie, zuerst prügeln, dann Trauben vermitteln. Putz, der bereits längere Zeit in diesem Verlies war, hatte einmal Post und Geld herein bekommen. Ich hatte kein Geld, Putz bot mir leihweise 20 Dinar an. Als Knauser war er mir schon von früher bekannt. Da reichte mir der Posten noch 10 Dinar dazu und bemerkte, die kämen von der Zelle nebenan, Reinhold Wildner schicke sie mir. Das war der Freund in seiner Großzügigkeit. Er mußte also erfahren haben, daß ich hier gelandet war und dachte, daß ich kein Geld haben konnte. Damit konnte ich die Hälfte des Geliehenen zurückerstatten.
Beim Kübeltragen konnte ich am letzten Tag an Reinholds Zelle vorbeischleichen und ein letztes Mal mit ihm Kontakt herstellen. Flüsternd kam seine Stimme durch die Türritze: Wir sollten ja nicht widerrufen, er hätte danach fürchterliche Drangsalierungen erlebt.
Eines Morgens rief Obltn. Djordjević in den Keller herein: »Wer von euch ist Sanitäter?« In der Nebenzelle meldete sich Franz Switil. Ich konnte durch das Fensterchen schielen und sah Dr. Lang auf einem Stuhl sitzen. Im Schein einer Lampe bemühte sich Switil, dem Kameraden die Wunden zu reini-

gen und am Rücken einen Verband anzulegen. Die Wunden waren bereits voller grausiger Maden. Am folgenden Tag übernahm Hauptmann Czuma diesen Liebesdienst.
Die Tage vergingen mit Kübelentleeren und Kochgeschirre hinaus- und wieder hereinreichen. Gesprochen wurde kaum etwas. Von Becker in seinem Winkel habe ich nie ein Wort gehört, immer nur Ächzen und Stöhnen. Ihn müssen sie fürchterlich zugerichtet haben. Helfen konnte ihm von uns niemand. Es war schwer für uns, solche Leiden mitansehen und anhören zu müssen.
Einer, den ich bis dahin nicht kennengelernt hatte, war Budil. Er kam aus einem Mannschaftslager. Er wollte wissen, was man wohl zu Hause über uns sagen würde. Auch mich beschäftigte diese Frage. Was werden meine Eltern denken, wenn sie von meinem Todesurteil oder von meiner Hinrichtung erfahren? Zabka aus Wien sah darin kein Problem. Sein Schwager habe mit ihm in der gleichen Einheit gedient und sei bereits repatriiert worden. Dieser würde schon die rechte Aufklärung geben.
Waren die Tage schon lang, so wollten die Nächte, in denen man so viel wach lag, überhaupt kein Ende nehmen. Verständlicherweise drehten sich die Gedanken darum, ob wir noch einen Funken Hoffnung auf eine Begnadigung haben konnten, beziehungsweise, wo und wie es zur Vollstreckung des Urteils kommen würde.
Ich nahm mir vor, noch einmal mein Leben in allen Einzelheiten zu überdenken und überlegte, was meine früheste Erinnerung sein könnte. Ein solches Sinnieren ließ mich wenigstens zeitweilig mein erbärmliches Dasein vergessen.
Damals im Jahre 1919, als wir so wie manche andere Familie aus Südtirol weg mußten, war ich gerade fünf Jahre alt. Vor unserer Abfahrt aus Kurtinig badete mich die Tante, Mayr Anna wurde sie genannt, bei Kerzenlicht in einem hölzernen Bottich. Ihr rannen dabei die Tränen übers Gesicht. Als sie

mir danach einen kleinen Muttergottesanhänger mit zwei ovalen Glaswölbungen um den Hals hängte, begann ich sofort daran zu lutschen. Für uns und unseren Hausrat benötigten wir zwei Güterwaggons. Darin rollten wir langsam gegen Norden. Es war Ostern, am Brenner gab es einen langen Aufenthalt. Draußen lag der Schnee, und die Kälte drang in den Wagen. Die Schiebetür stand offen, und davor war eine Truhe geschoben, damit wir Kinder, mein jüngerer Bruder und ich, nicht hinausfallen konnten. An Erwachsenen waren die Schwester meines Vaters, eine Lehrerin aus Krain, und die Mutter im Viehwaggon. Diese hantierte an einem Spirituskocher, und plötzlich schoß ein Strahl aus der runden Kugel. Blitzschnell griffen die Flammen um sich. Der Zug war gerade wieder ins Rollen gekommen, und die Tante schrie bei der Tür hinaus um Hilfe. Weit draußen sah man einen Eisenbahner die Strecke entlanggehen, der konnte uns nicht mehr hören. Die Flammen griffen bereits auf den Diwan und die Standuhr über. Die Mutter, ganz auf sich allein gestellt, warf wie besessen Kleider, Decken und Federbetten auf den Kocher und konnte den Brand zum Ersticken bringen. Ich war gar nicht aufgeregt, denn ich wußte, Mama tat das Richtige. So blieb sie, ihr ganzes Leben lang, mutig und beherzt in jeder Lebenslage.

Es wurde dunkel, als der Zug von den Höhen herab auf Innsbruck zurollte. Das Lichtermeer der Stadt war für uns ein imposanter Anblick. Wir erlebten zum erstenmal eine richtige Stadt und fanden nicht so bald Schlaf.

Am Morgen kamen Onkel Josef, der Lehrer aus Götzens und seine Frau Maria zum Bahnhof. Sie hatten ihre Kinder Peppi und Luis mitgebracht. Wir Kinder fanden uns bald beim Fangenspiel, wobei Peppi seinen Kopf zu früh aus dem Versteck hob und sich diesen am Waggon blutig schlug. Von diesem Mißgeschick sollten die Eltern ja nichts

merken, und so setzte er rasch seinen Spitzbubenhut auf, den er mir geliehen hatte.
Wir fuhren zusammen auf die Hungerburg. Es war kalt und nebelig, und wir bekamen Tee zu trinken. Zu Essen gab es nichts, es war Nachkriegszeit, in der wir früh lernen mußten, auf vieles zu verzichten. Ich hatte Hunger, und so blieb mir der Name dieser Hungerburg zeitlebens in Erinnerung.
Der Vater war bereits auf der Suche nach einer neuen Verdienstmöglichkeit, nachdem er nach Italien nicht mehr zurück durfte. Er sollte uns bei den Verwandten in Götzens wiederfinden. Damals wuchs in mir das Heimweh nach Südtirol, und ich wurde es das ganze Leben lang nicht los.
Die Südbahngesellschaft bot meinem Vater in Marburg in der Untersteiermark eine Anstellung, und ich kam dort zum erstenmal zur Schule. In den Ferien durften wir nach Götzens. Nachdem dort der »Altwirt« einst im Besitz des Großvaters war, wollte die Mama dieses Dorf auch als ihre Heimat sehen. Es ging dem Herbst zu, und die Bauern waren beim Erdäpfelgraben. Das Kartoffelkraut brannte in Haufen und breitete einen Senggeruch über die Landschaft. Die Götzener Kinder hatten bereits Unterricht, während wir Marburger noch Ferien hatten. So steckte mich die Mutter in eine der Bänke der Tiroler Schule, an der Onkel Josef unterrichtete. Für mich war das Schuldeutsch etwas völlig Neues, denn in Marburg wurde slowenisch unterrichtet. Größte Angst hatte ich, als der Pfarrer die Klasse betrat. Er konnte ja nicht, so wie der Lehrer Sölder wissen, woher ich kam. Wenn ich bloß nicht aufgerufen werde! war meine ständige Sorge.
Neben mir in der Bank saß ein Bub, der »als Ganzer«, also von oben bis unten, nach Milchmus roch, das ich so gerne mochte. Wenn wir nach Hause gingen, schlug mir der gleiche Geruch aus der Tür jenes Hauses an der Wegegabel entgegen, in dem die Eltern des Buben wohnten. So angenehm herb, ein wenig nach Verbranntem roch es. Wenn die

alte Lehrerin, die in Innsbruck unterrichtete, heimkam und in dem kleinen Schulhaus die hölzerne, knarrende Stiege heraufkam, freute ich mich. Sie konnte so schöne, gruselige Geschichten erzählen. Dann war noch die kleine Anna, die Schwester der Götzener Buben da. Die konnte so herzig plappern und hatte auf ihre Art Schwierigkeiten mit der deutschen Sprache. So, als mein jüngerer Bruder versehentlich auf den Kopf ihrer Puppe trat und sie ihn mit einem argen Schimpfwort bedenken wollte: »Du Schatz, du! Du Schatz!« schalt sie in einem fort.

In der Kirche durften wir mit Onkel Josef beim Gottesdienst auf die Empore hinauf, wo er die Orgel spielte. Peppi mußte dazu fleißig den Bogen zur Fiedel schwingen. Von da an wollte ich ebenfalls ein Instrument erlernen und mußte dann erfahren, wie schwierig das Geigenspielen ist.

Der Inbegriff von Tirol blieben für mich Kurtinig an der Salurner Klause und Götzens bei Innsbruck. Wenn vor Weihnachten in der Adventszeit von den Sölders ein langer Brief ankam, versammelte die Mutter alle um sich und las ihn vor. Woher der Brief kam, verriet bereits die kalligraphische Schrift auf dem Umschlag, derer sich der Lehrer stets befleißigte. Den Brief selbst hatte Tante Maria geschrieben und berichtete, wie es in der fleißigen, sparsamen und frommen Familie zuging. Als solche hat uns die Mutter die Götzener immer hingestellt. Der Bericht von den Fortschritten Peppis im Violinspiel gab Anlaß, meine mangelhaften Erfolge in diesem Unterricht zu tadeln. Ich erhielt meinen Musikunterricht in der Marburger Realschule, der damals in einem Haus neben der Götz-Brauerei gegeben wurde. Da roch es nicht mehr nach Milchmus, sondern weitum bis hin zu unserem Tummelplatz neben der Schule nach Hopfen und Malz.

Ein einziges Mal konnte ich während des Krieges in Götzens einen kurzen Besuch machen. Da erlebte ich bewußt den Reichtum und die Schönheit der Deckenfresken dieser Dorf-

kirche. Da sah ich erst richtig die barocken Figuren an den Altären.
Von diesem Tirol träumte ich in dem dunklen Loch in Werschetz, in dem ich neben den anderen Todeskandidaten lag. Mit aller Gewalt wollte ich mich an die Erinnerungen in einer schöneren Welt klammern, um nicht die Wirklichkeit erleben zu müssen.
Eines Morgens riß mich die Stimme von Djordjević aus meinen Träumen: »Wer von euch ist Dolmetscher?« Ich meldete mich. »Wer noch?« hieß es. Ich nannte den Namen Wildners. »Nein, der nicht!« war die Antwort. In dem Ton lag etwas, was mir sagte, jetzt gibt es für den armen Reinhold keine Rettung mehr.
Ein Posten brachte mich zurück in das bekannte Lager. Paul Wilde stellte mir eine Schüssel mit Wasser hin. Was war das für eine Wohltat, mich nach den letzten zehn Tagen einmal waschen zu können! Ich war ihm für diese Aufmerksamkeit unendlich dankbar. Es ging wieder ans Übersetzen. Jetzt waren die Bundesdeutschen dran. Adam Pfeffer machte sich in der Schreibstube nützlich, kehrte den Boden, wischte den Staub, sprach jedoch kein Wort mit mir. »Was meinst du, werden die Urteile vollstreckt werden?« wandte ich mich an ihn. Er stierte vor sich hin, gab mir aber keine Antwort. Ich erfuhr jetzt wieder von Gerüchten und dem Schicksal anderer. Major Kaltenegger habe sich gemeldet, er wolle an Stelle eines jungen Kameraden erschossen werden. Er sei über sechzig und habe mit seinem Leben abgeschlossen. Sein Ansuchen wurde abgelehnt.
Solche Meldungen brachte Schreier aus dem Gerichtssaal oder aus der Stadt. Da gab es Situationen, in denen ich mich selber nicht mehr kannte und verstand. Etwa, als es mir bei so einem Bericht vor Schrecken eiskalt über den Rücken lief und ich die Todesangst in mir spürte, da hörte ich mich selber laut lachen. Es war ein krampfartiges Lachen, das

mich schüttelte. Erst recht stockte mir das Blut, als daraufhin der Dolmetscher mich belehrte: »Du, an deiner Stelle tät ich nicht lachen.«
Die Vernehmungen liefen auf Hochtouren, weitere drei Monate Prügeleien in der Nacht. Schreie, Stöhnen und Jammern der Häftlinge.
In einer der Zellen lag der Archäologe Walter Wrede. Ihn brachte der Lagerarzt Dr. Rost zum Verbinden in die Schreibstube. Am Kopf waren fast faustgroße Auswüchse zu sehen. Er sei zuletzt in einer Kiste gelegen, in der er nicht richtig liegen, nicht sitzen, geschweige stehen konnte. Er hatte in Griechenland die Ausgrabungen geleitet und war mit seinen Arbeiten im Kreise der Wissenschaftler zu einer gewissen Berühmtheit gelangt. Seine Tagebuchnotizen sollten Hinweise für begangene Verbrechen bringen. Franz Schäfer hatte Wredes Taschenkalender aus dem Griechischen zu übersetzen und auf belastende Bemerkungen zu untersuchen. Wrede beteuerte, man könne ihm alle Aufzeichnungen wegnehmen. Wenn man ihm den Kopf lasse und er diesen nach Hause brächte, könnte er sofort mit dem Buchschreiben beginnen. Er habe alles im Kopf. Dr. Rost hatte öfter in der Schreibstube zu tun, und er freute sich, wenn er ein paar Worte mit mir wechseln durfte. Er hatte keine Angehörigen, seine Familie war bei den Bombenangriffen auf Berlin zugrunde gegangen. Er hatte die Aufgabe, die Totenscheine auszustellen, auch für jene, die in der Vernehmung »ausgefallen« waren. Er mußte hierzu eine Todesursache erfinden. Angeblich sollen bereits vierzig Leichen in der Zeit der Verhöre aus dem Lager geschafft worden sein. Es war immer ein und derselbe Mann, der die Leichen aus dem Lager zu fahren hatte. An einem Tag waren es gleich drei, die Selbstmord begangen hatten.
In einer Zelle sah ich Frings – er soll ein Neffe des bekannten Kardinals sein – auf einem Stuhl sitzen und am ganzen

Körper eigenartig zittern. Ich dachte, er ist vielleicht wahnsinnig geworden, weil er auf keinen Anruf mehr reagierte. Dr. Rost erklärte mir allerdings, es könne auch sein, daß der Genannte versuche, dies den Vernehmern nur vorzuspielen. Er glaube, es sei von Frings ein Theater und wünschte, daß es gelänge.

Dr. Rost habe ich danach nie mehr gesehen, er soll auch nicht nach Hause gekommen sein. Er wird einer von denen gewesen sein, die zuviel wußten.

Dann kam der Tag, an dem Peter Jahn zu mir kam, ihn schicke der Kommandant, und er habe mir etwas auszurichten. Ich sei auf zwölf Jahre begnadigt worden. Ich stand verdutzt und wußte nicht, ob ich mich freuen durfte. Wer weiß, ob diese Meldung stimmt. Wieso bringt mir Jahn diese Post und warum sagt mir dies der Kommandant nicht selber? Ich hatte schon so viele Versprechungen erlebt, die nicht gehalten wurden, daß ich an allem Zweifel haben mußte. Aber die Hoffnung war wieder da.

Danach kamen Wachsoldaten und legten mir Fesseln an. Diesmal wurde ich mit Erich Valstyn zusammengekettet. Nach einigem Warten formierte sich ein größerer Haufen zum Abmarsch aus dem Lager. In der Nacht trotteten wir streng bewacht zum Bahnhof, zwei und zwei aneinandergefesselt. Bis zum Verladen hieß es herumstehen. Von den Vernehmern war keiner dabei. Ich ließ sie noch einmal alle an meinem Geist vorüberziehen. Ich wollte mir ihre Namen einprägen:

Heinrich Pfeifer, Wolters, Adam Ulrich, Dengl, Schwechla, Franz Schäfer, Taller, Genart, Vypokol und Heinz Nauburg das Schwein! nur so bezeichnete er jeden Offizier und wir ihn. Von da an bin ich auch den Dolmetschern nicht mehr begegnet: Peter Jahn, Rudolf Schwarz und Erich Nawra.

Für uns begann damit ein neuer Lebensabschnitt.

Im Staatsgefängnis Mitrowitz

Wir waren in Viehwaggons verladen worden und hatten keine Ahnung, wohin es ging. Die Fahrt dauerte lange. Für »Notfälle« stand eine Konservendose bereit. Sie kippte um, und die Bescherung war da. Major von Kaltenegger wußte Hilfe. Er war bekannt als »Sammler«, und so fand sich in seinem Rucksack ein kleiner Besen. Den holte er hervor. Er war mit Major Jupp zusammengekettet und so mußten beim Saubermachen die beiden alle Wischbewegungen gemeinsam vollführen. Trotz unserer mißlichen Lage brachte dieses Bild, »Wische-wasche-Spiel« nannten wir es, uns Zuschauer zum Schmunzeln.

Meine Fesseln hatten die unangenehme Eigenschaft, daß sie sich bei jeder Bewegung enger zusammenzogen. Es war wieder finstere Nacht, als wir ausgeladen wurden. Das heißt, wir mußten zu zweit gleichzeitig aus dem Waggon springen und dabei die Hände emporgestreckt halten. Allzuleicht konnte man dabei stürzen, und die Fesseln schmerzten an den Gelenken. Einige der Älteren und Geschwächten wälzten sich stöhnend am Boden, einer riß den anderen mit, und die Posten hieben auf sie ein.

Dann standen wir vor einem Gefängnistor, es war in der Stadt Mitrowitz in Syrmien.

Vor vielen Jahren kam ich durch diese Straße an dem Bau vorbei. Die Häftlinge schlugen mit Blechnäpfen an die Fenstergitter. Eine Meuterei war im Gange. Einer meiner Mitschüler soll damals in diesem Gefängnis gesessen sein. Als Kommunist wurde er verhaftet. Seine Mutter, Witwe und von Beruf Lehrerin, wurde deshalb von ihren Kolleginnen gemieden. Heute wollen oder sollen alle Kommunisten sein. So hat sich das Rad inzwischen gedreht. Derartiges ging mir durch den Kopf.

Das Tor ging auf, die Posten hieben auf uns ein und trieben uns hinein. Wir sollten spüren, auf welcher Seite zur Zeit das »Recht« stand. Die ganze Nacht ließ man uns aneinandergekettet in dem Hof stehen.

Erich »mußte einmal«. Wir hatten den runden Deckel über einer Jauchegrube entdeckt. Mit vereinten Kräften zogen wir an dem Eisenring und hoben den Betonklotz, damit sich Valstyn darüberhocken konnte. Da war sein Hosenriemen weg, unwiederbringlich. Der Verlust eines solchen Gegenstandes bedeutete für einen Sträfling einen großen Jammer.

Während des Vormittags standen wir stundenlang in einem langen Gang im I. Stock. Beim Blick durch das Fenster konnten wir sehen, was wir zu erwarten hatten. Im Hof arbeiteten Gefangene an einem Ringofen. Einen Gurt über die Schulter gelegt, schoben sie Schubkarren über Bretter in den ersten Stock. In unserem Zustand, ausgemergelt und der Arbeit entwöhnt, können wir das nie schaffen, so dachte ich. Einer wußte das Datum zu nennen, an dem wir in das Staatsgefängnis einrückten. Es war der 19. Dezember 1949. In der Zelle, in die wir gestoßen wurden, lagen bereits zwei Bekannte: Donnermüller und Herbert Riegelhofer, ein Lehrer, beide waren Tiroler. Wir wollten natürlich von diesen erfahren, wie es hier zugehe und wie man sich zu verhalten habe. Wir bekamen Anstaltskleider und sahen darin erst recht erbärmlich aus. Die meisten trugen bis dahin noch Wehrmachtszeug und waren somit gewiß nicht verwöhnt. Meine Bluse war zerlumpt, die Hose viel zu kurz und arg zerrissen. Auf unsere Glatzen – wir waren kahl geschoren worden – konnten wir das runde Kappl setzen. In der blau-weiß gestreiften Bekleidung kamen wir uns zunächst sehr lächerlich

vor. Unsere eigenen Klamotten mußten wir gebündelt in den Hof bringen; in Reih und Glied standen wir dort angetreten. Das Zeug käme in die Entlausung, hieß es, und es dürfte kein Leder dabei sein. Ich hatte derartige Prozeduren oft genug mitgemacht und nahm solche Anweisungen nicht ernst. Als wir unseren Plunder wiederbekamen, machte ich allerdings große Augen. Die Patschen, die ich von daheim geschickt bekam, waren wegen der Ledersohlen auf Kinderschuhgröße geschrumpft, und die Tragriemen meines Rucksacks waren in der Hitze zerbröckelt. »Ich werde ohne ihn nach Hause fahren müssen«, jammerte ich. Und Valstyn tröstete: »Laß es gut sein. Was denkst du an das Nachhausefahren! Wir sind doch erst angekommen.«
Decken gab es keine. Ich konnte mich glücklicherweise mit dem blaugefärbten englischen Mantel zudecken, den ich seit Werschetz besaß. Er war weitaus wärmer als ein Wehrmachtsmantel; den rückwärtigen Schlitz hatte ich zugenäht. Rucksäcke und anderes Gepäck wurde auf dem Dachboden verstaut, die notwendigen persönlichen Utensilien mußten, in einem Karton verpackt, am Fußende des Strohsackes stehen.
Bereits am folgenden Morgen fehlte meine Kappe, sie war mir gestohlen worden. »Jammere nicht! Das tut nichts«, meinte Erich, »morgen stehle ich dir eine andere.« Gestohlen hatte ich bis dahin nur einen Kartoffelsack. Das war in Werschetz. Als ich die Kochgeschirre aus den Vernehmungszellen einzusammeln hatte, stahl ich eines. Ich war stolz, daß ich es zuwege brachte. Wäre ich dabei ertappt worden, hätte ich Schlimmes zu erwarten gehabt. Diesen Rupfensack hatte ich noch und schlich in der Nacht in den Waschraum. Im Schein eines schwachen Lämpchens nähte ich Zeltplane und Rupfen zu einen Schlafsack zusammen. Auf der Plane waren wir seinerzeit durch Jahre zu dritt gelegen. Der Tagesbefehl, den General Schörner an der

Eismeerfront erließ, wie mir Hans erzählte, kam mir in den Sinn: »Nur der Dumme friert!« Ich war ganz stolz auf meinen Einfall. Dieser Schlafsack ist für mich in den folgenden Jahren wichtig geworden. Wir Neuankömmlinge wurden auf die verschiedenen Stuben aufgeteilt, die bereits vorher überbelegt waren. Pro Mann stand eine Liegefläche von 40 cm Breite zur Verfügung, also weniger als manche Schulter maß. Wir mußten daher wie Sardinen in der Büchse liegen, den Kopf bei den Füßen des Nebenmannes, unangenehm genug, wenn einer an Schweißfüßen litt. Pista, ein Ungar, lag neben mir und hatte dieses Gebrechen. Er mußte dafür ertragen, daß ich, kaum eingeschlafen, begann, die Knie anzuziehen. Diese Schlafstellung verlangte jedenfalls von jedem einzelnen Toleranz.

Pista galt als Unikum. Er hatte immer einen alten, verschlissenen, kaffeebraunen Rock übergeworfen. Ihn wollte der Anstaltsdirektor für Spitzeldienste gewinnen. Wo immer er ein verdächtiges Papierchen fände, sollte er dieses Kassiber abliefern. Der Ungar hatte eine Idee. In der Toilette war Papier rar. Es stand dafür ein großer Wasserbottich mit einer Schale zum Schöpfen. Wer Papier benutzte, durfte dies nicht in das große Loch werfen, sondern in einen eigens dafür bereitgestellten Korb geben. Ehe das Papierzeug auf einen Pferdewagen verladen und aus der Anstalt gefahren wurde, mußte der Haufen mit einem langen Schwert in Ellenabstand kreuz und quer durchstochen werden, damit ja nichts auf diesem Weg, aus dem Gefängnis geschmuggelt werden konnte. Kam allerdings ein Wind auf, so flogen die Papiere durch die Gegend. Diese Zettelchen sammelte Pista, faltete sie sorgfältig und brachte sie dem Verwalter. Als dieser der braunen Flecken gewahr wurde, konnte sich der Ungar eine Serie von Flüchen anhören. »Ich sehe so schlecht und konnte das nicht ahnen«, jammerte Pista und hatte fortan seine Ruhe.

Pista war Bauer im Banat, war immer zu Scherzen aufgelegt und erzählte uns so manche lustige Episode. Seine Nachbarn, schwäbische Landsleute, seien vertrieben und auf ihren Gütern Montegriner angesiedelt worden. Die hätten Kühe mitgebracht, die seien nicht größer als Ziegen, spottete er. Selbst die mitgefangenen Serben wunderten sich, welch freche Äußerungen er sich auch gegenüber den Bewachern erlauben durfte.
Solche, die bereits früher im Gefängnis gelandet waren, hatten sich teilweise als »Spezialisten« melden können, ob mit oder ohne Ausbildung war egal, der Verwalter durfte jedenfalls von mangelhaften Fähigkeiten nichts merken. So waren unter den Tischlern genug solche, die von fachkundigen Kameraden bei der Arbeit unterwiesen wurden. Es gab sogar Musikinstrumente, und so konnten welche, es war ja gerade die Zeit vor Weihnachten, ein improvisiertes Orchester bilden. Der Gefängnisleiter fand allerdings, sie hätten bereits lange genug gespielt und wollte zu diesem Dienst andere einteilen.
An einem der Tage vor Weihnachten holte der Posten einen Kroaten aus unserer Stube: »Ajde, dośla ti je sestra!« (Die Schwester sei zu ihm auf Besuch gekommen). Nach einer Viertelstunde kam der Kroate aus dem Besucherraum zurück, setzte sich auf seinen Strohsack und begann erschütternd zu weinen. Die Mithäftlinge starrten ihn an, wollten wissen, was passiert sei und waren voller Anteilnahme. Er brachte jedoch kein Wort heraus. Was hat er wohl erleben müssen?
Der erste Heilige Abend im Gefängnis verlief wie jeder andere Tag. Wir wurden abwechselnd immer wieder zu anderen Arbeiten eingeteilt. In der Ziegelei wurden wir ziemlich gehetzt, und jeder war froh, daß es früh dunkel wurde und damit das Tagwerk ein Ende fand. Gefürchtet war der Einsatz in der Seilerei. Dort hole man sich Tuber-

kulose, wurde behauptet. Lungenkranke kamen in eine Sonderabteilung. Die Fensterluken blieben aber auch bei uns den ganzen Winter offen, aus Angst vor der Tbc. Wer gerade zu keiner Verrichtung befohlen war, mußte auf dem Strohsack sitzen bleiben. Das Zudeck durfte untertags nicht benutzt werden und mußte zusammengefaltet am Kopfende liegen. Das hieß also frieren.
Bereits in den ersten Tagen steckte mir Freund Robert, der Kaiserjäger, einen Kanten Brot zu. Er war in der Tischlerei beschäftigt und erhielt daher die doppelte Brotration, also 400 g pro Tag.
Der Fußboden der Stube galt als etwas ganz besonders Kostbares. Es war ein Parkettboden aus K. u. K.-Zeiten. Jeden Tag wurden zwei Häftlinge zur Bodenpflege eingeteilt und mußten von früh bis spät auf den Knien daraufherumrutschen. Betreten durfte er nie werden. Die Gummiopanken mußten wir vor der Tür ausziehen. In den Socken hüpften wir, wenn wir von der Arbeit kamen, über die Strohsäcke der anderen zum eigenen Schlafplatz und durften danach den »Bodenpflegern« bei ihrer stumpfsinnigen Beschäftigung zusehen. Wehe, wenn bei der Essenausgabe ein Tropfen auf das Parkett fiel; da hatte man mit harten Strafen zu rechnen. Lesestoff war soviel wie keiner vorhanden. Bis die Nachtruhe befohlen wurde, hatten wir ruhig auf den Strohsäcken sitzen zu bleiben. Wir wurden auch belehrt, nie aufzubegehren, nie auf Führende zu schimpfen und nicht zu fluchen. Ich hatte mit der Warnung von Crnćević beim Abmarsch in Werschetz nichts anzufangen gewußt, als er mir auftrug, ich solle mich in der »Besserungsanstalt« gut aufführen. Verschiedene Strafsanktionen ließen mich bald feststellen, daß man auch noch im Gefängnis tiefer fallen konnte.

Nach dem Wecken ging es in den Waschraum. Als ich mich zum wiederholten Male nach meiner Seife bückte, die immer wieder von dem schrägen Waschtrogrand rutschte, kam ich ordentlich ins Fluchen. Ein junger Bursch neben mir erinnerte mich daran, vorsichtiger zu sein. Scherzend fügte er hinzu, die Schräge der Seifenablage sei sicher mit Absicht so gemacht, daß man Geduld lernen könne. Die Sprache klang vertraut. Ich fragte, woher er sei. Er stellte sich vor, er hieße Pretz und sei Südtiroler und käme aus Fennberg. Er war anscheinend nicht bei der deutschen Wehrmacht gewesen. Ich hätte gerne von ihm mehr erfahren. Wir durften leider nicht weitersprechen, und es fand sich nie mehr Gelegenheit, ihn wiederzusehen.

Vor Spitzeln mußte man ständig auf der Hut sein, und ich fand es richtig, das Mißtrauen wachzuhalten. Jede ungeschickte und unbedachte Äußerung konnte zum Verhängnis werden.

Die Gelegenheit, mit anderen zusammenzukommen, war beim Rundgang im Hof gegeben. In der Mitte des Platzes saß der Wachhabende, und wir mußten in Zweierreihe um ihn im Kreis marschieren. Da kam ich neben einem jungen Burschen zu gehen. Er sei Journalist bei der Zeitschrift »Von den Erneuerern«. Neben dieser Zeitschrift gab es noch ein zweites Blatt für die Schwaben in Syrmien und in der Batschka. Ich tat so, als ob ich von diesen Presseorganen nie etwas gehört hätte. Er wollte recht witzig sein, so, wenn er mir erzählte, wie ein Partisanenleutnant die Aufsicht hier im Hof gehabt habe, dabei Zeitung las, diese aber verkehrt herum gehalten habe. Auf die Frage, ob eine wichtige Neuigkeit darin stünde, habe er geantwortet: »Oh, . . . diese Amerikaner!« Derselbe Offizier habe Schwierigkeiten mit dem Zählen gehabt. Bei der Bildung einer Zweierreihe sei immer einer übriggeblieben. Er habe befohlen: »dva i dva!« Allmählich sei er zornig geworden und habe begonnen, in der zu langen Reihe die Häftlinge nach vorne zu schieben, bis eben in dieser wieder ein Mann zuviel war. Wütend habe er diesen wieder zurückgestoßen: »Sto sam reka, dva i dva!« Als er auf solche Weise nicht zum gewünschten Ergebnis gekommen sei, habe er eine Serie der üblichen Flüche losgelassen: »Jebemti Boga . . .!« und habe sich schließlich selbst in die Marschreihe gestellt. So spöttelte er über die Partisanen, die aufgrund ihrer Verdienste im Wald jetzt im Gefängnis zu Amt und Würde gekommen seien. Ich enthielt mich jeder Äußerung und war froh, als dieser Rundgang zu Ende war.

Am nächsten Tag schloß sich bei dieser Gelegenheit der Journalist wieder mir an; diesmal begann er eine andere Geschichte. Einer der Mitgefangenen bekomme von seiner Frau regelmäßig und reichgefüllte Pakete. Sie hätten gemerkt, daß dieser zu krankhafter Eifersucht neige, und so habe er den Versuch unternommen, dem Häftling einzureden, seine Frau betrüge ihn. Es sei ihm schließlich gelungen, den Eifersüchtigen dazu zu bringen, daß er sich scheiden ließ. Mir war dieses Gespräch zuwider, und ich konnte meinen Ärger nur mit Mühe verbergen. Ich wußte nicht, was der Mann damit bezwecken wollte und hüllte mich konsequent in Schweigen.

Das Ausschütteln der Decken, zu dem wir einmal in der Woche in den Hof befohlen wurden, war auch so eine Gelegenheit, mit Unbekannten ins Gespräch zu kommen. Ein Dalmatiner, der wegen eines kriminellen Deliktes einsaß, stand neben mir und begann, er freue sich schon lange darauf, sich einmal mit mir unterhalten zu können. Hinter jeder solchen Begegnung mußte man die Gefahr der Bespitzelung sehen. War das Leben im Vergleich zu den letzten Monaten in Werschetz doch als einigermaßen normal zu bezeichnen, so lebten wir dennoch in ständiger Anspannung und Nervosität.

Die Mittagssuppe wurde pünktlich um zehn Minuten vor fünf ausgegeben und genau zehn Minuten später, Punkt fünf, gab es die Abendsuppe. Diese Schikane zwang uns dazu, in unserem Hunger beide Mahlzeiten rasch in uns hineinzuschlingen. Danach waren wir aufgebläht wie eine Trommel. Das Brot, das wir als Frühstück erhielten, wurde von den meisten auch auf einen Satz verschlungen.

Eine Zeitlang war ich ohne Löffel. Meinen Silbernen hat beim Absammeln der Kochgeschirre ein Posten behalten. Jupp Kuhn konnte mir einen beschaffen, dessen Stiel an der Mauer so zurechtgeschliffen wurde, daß man damit Brot schneiden konnte. Über dieses Geschenk war ich mehr als glücklich. Als Stubenälteste, die »Sobni«, waren zumeist Kriminelle bestimmt. Deren geistiges Niveau war unterschiedlich. Einer wollte sich als Ordnungsfanatiker bewähren. Er verlangte die Aufstellung der Kartons am Fußende, in denen die persönlichen Habseligkeiten verstaut waren, genau nach ihrer Größe. Das gab Unwillen bei den Eigentümern, wenn ihr Karton wegen dessen Größe weitab von der Liegestelle stehen mußte. Vor Diebstahl war in dieser Gesellschaft nichts sicher, und täglich mußte man mit Überraschungen rechnen.

Wir wurden häufig von einer Stube in die andere verlegt. Das geschah meist gruppenweise. Danach wurden die Schlafstellen der einzelnen durch Bleistiftstriche an der Wand gekennzeichnet. Wenn es möglich war, versuchte ich jedesmal einen Platz neben einem deutschen Kameraden zu ergattern.

Die Kriminellen vertraten die Ansicht, daß sie in dieser Anstalt mehr Rechte als wir besäßen; wir Politische mußten uns ihrer Vorherrschaft beugen und hatten manche Brutalität und Gewalttätigkeit zu erdulden. Für uns bedeutete es ein großes Glück, mit mehreren Kriegsgefangenen zusammen sein zu können. Da konnten wir uns gegenseitig helfen und einander in Schutz nehmen.

Gefürchtet waren die »samice«, die Einzelzellen, in die wir von Zeit zu Zeit gesteckt wurden. Der Fußboden war gestampfter Lehm oder aus Zement, und da hinein wurden bis zu elf Mann gepfercht. Es konnten also nie alle zugleich liegen, man mußte sich dabei ablösen, und ein Teil konnte die Nacht nur in Kauerstellung verbringen. Das einzige Gerät in dem Raum war der Notdurftkübel. In die Einzelzelle kam man strafweise oder wenn wir in irgendeiner Weise erpreßt werden sollten. Einmal hockte ich darin, und neben mir saß Roggenkamp, einer von der SS. Beide hatten wir Durchfall. Der Kamerad neben mir hatte einen künstlichen Darmausgang, und ich glaubte, er könnte das »Gehenmüssen« willkürlich regeln. Er war jedoch den gleichen Zwängen unterworfen wie ich, wenn es in seinen Gedärmen zu rumoren begann.

Bekam einer von den Deutschen ein Paket, wurde er von der Gangaufsicht so lange schikaniert, bis er gerne von dem Inhalt einiges abgab. So ließ man beispielsweise den Kloakenkübel nicht wegtragen und überlaufen, bis nicht die geforderten Zigaretten und anderes Begehrenswerte rausgerückt wurden.

Als ich auf eine solche Weise erpreßt worden war, verlachte mich ein langschnauziger Dalmatiner, der gleich den Serben stets seine Männlichkeit betonen wollte: »Ihr Deutsche seid ja feige wie die Weiber!« Als ich ihm vorhielt, er habe doch auch seine Zigaretten aus dem Paket brav abgeliefert, gab er zögernd von sich, er habe es aus Freundschaft getan.

Besonders dankbar waren wir für die Hilfsaktionen der evangelischen Kirche in Deutschland. Für dieses Hilfswerk gab es keine Unterschiede bei den Empfängern, ob katholisch oder evangelisch, ob Priester oder Kirchengegner. Sobald diese Stelle Anschriften genannt erhielt, wurden Pakete losgeschickt, alle mit dem gleichen Inhalt. So kamen die Russen, die in der Wlassow-Armee oder als Kosaken auf seiten der Deutschen gekämpft hatten, ebenfalls in den Genuß solcher Liebesgaben. Das konnten die Serben nicht

verstehen, und es imponierte den Wachen gewaltig, die unsere Postsendungen zu öffnen hatten.
Wer keinen Außendienst erhielt, hatte in der Küche zu arbeiten. Da saß man den ganzen Tag über in einem Gang auf dem Steinboden und schälte gelbe Rüben oder Kartoffeln. Für die mit Blasenleiden war dieser Dienst sehr unangenehm. Die Posten hatten ihren Spaß daran, uns zappeln und trippeln zu sehen und ließen uns nicht zur Latrine.
Das Gebäude war in mehrere »Pavillons« unterteilt. Die »zgrada I«, in dem die Schwerverbrecher untergebracht waren, wurde auch »Glaspalast« genannt. Es war dies der Mitteltrakt, der mit Glas überdacht war. Darunter liefen, entlang den Zellen, rechts und links die Laufstege, die untereinander durch Querstege verbunden waren. Über die Wendeltreppen kam man von einem Stockwerk zum anderen. Die Gefängnisinsassen waren unterschiedlichster Art. Neben uns Kriegsgefangenen gab es Italiener, das waren zumeist Kriminelle aus Istrien und Triest, einige Juden und nicht wenig Albaner, die zumeist aus politischen Motiven in Haft waren.
Der 6. Jänner 1950 wurde für mich und wohl für die meisten Kriegsgefangenen zu einem denkwürdigen Tag. Karlo Koschitz, Erich Valstyn und ich wurden in den Glaspalast geholt. In dem langen Gang zu ebener Erde fanden wir die deutschen Kameraden angetreten, von den Laufstegen schauten Österreicher herunter. Es wurden Herabsetzungen von Strafen verlesen, und Karlo mußte sie übersetzen. Danach konnten alle wieder wegtreten, ich jedoch wurde als einziger zurückbehalten. Ich mußte die längste Zeit warten und ging langsam den Gang auf und ab, an den Einzelzellen vorbei. Aus einer der Türen streckte sich mir eine Hand mit einem Kochgeschirr entgegen. Ich hatte gar nichts, um es in den Topf zu legen. Es war einer der deutschen Kameraden, namens Horländer. Von seinem absonderlichen Schicksal habe ich erst viel später erfahren.

Dann wurde ein Trupp Gefangener gebracht, es waren etwa 12 bis 15 Mann. Denen sollte nun ich die Bescheide auf ihre Berufungen auf deutsch verlesen. Ich war sehr aufgeregt und bemühte mich, eine wortwörtliche Übersetzung zu treffen. Ich vermochte kaum zusammenhängende Sätze zu bilden. Mir lief es kalt über den Rücken. Was ich da zu verlesen hatte, konnte doch nicht wahr sein! Es waren keine Herabsetzungen der Strafen, sondern die Abänderung des Urteils auf Todesstrafe. Ich sah die Gesichter mit den erschrockenen Augen, die wohl verstanden, was das zu bedeuten hatte. Unmittelbar vor mir stand Buckwich, der Grazer Polyglotte.

Nach einer Weile, die Gruppe war wieder abgeführt worden, wurde von der Wache ein einzelner gebracht. Er war zu einer Sonderbeschäftigung eingeteilt und wurde nicht sogleich gefunden. Ich hatte diesem Nachzügler dasselbe Urteil zu verkünden. Ich sah, wie ihm bei dieser Mitteilung vor Schrecken übel wurde und er zusammenbrach. In der Gemeinschaft ist jedes Unglück eher zu ertragen. Schlimm ist es, in der Not ganz allein zu sein. Danach wurde ich in eine der nächstliegenden Zellen geführt. Darin saß ein Hauptmann als Richter und daneben mehrere Milizionäre. Hereingeführt wurde Dekan Walter, den ich aus der Werschetzzeit gut kannte. Er war damals wohl erst ein Jahr nach uns in dieses Lager gekommen. Er wollte seelsorgerisch tätig sein und hielt einige mutige Predigten. Er wollte dabei klug sein und verurteilte mit Nachdruck die Grausamkeiten der Nazis in den Konzentrationslagern. Seine Bemerkungen über die Methoden unserer »Schutzmacht« brachten ihn in die »Mühle«, und schließlich traf ihn genauso wie alle anderen das Martyrium. Er wurde ebenso bearbeitet, bis er mürbe wurde und bereit war, Geständnisse abzulegen.

Jetzt wurde der arme Dekan in einem elenden Zustand

vorgeführt. Er hatte den Kübel nicht entleeren dürfen und mußte in seinem Kot durch Tage liegen bleiben. Von oben bis unten war er voll und stank fürchterlich.
Zynisch begann der Hauptmann den anderen Offizieren zu erklären, dieser Mann habe eine besonders interessante Aussage gemacht. Er sei nämlich mit zwei Frauen das Donauufer entlangspaziert und habe dann eine nach der anderen mißbraucht und schließlich ins Wasser geworfen. Ich solle ihm sagen, er bekäme jetzt Papier und Tinte und soll den Hergang noch genauer beschreiben, wie er das angestellt habe. »Bitte, sagen Sie dem Richter, daß dies alles nicht stimmt«, bat der Dekan. Und der Hauptmann darauf: »Die Geschichte ist so interessant, daß wir sie Tito zum Lesen geben werden. Wir werden noch einen Film darüber drehen. Sagen Sie ihm, er kann ganz allein in der ›Sanica‹ bleiben. Er soll Papier und Tinte haben.« Der arme Dekan beteuerte immerzu: »Es stimmt alles nicht. Kein Wort davon ist wahr. Bitte, sagen Sie dem Richter, ich möchte nicht allein sein! Ich möchte zu meinen Kameraden!« Der Posten mußte ihn in die Einzelhaft abführen.
Ich wurde von der Wache wieder in unsere Zgrada gebracht. Die Mitgefangenen bestürmten mich, ich sollte erzählen, wie es denen im Glaspalast erginge. Lange saß General Schmidt-Richberg bei mir auf dem Strohsack, und ich mußte ihm das Erlebte in allen Details erzählen.
An diesem 6. Jänner ist noch etwas Fürchterliches passiert. Was sich hinter den Gefängnismauern zutrug, blieb uns zumeist verborgen. Lediglich über den Essenträger erreichten uns vereinzelt Nachrichten. Dieser meldete uns am nächsten Tag, daß hinter dem Schweinestall eine Anzahl von Häftlingen erschossen worden sei. Und wieder später erreichte uns das Gerücht, es seien 19 österreichische Offiziere gewesen, die dort füsiliert und an Ort und Stelle verscharrt worden seien. Ich möchte an dieser Stelle die Namen jener 19

Kameraden festhalten, die ihre Heimat nicht wiedersehen durften:
Gostischa, Jäger Helmut, Prösl, Semmer, Wildner Reinhold, Dr. Lang, Dr. Pelzeter, Steiner, Leninger, Reisinger, Fischer Hans, Schuller, Hardinger, Putz, Buckwich, Bader, Becker, Mayer, Markl.
Einmal kam für uns Österreicher ein Paket, in dem sich eine Büchse mit Preßschinken befand. Es war die größte Kostbarkeit, die wir in den sieben Jahren erhielten. Aus dieser Dose wollten wir uns nur zu besonderen Anlässen etwas gönnen, wir nannten es »ein Schweinchen schlachten«. Die Vorratsbüchse beinhaltete nämlich wieder mehrere kleine Dosen. Uns stand eine Übersiedlung bevor, und nachdem wir nicht wußten, was auf uns zukommt, nahmen wir dies zum Anlaß für eine Schlachtung und verzehrten mit Genuß den Schinken. Dabei wurden wir beinahe übermütig, und Karlo, der etwas vom Orakel hielt, wollte seine Bohnen befragen, um etwas von unserem nächsten Schicksal zu erfahren. Dazu verwendete er 39 schwarze und zwei weiße Bohnen. Er sagte mir vorher, ich würde erkranken. Tatsächlich hatte ich am nächsten Tag Fieber und mußte auf dem Strohsack bleiben. So fanden mich Kommissar Stajner und Crnćević, die durch die Räume gingen, was sonst selten vorkam. Sie gestatteten mir, daß ich im Krankenrevier untersucht würde. Dieses befand sich im Keller und wurde von Dr. Riedl, einem von allen Gefangenen hochgeschätzten SS-Arzt, betreut. Er galt bei allen als ein unermüdlicher Helfer, auch Mirković, der Jude, mit dem ich eine Zeitlang zusammenlag, war voll des Lobes über ihn. Riedl habe ihn von fürchterlichen Schmerzen befreit, die ihm der eingeklemmte Trigeminus-Nerv verursacht habe. Dr. Riedl stellte fest: »Du hast zuviel g'fressen«, und konnte mich bald wieder entlassen.
Wenn Kommissar und Kommandant durch die Stuben gingen, bedeutete das meist nichts Gutes, und es begann ein

allgemeines Rätseln, welche Veränderungen uns bevorstünden. Diesmal wurden die Kräftigeren gesucht und einen Stock höher verlegt. Auch ich wurde als solcher befunden. Für uns begann ein Maurerkurs, und wir hatten übungsweise Ziegelmauern zu errichten. Schmid-Richberg und ich hatten einen Kamin zu erstellen. Unser Bauwerk hatte bereits eine ansehliche Höhe erreicht, da fiel uns eine Maurerkelle in den Schlot. Wir waren gerade dabei, das Werkzeug hervorzuholen, was uns nicht gelingen wollte, da kam ein Milizsoldat, hieß mich mitkommen und brachte mich zurück in die Stube bekannter Kameraden. Diese umringten mich: »Du kommst nach Hause. »Geh zu meiner Schwester«, sagte ein zweiter. »Du weißt, wo meine Frau wohnt«, meinte Siebert. »Meine Eltern sind in . . .« so ging es weiter. Ich wehrte ab. Ich glaubte nicht daran und betonte, sie alle würden noch vor mir die Heimat sehen. Mir war bange zumute, als mich ein Posten quer durch das Gefängnisgelände über Geleise mit Normalspur führte. Hinter einem abgestellten Waggon stand ein weiterer Posten mit zwei Gefangenen. Es waren Koschitz und Valstyn. Wir drei waren also wieder einmal gefragt. Die Wache brachte uns in das Gebäude der Wäscherei. Dort wurden wir neu eingekleidet; Hose, Bluse und Kappe, alles war neu und sogar passend. Ich durfte meine Lumpen abgeben. Lange standen wir in einem Gang im I. Stock und wagten nur flüsternd miteinander zu sprechen, ermahnten uns gegenseitig zur Vorsicht und versprachen, einander zu helfen. Mein Hemd war patschnaß vor Angstschweiß.

Eine Tür ging auf, und auf uns zu trat ein junger Mann in Zivil, mit Reithose und Stiefeln. Es war Gospodin Slavko, der wendige Dalmatiner. Den kannten wir bereits und hielten ihn nicht für den übelsten Genossen. Er legte Wert darauf, mit »Herr« angesprochen zu werden, so wie auch die Milizionäre, zu denen wir auch nicht »Drusche« – Genosse –

sagen durften. Für sie waren wir Banditen und wenn es gut ging »kaźjenici«, also Häftlinge. An derlei Dinge hatten wir uns schon längst gewöhnt. »Ihr werdet künftig aus Tellern essen und unter lauter Intelligenzlern leben«, verkündete er uns und nahm uns mit in einen anderen Trakt.

Unter Weißrussen

Uns wurden Plätze in einer Stube angewiesen, in der die Bewohner miteinander russisch sprachen. Es waren acht, und wir stellten uns vor, worauf auch sie ihre Namen der Reihe nach nannten. Ein großer, magerer hieß Gulobjew, dann kam ein kleiner Untersetzter, der sich Pojtr Sokolow nannte. Er hatte einen auffallend runden, kahlgeschorenen Kopf, und das Gesicht war topfenfarben, bläulich. Der nächste war Gembaćew, der sich äußerst höflich gab. Julius Drasinower setzte gleich hinzu: »Ich bin Jude.« Über diesen Bekenntnismut war ich verwundert. Wir hatten aber noch Gelegenheit, ihn besser kennenzulernen. Er wollte uns, die wir von der deutschen Wehrmacht kamen, Respekt einflößen. Einer trug stets einen Ledermantel und war nach meiner Meinung unverkennbar ein Komesar. Als Namen nannte er Kartovcev, ich war bald davon überzeugt, daß dies nicht sein richtiger Name sein konnte. Er schien eher ein recht Einfältiger zu sein. Ilija Zerebkow war der mit dem schwarzen Kräuselhaar und groß von Statur, dem Typ nach hätte er Italiener sein können. Er sei Student, bemerkte er. Dann wurden wir Solowjew vorgestellt. Vor ihm machten die jüngeren Russen einen Bückling. Er war Hochschulprofessor und angeblich eine Kapazität in Jurisprudenz und Geschichte. Karlo erzählte mir hinterher, er glaube, diesen Namen von Vorlesungen an der Wiener Universität zu kennen. Als letzten lernten wir Eugen Andrejewić Zukow kennen, von Beruf Journalist und Musikkritiker. Ein untersetzter Fünfziger, den man seinem Gehaben nach unter die

Schauspieler hätte einreihen können. Wir waren somit elf in diesem Raum.

Wir Neuen wurden zunächst mißtrauisch beobachtet, und keiner stellte an uns Fragen. Zukow war derjenige, der das Eis brach. »Ihr seid wohl auch normale Menschen«, wandte er sich an uns und begann seinerseits zu erzählen: zwei Jahre sei er Häftling im KZ von Dachau gewesen, und nach der Befreiung hätte er im Amerikahaus in Belgrad eine Beschäftigung erhalten. Dort habe man ihn verhaftet, und er säße bereits seit zwei Jahren hier, ohne verurteilt worden zu sein. Er war wohl derjenige, der von allen am meisten erlebt hatte. Wir stellten bald fest, die Alten waren Russen, die nach dem Ersten Weltkrieg aus ihrer Heimat geflüchtet waren. Die Jüngeren waren Söhne solcher Flüchtlingsfamilien. Sokolow und Zerebkow und sicher auch Kartovcev waren überzeugte Kommunisten, jedoch Anhänger des Stalin-Regimes. Denn auf meine Frage, warum sie hier seien, antwortete Sokolow »IB«. Als ich damit nichts anzufangen wußte und verlegen dreinschaute, wollte er mich aufklären: »Das heißt Informationsbüro«, worauf ich mir gleich gescheit vorkam. Erich war in der Zeit, als es zwischen Stalin und Tito zur Spaltung kam, in einem Arbeitseinsatz außerhalb des Lagers und wußte mir zu erklären, daß die drei bei dem damaligen Kurswechsel auf das falsche Pferd gesetzt hätten. Von derartigen Vorgängen war mir bis dahin gar nichts zu Ohren gekommen. Valstyn konnte miterleben, wie die Bevölkerung damals in Unsicherheit geriet und dann entsprechend eingeschüchtert wurde. Die einzige Möglichkeit sei gewesen, sich am Morgen eine Zeitung zu kaufen, wenn man feststellen wollte, ob man mit seiner Ideologie noch richtig liege. Man wagte kaum mehr, mit einem Nachbarn darüber zu sprechen.

Gembaćev war im Kriege kroatischer Major gewesen, galt also als Regimegegner, Golubjew hatte zuletzt die Funktion eines Polizeidirektors von Smederowo. Karlo stellte fest, daß dieser recht gut und unterhaltsam zu erzählen wisse, er wurde jedoch von den anderen geschnitten. Mit ihm wollten die Kollegen offensichtlich nur das Notwendigste besprechen. Seiner Darstellung nach hat er nach der Flucht aus Rußland Jus studiert und sich völlig zum Serbentum hingewendet. Die Serben aber haben ihn als solchen nie anerkennen wollen und gelten lassen.

Die ganze Belegschaft trug Gefängniskleidung außer Zukow und Professor Solowjew. Die Verpflegung war in dieser Abteilung nicht anders als in der übrigen Anstalt. Aber wir erhielten zum Essen Teller. Solowjew zog dazu einen hölzernen Löffel hervor und erklärte, den möchte er als Souvenir nach Hause bringen. In jugendlicher Begeisterung schlug Zerebkow vor, man sollte die drei Neuen nach russischem Brauch mit dem Vatersnamen anreden. Karlo sollte also Jakovljević, Erich Filipović und ich Fortunativić genannt werden. Doch den Alten schien eine solche Freundschaftsbezeugung übertrieben, und man kam davon wieder ab. Mir fiel auf, daß auch Kartovcev nicht mit dem Vatersnamen angesprochen wurde.

Drasinower erzählte uns seinen bisherigen Leidensweg recht ausführlich. Danach wurde er als Munkacs im ungarisch besetzten Teil der Vojvodina während des Krieges zu einem Arbeitsbataillon eingezogen, kam nach Rußland zum Einsatz und geriet dort in Gefangenschaft. Von den Russen wurde er nach einem längeren Lageraufenthalt an die Jugoslawen ausgeliefert. Er war stolz auf seine organisatorischen Fähigkeiten, die er in Rußland unter Beweis stellen konnte. In dem dortigen Lager, in dem neben vielen Deutschen verschiedene andere Nationalitäten vertreten waren, habe große Unordnung geherrscht. Nach einigen Wochen sei er zum Lagerleiter bestellt worden und ihm sei es bald gelungen, Ordnung zu schaffen. Wie er dies geschafft hätte? – Er sei hergegangen, habe alle antreten lassen und die deutschen Spieße, die Hauptfeldwebel, herausgeholt. Sie habe er zu Stubenältesten ernannt, und in kürzester Zeit habe Disziplin geherrscht.

Bald wurden wir in unsere neue Aufgabe eingewiesen. Es ging wieder um Übersetzungsarbeiten. Da gab es anscheinend eine riesige Kartei, in der alle politisch Verdächtigen oder Unzuverlässigen registriert waren. Eine Abteilung dieser Zentralkartei befaßte sich mit den Weißrussen und deren Familien, die in der Zwischenkriegszeit in diesem Land Asyl gesucht hatten. Sie galten jetzt nach dem Bruch zwischen Belgrad und Moskau alle als verdächtig und wurden in ganz Jugoslawien vor die Behörde zitiert und registriert. Sie mußten Lebensläufe schreiben, jeder mußte einen langen Fragebogen ausfüllen, jeder wurde im Photo festgehalten und das Lichtbild zum Akt geheftet. Man möchte es nicht für möglich halten, mit welchen Fragen diese Menschen traktiert wurden. So zum Beispiel: ›Warum haben Sie vor dreißig Jahren Ihre Heimat verlassen?‹ oder ›Wie stehen Sie zum IB (Informationsbüro)?‹ In dem Fragebogen eines Achtzigjährigen mußte ich feststellen, daß dieser Greis ebensowenig Ahnung hatte wie ich; nämlich daß IB der Inbegriff für »Stalinanhänger« sein soll. Ihm sei es egal, gab der Alte bei der Vernehmung an, mit welcher von den beiden Lehren die Menschen selig würden.
Wir hatten Auftrag, die Unterlagen auf ihre Vollständigkeit zu überprüfen und fanden die Arbeit interessant, zumal wir sie gemeinsam verrichten und dabei miteinander reden durften. Fanden wir in den Lebensläufen oder Fragebögen etwas Auffallendes, so schoben wir uns den Akt gegenseitig zu, vor allem dann, wenn es um Personen ging, die uns persönlich bekannt waren. Es lebten in unserer Jugendzeit mehrere Weißrussen in Marburg und fielen damals als Flüchtlinge auf.

»Kennst du die Dakaro? Lies, was die sich hineinzuschreiben getraut hat! – Nun, sie ist noch jung und unerfahren.« – »Da sind die Glebow, die hast du sicher gekannt.« So stießen wir auf die Unterlagen von Bekannten. Glebow war einer meiner Mitschüler in der Realschule. Sein Vater, ehemals Oberst, war in Marburg Taxifahrer und hatte hinter dem Kalvarienberg ein kleines Häuschen erworben. Sie lebten in sehr ärmlichen Verhältnissen und konnten zur Not eine Kuh halten. Die Mutter stammte aus polnischem Adel und besuchte jede Woche den französischen Zirkel. In ihrem Protokoll hat der Vernehmer den Vermerk angefügt: »Die dumme Gans hat Angst und zittert.« Das Verhör ist wohl dementsprechend verlaufen.
Die Photos von zwei alten Männern fielen mir auf. Es waren die bärtigen Gesichter zweier Brüder, beide über siebzig. Den Unterlagen zufolge waren beide Generale der russischen Armee, die es nach Südserbien verschlug. Einer fand dort als Mesner Beschäftigung, der andere war abgebildet, wie er am Schragen steht und Brennholz schneidet. Die beiden hatten ebenfalls keine Antwort auf die Frage gefunden, wie sie zum IB stünden.
Immer wieder begegneten uns bekannte Namen, wie die Ninakows und die Molćanow, andere sind mir bald wieder entfallen.
Karlo stieß mich wieder einmal: »Kennst du den?« Es war Gerźina Janko, ebenfalls Mitschüler von mir. Wir lasen in seinem Lebenslauf: Er wurde königlicher Offizier der Infanterie, heiratete eine Russin, deretwillen er große Unannehmlichkeiten erfuhr, es war sogar ein Bild seiner Frau beigeheftet, eine hübsche Person mit einer Bluse, wie man sie zu Biedermeierzeiten trug. Es folgte eine Geschichte, die wie ein Roman klang und mir deshalb in Einzelheiten in Erinnerung blieb:
Bei Gerźina hatte ein russischer Major sich ein Zimmer gemietet. Die Frau war erfreut, einen Gast aus ihrer Heimat

beherbergen zu können und bemühte sich, ihm den Aufenthalt möglichst angenehm zu machen. Wenn er Zigaretten wollte, schickte sie ihren Buben los, diese zu besorgen; wenn er am Morgen zum Friseur wollte, hielt sie ihn zurück und bot ihm den Rasierapparat ihres Mannes an. Als er sie bat, für ihn einen größeren Geldbetrag zu verwahren, wies sie ihm dazu einen Platz im Wäscheschrank an. Eines Tages jedoch machte der Major einen riesigen Krach, begann zu toben und schrie, das Geld sei ihm gestohlen worden. Dabei fiel ihm die Brieftasche zu Boden und heraus fiel eine Legitimation mit den Buchstaben NKWD darauf.

Alle Unschuldsbeteuerungen halfen der Frau nichts, sie wurde eingesperrt und als schuldig abgeurteilt. Sowohl ihre Mutter, die in Belgrad lebt, wie auch sie haben ihre Pelzmäntel verkauft und sind seit Jahren dabei, Raten für ihre »Schulden« zu bezahlen. Doch, damit schließt der Bericht, jetzt sei sie zuversichtlich. Sie habe nun einen Richter gefunden, der ihr Glauben schenke und vielleicht noch helfen könne.

Ich konnte mir gut vorstellen, welche Behandlung Janko unter solchen Umständen erfahren wird. Dabei sah ich ihn vor mir, wie er in den Weihnachtsferien in Marburg stolz in der roten Hose durch die Herrengasse promenierte.

Was im Land nach Kriegsende los war und wie es zur Zeit draußen zuging, konnten wir von einzelnen Mitgefangenen hören. Die Kämpfe zwischen Cetniks und Partisanen tobten demnach noch Jahre weiter, und in den Bergen wurden Dörfer bald von dieser und dann wieder von der anderen Seite besetzt. Ein Häftling, der uns »Bevorzugten« täglich das Essen zu bringen hatte, erzählte uns, während er in einem Holzkübel die Suppe durch die Tür schob, folgendes Schicksal: Er war Bauer in einem umkämpften bosnischen Dorf. Er mußte so wie alle anderen bald der einen, bald der anderen Partei Nahrungsmittel liefern. Als die Kämpfe endlich beendet und die Kommunisten siegreich blieben, wurde er als »jatag«, als Verräter, angeklagt und sollte ein entsprechendes Geständnis ablegen. Beim Verhör wurde er mit Händen und Füßen an eine Stange gebunden und geschaukelt. Er beteuerte trotzdem seine Unschuld. Doch dann wurde die Tür zu einem Nebenraum geöffnet, und er mußte zuschauen, wie seine Frau die gleiche Folter erdulden mußte. Daraufhin war er bereit zu gestehen, so erzählte er uns.

Der gesprächige Golubjew schilderte daraufhin, wie es ihm ergangen sei: Er stand im Krieg auf der Seite der Cetniks und ist mit diesen nach Italien geflüchtet. Dort wurden sie in ein Gefangenenlager bei Neapel gebracht. Der italienische Lagerleiter wollte die Cetnikoffiziere zu einem Arbeitseinsatz anwerben. Die Serben saßen beim Kartenspiel »Geh, frag ihn«, sagte der eine, »was ist, kriegen wir dasselbe Essen wie bisher, wenn wir zur Arbeit gehen?« Das sei der Fall, war die Antwort. »Dann schieb ein solches Ansinnen von uns weit weg«, sagte darauf einer der Serben. Golubjew fand eine solche Haltung imponierend und war auf die Neapolitaner schlecht zu sprechen, allein schon deshalb, weil sie ihn, den Polizeichef von Smederewo, bestohlen hatten.

Er kehrte nach Jugoslawien zurück und glaubte, die erste Begeisterung sei abgeklungen und die Zeit gekommen, um wieder allmählich nach oben zu schwimmen. Da hat sich aber der Schlaumeier getäuscht, alle Ausreden halfen nichts, bald lag er in Fesseln und wurde beim Verhör ordentlich in die Kur genommen. Die einzelnen Schicksale der Insassen der Russenstube waren sehr unterschiedlich, und zunehmend mußten wir feststellen, daß man nicht jedem in gleicher Weise trauen durfte.

Zukow konnte sich, als wir im Hofe Runden drehten, eine Tageszeitung verschaffen und fand darin einen wüsten Hetzartikel gegen die Deutschen. Die schlimmsten Kriegsverbrecher wären demnach die Zahlmeister gewesen. Sie hätten sich mit besonderer Passion am grausamen Morden beteiligt. Er gab mir wortlos das Blatt. Wir sprachen beide kein Wort, doch ich las in seinen Augen, daß wir uns verstanden.

Bei den samstägigen Rundgängen spähte Zukow angestrengt zur Nachbarzgrada hinüber. Häufig kam dort zur gleichen Stunde die »Marie« – bei uns »grüner Heinrich« genannt – an und schob sich rückwärtsfahrend zum Eingang. So konnten, vor neugierigen Blicken geschützt, Neuankömmlinge ausgeladen werden. Wenn dann der Wagen wegfuhr, stand auf den Stufen ein Einkaufskorb. Damit war es Frau Zukow gelungen, ihrem Mann etwas zukommen zu lassen. Sie lebte in Belgrad und hatte einen Weg gefunden, Lebensmittel ins Gefängnis zu schicken, wenn auch keine Gewähr gegeben war, daß die Sendungen ihren Mann erreichen würden.

Die Russen spielten gerne Domino, manchmal trugen sie einen Schachwettbewerb aus. Der Professor verlor gegen Sokolow regelmäßig, ärgerte sich und konnte es nicht verstehen, da sein Partner doch nur bis zur 6. Klasse im Gymnasium gekommen war. Kartovcev – seinen richtigen Namen haben wir nie erfahren – erfand neue Unterhaltungsspiele. Er band einen rostigen Eisenring an einen Faden und diesen an eine Rute. Mit dieser Angel sollte jeder versuchen, den Ring um den Hals einer Flasche zu legen, die er auf den Tisch stellte.

Um sich die Zeit zu verkürzen, sangen sie auch Lieder oder hopsten im Kreis, wenn ihnen ein Spiel aus ihrer Kinderstube einfiel.

Auf irgendeinem Weg kam das Buch »San Michele« von Axel Munthe in unsere Bude. Alle lasen es reihum, danach diskutierten wir darüber und stellten fest, daß jeder eine andere Episode besonders interessant und bemerkenswert fand. Kartovcev hingegen hielt sich abseits und beteiligte sich an solchen Gesprächen nicht. Als wir auf die Schreckensherrschaft Peters des Großen zu reden kamen und Vergleiche anstellen wollten zwischen den Zuständen in den damaligen russischen Gefängnissen und unserer momentanen Lage, wollte er davon schon gar nichts wissen. Auf Rußland und seine Geschichte wollte er nichts kommen lassen. Aus seinem Leben erzählte er uns folgendes:

Aus dem alten, wie er es nannte, faulen Jugoslawien sei er in die Sowjetunion geflüchtet. Als Beruf habe er den eines Wagners erlernt. Auf seinem Weg über die Karpaten in die Ukraine habe er manches Abenteuer bestehen müssen. In Moskau sei er an die politische Hochschule gekommen und habe geheiratet. Seine erste Frau sei allerdings nicht »linientreu« gewesen, weshalb er sich wieder bald scheiden ließ. Nach Rückkehr in seine Heimat habe er sich erneut verehelicht. Hierher in das Gefängnis sei er gekommen, weil er »kominformtreu« geblieben sei und nicht den neuen Kurs gewählt habe.

Am ehesten ließ er sich mit Zukow auf Gespräche ein. Dieser äußerte sich über Kartovcev abfällig; er sei ein Einfältiger und wolle mit Karten auftrumpfen, die von anderen gemischt wurden.

Zukov war ein ganz anderer Typ. Sein Wahlspruch lautete: ›Bücke dich, das Geld liegt auf der Straße!‹ Ich habe selbst in den zwanziger Jahren das zaristische Wandertheater erlebt, das von Zukow geleitet wurde. Mir sind Aufführungen in Marburg in Erinnerung geblieben. Eine davon war der »Revisor« von Gogol. Obwohl ich russisch nicht verstand, bildete ich mir ein, bei der Vorführung gut mitgekommen zu sein.

Gospodin Branko kam mit der Idee, jeder von uns sollte einen Vortrag halten. Dazu hatte er sicher Auftrag erhalten. Karlo drückte sich herum, er könne auf seinem Gebiet keinen Beitrag leisten, nachdem wir mit unserem Professor eine juridische Kapazität bei uns hätten. Zukow schlug vor, Solowjew solle über Frauen und Liebe referieren. Dieser machte auch den Anfang, es wurde aber ein höchst langweiliger Vortrag, der zu einer Sammlung geschichtlicher Daten wurde. Zukow war, wie wir alle, enttäuscht, doch wir waren alle bemüht, möglichst unverfängliche Themen zu finden. Ich sprach zunächst über die geologische Entstehung des Karst und danach über dessen Pflanzenwelt. In der Diskussion zu jedem Thema wurde die aktive Teilnahme eines jeden mittels Punktesystem bewertet. »Die Insektenwelt« war das nächste von mir gewählte Thema. Gembaćew erwies sich als ein besonders eifriger, wenn auch ungeschickter Fragesteller. In meiner Verlegenheit, worüber ich noch sprechen könnte, entschloß ich mich zu »die Insektenwelt II. Teil«. Ich glaubte, damit für eine Diskussion unverfänglichen Gesprächsstoff zu bieten und holte mein ganzes Wissen auf diesem Fachgebiet hervor. Das Ausgefallene fand mehr Interesse, so erzählte ich von der Mantis religiosa – der Gottesanbeterin –, von den Chrysopidaeen – den Florfliegen und kam auf Nützlinge und Parasiten zu sprechen. »Wozu gibt es Schädlinge auf der Welt?« unterbrach mich Gembaćew, der sich als besonders eifriger Diskutierer bewähren wollte. Zukow belehrte ihn gleich, es müßte doch alles im Gleichgewicht bleiben, das sei doch so im Schöpfungsplan Gottes. Für diese Äußerung erhielt er von Branko sofort einen Minuspunkt. Zukow ärgerte seine Unbedachtheit, und er ging mit rotem Kopf auf und ab. Man konnte nie vorsichtig genug sein, die persönliche Einstellung war bald verraten. Gleichzeitig erhielt auch ich von Branko eine Verwarnung, ich solle endlich das Thema wechseln und nicht ständig von Insekten reden. Er selbst beteiligte sich nie am Gespräch und hörte uns wortlos zu.

Wir wurden auch zu Filmvorführungen geführt. Das Kino war in einer ehemaligen Kirche, deren eine Hälfte den Katholiken und die andere den Orthodoxen zur Benutzung

eingeräumt war. Es waren vornehmlich Filme, die von den »Greueltaten der deutschen Wehrmacht« handelten. Wir von der bevorzugten »Sonderabteilung« erhielten ganz rückwärts die besten Plätze zugewiesen. Die übrigen Häftlinge wurden danach hereingeführt. In den Pausen, wenn es hell wurde, glaubte ich, den einen oder anderen Bekannten zu erkennen. Einmal sah ich Paul Wilde mitten unter Serben. Als ich seinen Namen rief, zuckte er tatsächlich zusammen.
Für manche wurde der Kinobesuch zu einem Martyrium. Es waren welche, die dringend hinaus wollten, aber man ließ sie nicht. Einzelne robbten im Dunkeln nach vorne in den »Orchestergraben« in der Hoffnung, einen Ausgang zu finden. Bald gab es ein Stoßen, Dreinschlagen und Geschrei. Einer fiel mir durch seine absonderlichen Gebärden auf, es war offensichtlich ein Taubstummer. Der Kinobesuch war immerhin die einzige Möglichkeit, aus der Strafanstalt herauszukommen und etwas anderes zu sehen. Zur ebenen Erde war ein Fenster mit Blumentöpfen. Dahinter sollte angeblich das einzige weibliche Wesen der Anstalt, eine Dolmetscherin, hausen, doch wir bekamen sie nie zu Gesicht. Vor dem Eingang zum Kino erfreute uns ein Blumenbeet mit Portulak. Von dessen Samen steckte ich einige Kügelchen in die Tasche. Nach meiner Heimkehr fand ich sie darin, brachte sie im Gailtal zur Aussaat und erlebte zu meinem Erstaunen dort deren Aufgehen.
Als ein großes Glück empfand ich es, wenn sich die Gelegenheit bot, einem der ehemaligen Kameraden zu begegnen. Da alle die gleiche Anstaltskleidung trugen und den Kopf kahl geschoren hatten, war es gar nicht leicht, sich zu erkennen. Einmal auf dem Weg zur Dusche, konnte ich einen kurzen Gruß mit Jup Breuer, dem Sänger von der »Werschetzer goldenen Sieben«, wechseln. Beide empfanden wir dabei große Freude.
Ich erfuhr, daß auch in diesem Hause Apold sein Unwesen

treibe. Er nannte sich jetzt »Gospodin Karlo« und wurde des öfteren im Glaspalast gesehen.

Je länger wir mit den Weißrussen zusammenlebten, um so größer wurde das gegenseitige Mißtrauen. Golubjew konnte nicht maschineschreiben und diktierte dem Gembaćew in die Maschine. Dabei konnte er es nie lassen, seine spöttischen Bemerkungen über Bekannte anzubringen. Er hätte immer gerne den großen Herrn gespielt und war den anderen neidig. Jener habe auf zu großem Fuß gelebt, auf solide Weise habe er sich ein derartiges Leben nie leisten können. Warum er sich nicht »de Gembaćew« nenne, hänselte er seinen Kollegen, Ante Pavelić Poglavnik habe doch die Adelstitel wieder eingeführt. Golubjew war ein Ängstlicher und wollte nicht mehr mit zum Duschen geführt werden, in der Sorge, er könnte einem begegnen, über den er im Protokoll Abfälliges geschrieben hatte. Als ich einmal mit Gembaćew allein war, vertraute er mir an, Golubjew sei im alten Rußland selbst Adeliger gewesen, denn er habe den Beruf eines Richters ausgeübt und der sei nur derart Privilegierten vorbehalten gewesen. Vor der Spöttelei Golubjews blieb keiner verschont. Über jeden wußte er etwas Abfälliges. Lediglich die beiden jungen, Sokolow und Zerebkow ließ er ungeschoren. Vor ihnen hatte er Respekt, da sie eingeschriebene Mitglieder der kommunistischen Partei waren. Ich mußte mich zurückhalten und beherrschen, wenn er über die Tiroler loszuziehen begann. Zukow nannte er eine negroide Venus, weil er beleibt war. Solojew wiederum mußte sich wegen seines Verhaltens in der Vorkriegszeit Verleumdungen gefallen lassen.

Am Abend spielte Golubjew den Frommen. Er kniete auf seiner Pritsche, betete und bekreuzigte sich an die zwanzig Mal. Wenn er mit mir ein Gespräch anfing, hatte ich immer den Verdacht, er wollte mir Fangfragen stellen. So, wenn er sich beispielsweise plötzlich an mich wandte: »Warst du

nicht damals in Belgrad?« Ich war überzeugt, er versuchte sich durch Denunziation die Freiheit zu erkaufen.
Gospodin Branko hatte es besonders auf mich abgesehen. Während wir unseren Rundgang im Hof machen durften, mußte ein Krimineller unsere Stube säubern. Es war ein riesiger Kerl von Statur, aber äußerst einfältig. Bereits dreimal hatte Branko uns Österreicher beschuldigt, wir hätten Schreibseiten in den Abtritt geworfen, die der Riese gefunden habe. Wieder einmal winkte mich Branko zu sich. Er hielt ein rosa Papier in der Hand, das der Aufräumer im Abfallkarton gefunden hätte. Ein französisches Liebeslied stand auf dem Zettel. Ich hatte es für Professor Solowjew geschrieben, der daran soviel Gefallen fand. Ich mußte das Gedicht dem Gospodin übersetzen. Er blieb jedoch mißtrauisch und befahl noch zwei anderen, den Text auf dem rosa Zettel ins Serbische zu übertragen.
Zu Weihnachten wurde der Riese amnestiert. Er hatte sich offenbar die nötigen Verdienste erworben.
Nach längerer Zeit wurden die zunächst Verschlosseneren auch gesprächiger und erzählten von ihrem Schicksal. So war Zerebkow zu zwei Jahren verurteilt. Als Angestifteter sei er so milde davongekommen. Er sprach gerne von Rußland und bewunderte dessen Größe und Macht. Nicht verstehen konnte er, wieso man seinerzeit Alaska an die Amerikaner verschachern konnte. Stolz war er darauf, daß er, der gebürtige Tifliser, einen ähnlichen Namen wie Lenin trage. Ilija Vladimiroca. Wenn er einmal einen Sohn haben werde, müsse dieser gleich wie Lenin Vladimir Ilić heißen. Zeitweise fanden wir Zerebkow arg deprimiert. Solowjew verstand es, ihm eine moralische Spritze zu verabreichen und ihn wieder aufzurichten.
Sokolow hatte drei Jahre bekommen. Als Anstifter müsse er länger büßen. Seine Gesichtsblässe, er hatte eine richtige Topfenfarbe, habe er, seit er in der Wasserzelle, in der

»vodenica« vernommen wurde. Er hatte davor Angst, in Freiheit wieder durch die Straßen zu gehen. Man werde mit den Fingern auf ihn zeigen. Stolz war er auf seine Schwiegermutter, weil sie ein besonders eifriges Parteimitglied wäre. Aber die Leute seien den Parteimitgliedern gegenüber gehässig. Man stelle sich vor, so erzählte er uns, die Schwiegermutter habe vor dem Geschäft beim Einkauf in der Schlange stehen müssen. Da habe man ihr eine Nadel vierfingertief in den Hintern gestochen. Wir übersahen aber gerne sein häßliches Äußeres, wenn er mit seiner wunderschönen Baßstimme ein Lied sang, das »Eremitenglöcklein« anstimmte und dabei von seiner Gildućka schwärmte.
Drasinower schien ein recht Einfältiger zu sein. Er fand in einem Zeitungsausschnitt ein Flugzeug abgebildet. Die Zeitungen, »Der Schaffende« und »Onedejak« bekamen wir ab und zu zu lesen, da jubelte er: »Seht das erste jugoslawische Flugzeug, hier im Land gebaut!« Als ich wissen wollte, wo diese Fabrik stünde, schwieg er, das sei millitärisches Geheimnis. Wie heimtückisch er war, zeigte sich erst, als er eines Tages verschwunden war. In seiner Lade fanden wir Zettel, fein säuberlich mit Maschine beschrieben, die Einwürfe und Diskussionsbeiträge der Teilnehmer bei den uns befohlenen Vorträgen. Ob auch er als Denunziant bevorzugt wurde, entzog sich unserer Kenntnis.
Nach jeder Woche mußten wir eine Aufstellung über unsere geleistete Arbeit vorlegen. Der Arbeitsanfall war tageweise recht unterschiedlich, manchmal gab es Leerlauf. Der Professor konnte nie herumsitzen und nichts tun. Er bat mich, mit ihm Sprachstudien zu betreiben. Das tat er auf eine besondere Art. Er suchte in Französisch oder im Italienischen und Deutschen sinnverwandte oder gleichlautende Begriffe mit gleichem Anfangsbuchstaben. Dabei sollte ich ihm helfen. So zum Beispiel: Guillaume = Wilhelm, Guido = Weiser, Guerra = Wehr, Guardia = Warte, Guépe = Wespe, guise =

Weise, ginder = Winden und so fort. Ich mußte seine Sprachkenntnisse und seine Energie bewundern. Jeden Morgen sah ich Professor Solowjew beim Lesen eines Buches. Es war ein russisch-orthodoxes Gebetbuch, wie ich auf einen Blick beim Vorübergehen bemerkte.
Dem Deutschtum war Solowjew nicht sonderlich gewogen. Er war aber ein gründlicher Kenner unserer Literatur, mit der er sich kritisch auseinandersetzte. Auch an Goethes *Faust* hatte er einiges auszusetzen. Der häufige Szenenwechsel entspräche nicht dem griechischen Ideal und es würden darin viel zuviele Personen auftreten. Er konnte aber den Prolog zu *Faust* auswendig hersagen. Er war auch nicht wenig stolz auf seine Bekanntheit und rühmte, er sei bereits in mehreren Büchern zitiert. In einem sei er sogar dreizehnmal erwähnt und sein Name sei unter einem Sternchen zu finden.
Mit besonderem Eifer ging er an die Arbeit, als die russischen Mitgefangenen Auftrag erhielten, die Zeitschrift »Vreme« auf etwaige verfängliche Artikel durchzusehen. Die Jahrgänge dieser Zeitschrift waren in dicken Folianten gebunden. Sie war vor dem Krieg erschienen, von Russen redigiert, jedoch in serbischer Sprache abgefaßt.
Das Osterfest fiel in diesem Jahre nach katholischem und orthodoxem Ritus ausnahmsweise zusammen, so konnten wir es gemeinsam feiern. Zukow freute sich auf diesen Tag, hatte die Vorbereitungen dafür übernommen und gab sich dabei größte Mühe. Auf den Tisch wurden Leintücher gebreitet, und auf jeden Platz legte er eine Olive. Professor Solowjew vertraute mir an, Zukow sei eigentlich jüdischer Abstammung und er komme aus einem galizischen Dorf. Er sei als Jude in Dachau eingeliefert worden.
Als wir dann zu Tisch saßen, wollte das Erzählen über die Osterbräuche im alten Rußland kein Ende nehmen. Die größten Reisen habe man auf sich genommen, um das Fest

mit den Bekannten zu feiern, und gar manche lustige Episode war ihnen in Erinnerung geblieben. Auch Zukow wußte eine solche.
Nach dem langen Anmarsch hätten ihn die Schuhe gedrückt und die Füße geschmerzt. Daher habe er unter dem Tisch die Schuhe abgestreift. Das Tischtuch an der langen Tafel habe bis zum Boden gereicht, und so habe davon keiner der übrigen Gäste etwas bemerken können. Beim Aufbruch allerdings habe er vergeblich mit den Füßen unter dem Tisch herumgetastet und nach Schuhen gesucht. Er sei auf dem Stuhl herumgerutscht, bis alle aus dem Zimmer waren und habe dann der Gastgeberin gestehen müssen, daß er in Socken dastehe. Des Rätsels Lösung wurde bald gefunden. Die Buben der Hausfrau waren während der langen Schmauserei, von allen unbemerkt, unter den Tischen herumgekrochen.
Zukow klagte öfter über Sehstörungen und schrieb dies dem Mangel an Vitamin A zu. Hagebutten wären hierfür ein gutes Mittel, meinte er. Ich schrieb nach Hause und bekam prompt im nächsten Päckchen ein derartiges Pulver. Zukow war hocherfreut, wollte aber den Genuß unbedingt mit uns allen teilen. Gembaćew sollte daraus Tee bereiten. Erich Valstyn erhielt ebenfalls ein Paket mit Kakao, den er ebenfalls Gembaćew übergab, damit er uns ein Getränk bereite. Am folgenden Tag fand ich die Hagebutten in der Latrine und Gembaćew erklärte mir auf meinen Vorwurf hin: »Wir haben jetzt Kakao, der ist besser. Die Hagebutten habe ich weggeschüttet.«
Wir drei, Karlo, Erich und ich mußten bald einsehen, daß es richtig war, nicht alles mit den Russen zu teilen. Die Versorgung mit Paketen aus der Heimat war sehr unregelmäßig, und der Inhalt der Sendungen wurde uns vielfach nur zum Teil ausgehändigt. So bekamen wir zunächst die guten Zigaretten nicht, dann auch von den schlechteren nur wenige

und schließlich gar keine mehr, Karlo hatte in einem Säckchen fleißig die Kippen gesammelt, und die Russen bettelten darum. Wie sorglos sie in den Tag leben konnten, mußten wir noch öfter erfahren.
Da hatten wir uns aus Konservendosen einen kleinen Ofen gebaut. Er funktionierte so ausgezeichnet, daß es uns gelang, mit einer einzigen Zeitung eine Schale Tee zu wärmen. Die Wärme wurde in einer Konusöffnung raffiniert zusammengeführt. Gembaćev spielte zumeist für uns den Koch und wärmte uns das Essen, während wir in den Hof durften. Es war in den kalten Wintertagen, und wir froren arg an den Füßen. Auf unser Bitten hin verschaffte uns Branko neue Fußlappen. Während unseres Rundganges hat Gembaćew einfach unsere kostbaren Fußtücher verbrannt, weil er angeblich gerade nichts Brennbares finden konnte.
Wes Geistes Gembaćew war, beleuchtet folgende Begebenheit: Kurz vor seiner Verhaftung hatte er ein zweites Mal geheiratet, eine ältere Kroatin, die nun die vier Kinder aus der ersten Ehe zu betreuen hatte. Er bekam von ihr Post, worin sie sich über die Schwierigkeiten beklagte, die sie in der Kindererziehung habe. Der älteste Bub sei widerspenstig und dermaßen jähzornig, daß er einen Gespielen kürzlich kurzerhand aus dem Fenster geworfen habe. Dieser sei nun gelähmt, und sie wisse sich nicht zu helfen. Gembaćew zeigte sich verzweifelt und stellte an die Gefängnisverwaltung den Antrag, man möge den Sohn ebenfalls einliefern und ihm übergeben. Als dieses Ansuchen abgelehnt wurde, bekam er erst recht einen Wutanfall.
Golubjew war da anderer Meinung. Sein Sohn sollte auf keinem Fall erfahren, wo sich sein Vater befindet. Er würde noch früh genug deshalb Schwierigkeiten bekommen. Gulobjew war Polizist mit Leib und Seele und am liebsten wollte er sich als Detektiv bewähren. Jede kleine Veränderung an unserem Gehaben oder an unserem Äußeren war für ihn

Anlaß, dies zu registrieren. Dieses Beobachten wurde ihm dadurch erschwert, daß wir alle in gleicher Kleidung umherliefen, am gleichen Tage geschoren wurden und uns am gleichen Tage rasieren durften. Dennoch unterzog er uns jeden Morgen einer genauen Visite. Ein Stimmungswechsel könnte bereits Anzeichen für einen Gesinnungswandel liefern. Heimlichkeiten wurden von ihm mit besonderer Aufmerksamkeit verfolgt.

So registrierte er, daß wir Milchpulver, das wir geschickt erhielten, für uns zurückbehielten. Als Karlo seinen Hochzeitstag würdig begehen wollte, breitete er auf dem Strohsack ein Leintuch aus, legte darauf einige Kleinigkeiten, die er geschickt bekommen hatte und lud Erich und mich ein, bei ihm Platz zu nehmen. Gulobjew sah uns zu, schrieb etwas auf einen Zettel und schlich bei der Tür hinaus. Karlo lief hinterher, den Gang entlang und konnte ihn gerade noch daran hindern, das Papier durch das Gitter einem Posten zuzuschieben. Der Zettel fiel ihm glücklicherweise zu Boden. Darauf stand zu lesen, die drei Österreicher feierten einen Tag der Nazi. Dies wollte er weitermelden. Mit derart lächerlichen Naivitäten mußten wir immer wieder rechnen.

Eine Woche um die andere verstrich. Der Sommer wie der Herbst gingen vorbei und wieder zog ein neuer Winter in das Land. Um sich zu erwärmen, schlug Gembaćew vor »kazaćok« zu tanzen. Er war ein guter Tänzer, und durch einige Tage waren alle fleißig dabei, diesen Tanz zu üben. Selbst Professor Solowjew ging taktmäßig in die Knie. Doch dann mußte Gembaćew selbst diese Anstrengung aufgeben, da er starke Hämorrhoidenblutung bekam. Als ich in den kalten Nächten unter der Decke zu frieren begann, kam mir das SA-Hemd in meinem Karton in den Sinn, das ich bei der Schnüffelei, die es unter den Sträflingen gab, nie anzuziehen wagte. Ich schlich in den Waschraum und zertrennte es kurzentschlossen. Mit den Flicken konnte ich so die gröbsten Löcher

meiner Decke stopfen. Ich konnte die Näharbeit fertig bringen, ohne entdeckt zu werden.
So kam wieder Weihnachten, das sechste in meiner Gefangenschaft. Wir Österreicher hatten aus Karton ein kleines Bäumchen zurechtgeschnitten, stellten uns dazu und sangen Weihnachtslieder. Das gefiel den alten Russen, und sie setzten sich danach zu uns.
Den Abend verbrachten sie mit Briefschreiben. Dazu erhielten die Russen höchst selten und nur ausnahmsweise die Genehmigung. Zerebkow war einer, dem die Erlaubnis hierzu öfter erteilt wurde. Pjotr Sokolow durfte an diesem Abend gleich zwei Briefe schreiben, einen an seine Gildućka und einen weiteren seiner »clan Partije«. Unsere Stubengenossen durften auch keine Pakete erhalten, auch nicht solche vom Roten Kreuz. Sie waren somit von der Außenwelt noch mehr abgeschnitten als wir.
Dann kam die Zeit, in der unsere Abteilung allmählich aufgelöst wurde. Der erste, der verschwand, war Drasinower. Als nächster kam Zukow dran. Solange er bei uns war, behauptete er die Benutzung eines alten Lehnsessels. Nach seinem Abgang gab es Streit um dieses Erbe. Nach einem verbissenen Kampf blieb schließlich Kartovcew Sieger, denn er sei der Würdigste, behauptete er von sich. Doch dann war er der nächste, der Abschied nehmen mußte. Weder sie noch wir wußten, wohin jeder einzelne gebracht wurde.
Das Abschiednehmen wurde jedesmal zu einem Zeremoniell. So wie es der russische Brauch verlangt, saß man zunächst eine Minute lang schweigend nebeneinander. Früher habe man dabei ein »Vater unser« gebetet, wurde mir erklärt. Ich erinnerte mich daran, im Film »Der Postmeister« eine ähnliche Szene gesehen zu haben. Dann gab es Umarmungen und viele gute Wünsche. Als Professor Solowjew schließlich abgerufen wurde, geleitete ich ihn zur Tür. Dort wandte er sich plötzlich noch einmal an mich: »Woher

kannst du Serbisch?« Mir lief es kalt über den Rücken, und ich zögerte mit einer Antwort. Warum fragt er mich das in dieser Stunde? – Ich schwieg.

Wir drei Österreicher wurden in eine Samica, eine Einzelzelle, gebracht. Es wurde uns eine neue Aufgabe übertragen, nämlich erbeutete Schriftstücke der deutschen Wehrmacht zu übersetzen. Diese Dokumente waren zu dicken Ordnern angewachsen. Dabei waren nicht wenige der Stufe »Geheime Kommandosache«, die befehlsgemäß rechtzeitig verbrannt oder anderwärtig vernichtet werden sollten. Sie boten erneut die Möglichkeit, an uns verfängliche Fragen zu stellen.

Beim Schreiben wurde Wert auf größte Genauigkeit gelegt. Klammerausdrücke mußten erklärt, Abgekürztes voll ausgeschrieben und Paragraphen in der gleichen Farbe nachgemalt werden. Wurde eine Übersetzung als unvollständig oder unzulänglich befunden, kam der Akt sofort wieder an uns zurück. Wer unsere Arbeit kontrollierte, wußten wir nicht. Es wurde somit wieder eine Zeit der Ängste und des Mißtrauens.

Leider wurde ich von Karlo und Erich getrennt, saß zunächst allein in der Zelle, dann wurde Gembaćew Mitbewohner. Jetzt erfuhr ich gar manches aus seinem Leben.

Er war gemeinsam mit seinem Bruder aus Rußland geflüchtet. Sie flohen über das Schwarze Meer. Auf dem Schiff sei er seekrank geworden, und dieser Zustand der Übelkeit wollte kein Ende nehmen. Da sei einem Arzt neben ihm eine Flasche mit Salmiak zerbrochen. Beim Einatmen der Dämpfe sei ihm auf einmal wohler geworden.

Gembaćew und sein Bruder wollten in Belgrad ihre Studien fortsetzen und bezogen mit einem dritten gemeinsam ein Zimmer. Sein Lerneifer sei nicht groß gewesen, obwohl er sich leicht getan hätte. Vor Prüfungen sei er in Angst geraten, und da habe er vom Zimmerkollegen Heroin zum

Schnupfen bekommen. Sein Bruder habe davon gar nichts bemerkt.
Wenn er in der Gesellschaft, etwa als Tänzer in der Faschingszeit, groß auftrumpfen wollte, habe er sich wieder »Stoff« besorgt und er sei sich als der glänzendste Gesellschafter an solchen Abenden vorgekommen. Aber dann sei er dieses Teufelszeug nicht mehr losgeworden. Ohne so ein weißes Pulver zu nehmen, sei er am Morgen nicht mehr aus dem Bett gekommen. Später sei sein halber Lohn daraufgegangen, um sich das notwendige Heroin zu beschaffen, und in den Nächten habe er an alle Fensterläden der Apotheken geklopft. Eine alte Zigeunerin, so hieß es, könne ihm helfen. Jeden Morgen kam sie an sein Bett und begann mit ihren Besprechungen. Ob diese von Erfolg gewesen wären, wisse er nicht, denn inzwischen sei er hier eingeliefert worden. So schloß sein Bericht.
Mein nächster Zellengenosse hieß Mircović alias Hirschmann, eine eigenartige Persönlichkeit. Er war ein erklärter Anhänger des serbischen Königshauses und als solcher während des Krieges in Budapest untergetaucht. Dort habe er einen Blinden markiert und unter einer Brücke die Drehorgel gedreht, um seinen Lebensunterhalt zu finden. Dabei habe er seine Frau kennengelernt, die ihm zuliebe zwei Berufe ausübe und so regelmäßig Pakete schicken könne. »Wollen Sie nicht etwas aus meinem letzten Paket verkosten?« unterbrach er seine Lebensbeichte. »Meine Frau rührt immer Milch unter das Fett. Damit bringt sie Bestandteile in die Nahrung, die auch für Sie wichtig sind. Sie bekommen ja immer nur Dauerwaren geschickt.« Er schwatzte gerne und redete auf mich ein. Er fühle sich jetzt überhaupt gesundheitlich wieder in Ordnung, seit ihn der SS-Arzt Dr. Riedl in einer Roßkur von fürchterlichen Schmerzen befreit habe. Er meinte auch: »Wenn Sie nach Hause kommen, werden Sie sicher wie ein Held gefeiert werden. Ich werde mit einem

Schild auf dem Rücken herumlaufen müssen, auf dem das Wort ›Jude‹ steht.« Ich mußte an seinem Verstand zweifeln. Unverständlich war auch sein übertriebener Arbeitseifer. Es war uns gestattet, einmal im Tag ein paar Runden im Hof zu drehen. Selbst dazu nahm er sich nicht die Zeit. Wenn schon seine Frau so fleißig sei, dürfte er ihr auf keinen Fall nachstehen.

Meine österreichischen Freunde konnte ich tagsüber bei der Schreibarbeit treffen. Wir wurden gedrängt, schneller zu arbeiten, waren aber überzeugt, daß wir uns mit einer übererfüllten Norm keine Fahrkarte in die Heimat erkaufen konnten. Im Gegenteil, unseren Erfahrungen nach konnte ein solcher Fleiß nur dazu führen, daß die Norm für andere noch höher angesetzt wurde.

Es ist eigenartig, worauf man in einer solchen Lage seine Hoffnung zu setzen wagte. Wir hörten davon, daß in Korea Krieg ausgebrochen sei, in den die Weltmächte verstrickt wären. Naiverweise war dies für uns Anlaß zu glauben, damit könnten unsere Chancen steigen, die Freiheit wiederzuerlangen.

Die Übersetzungsarbeiten liefen auf Hochtouren. Wir hatten zuwenig Schreibmaschinen, und so mußte an ihnen in drei Schichten gearbeitet werden. Die Maschinen mußten wir beim Wechsel in den Gang stellen, wo sie von Dolmetschern aus den Nachbarzellen abgeholt wurden. Es mußte durchgearbeitet werden, auch keine Mittagspause gab es mehr. Wir sorgten aber schon dafür, daß die Maschinen nicht heißlaufen konnten.

Aus dem Glaspalast war den ganzen Tag ein Lautsprecher zu hören. Die meisten Sendungen galten den »jungen Pionieren«, denen via Rundfunk immer in neuen Varianten die Heldentaten der Partisanen vorgestellt wurden.

Beim nächsten Wechsel kam Stefanović als Mithäftling in meine Zelle. Er war ehemals Bezirkshauptmann in einer

Kleinstadt und wußte manche Geschichte aus seiner Verwaltungspraxis zu erzählen:
So, wenn während des Krieges die Deutschen von ihm die Stellung von Geiseln verlangt hätten, habe er stets hierfür einige Zigeuner »auf Lager« gehabt. Wenn dann eine Zigeunerin in die Amtsräume gestürmt kam »Sve naśe muźeve pobiśe!« (Alle unsere Männer haben sie erschlagen), habe er ihr kein Wort geglaubt. Wenn er sie dann richtig anbrüllte und drohte, habe sie ihm zugeflüstert: »Sie sind schon im Wald versteckt.« Die Deutschen seien auf ein solches Theater immer hereingefallen und hätten in ihrer Einfalt alles geglaubt.
Ein andermal wollten die Bewohner eines Dorfes den Brunnen verlegt haben. Doch es bestanden alte Servitutsrechte an dieser Wassernutzung und so kamen die Proteste der Gegenpartei. Er wollte den ersteren helfen und riet diesen, eine Katze in den Brunnen zu werfen. Nach zwei Wochen hieß er sie, eine Wasserprobe zu entnehmen und zur Untersuchung an die Sanitätsbehörde zu senden. Natürlich kam die Weisung, den Brunnen zuzuschütten. So blieb in diesem Land ein Schelm dem anderen nichts schuldig, und ein kluger Beamter wußte sich zu helfen.
Unsere Samica hatte einen Betonboden, und wir froren bei der winterlichen Kälte an den Füßen. Auch da erwies sich Stefanović erfinderisch. Er stopfte den Abfallkorb voll mit Papier und steckte seine Füße darein.
Die Schikane beim Gefängnisessen und dessen Eintönigkeit blieb. Seit zwei Jahren erhielten wir nach wie vor um fünf Uhr die Suppe als Mittagessen und zehn Minuten später die Abendsuppe, entweder »gersla«, Gerste, oder eine von gelben Rüben. Ich war selber verwundert, daß mich diese Kost nie anwiderte. Als ich in Werschetz monatelang die Polentasuppe erhielt, bekam ich einen richtigen Widerwillen. Dabei war ich doch in Südtirol als Kind mit Polenta aufgewachsen.

Es war in der Zeit, als die Auseinandersetzungen um das Kominformbüro in Jugoslawien so ziemlich den Höhepunkt erreichten, da erhielten wir drei, Karlo, Erich und ich, den Auftrag, ein Buch aus dem Deutschen ins Serbische zu übersetzen. Dazu wurden wir in eine gemeinsame Zelle gebracht. Man kann sich vorstellen, wie glücklich wir darüber waren.

In dem Buch schilderte ein französischer Geistlicher, wie er zum Kommunismus fand und auf seinem weiteren Lebensweg nach Moskau kam. Dort wurde er im Ausländerhotel »Slavija« untergebracht und blieb von der Außenwelt hermetisch abgeschlossen. Er kam von einer Enttäuschung zur anderen und wurde so von seinem ursprünglichen Idealismus gründlich geheilt.

Einer der deutschen Gefangenen hatte erreicht, daß zur Zahnbehandlung im Gefängnis aus Deutschland eine Bohrmaschine geschickt wurde. Sie war bald wieder verschwunden, angeblich sei sie notwendig in einem Kinderheim gebraucht worden. Kaum war der Bericht darüber in die Heimat gelangt, traf aus Deutschland prompt ein zweites Gerät ein. Zur Zahnbehandlung zu kommen war sehr begehrt, schon allein deshalb, weil es eine der wenigen Möglichkeiten war, mit anderen Gefangenen zusammenzukommen und Neuigkeiten zu erhalten und Erfahrungen auszutauschen. Auf diesem Weg erfuhren wir, daß jetzt einzelnen Gefangenen gestattet wurde, Besuche zu empfangen.

Im Brief seiner Mutter las Valstyn, daß der österreichische Gesandte in Belgrad schon mehrmals Gefangene besuchen durfte. Wir glaubten, das müßten doch auch wir erreichen. Aus Briefen wußte ich, daß mein Bruder an alle möglichen Stellen geschrieben hatte, an das Rote Kreuz, an Frau Roosevelt, an den Papst und natürlich auch schon mehrmals an die österreichische Bundesregierung. Von dieser erhielt er lediglich die Bestätigung, daß ich am Leben sei.

Eines Tages wurde ich tatsächlich in den Besuchsraum geholt. Ich durfte dort an einem Tisch Platz nehmen. Der Herr mir gegenüber war Legationsrat Dr. Braunias, der österreichische Gesandte. Neben ihm saßen fünf Uniformierte, die jede Bewegung von mir und auch jedes Wort meines Gegenüber mißtrauisch verfolgten. Das Gespräch war sehr kurz. Dr. Braunias konnte an mich einige Fragen stellen und die Versicherung abgeben, daß sich die Regierung um meine Freilassung bemühen werde. Ich hatte deutlich den Eindruck, daß sich der Gesandte in einer sehr schwierigen Lage befand und sich in seiner Haut alles andere als wohl gefühlt hat.

Uns kam zu Ohren, daß in einer der Nebenzellen Bata Jovanović, ein ehemaliger königlicher Minister, in Einzelhaft gehalten wurde. Ihn hatten wir auf keinem Rundgang gesehen, und allzugern hätten wir diesen Mann kennengelernt. Es gelang uns tatsächlich, einen Posten zu bestechen, der uns an einem Sonntagnachmittag in seine Zelle führte.

Der Minister nahm uns drei freundlich auf und war offenbar Menschenkenner, genug, in uns keine Spitzel zu sehen, sondern welche, die aus Neugier seine Gesellschaft suchten. Er ließ sich bereitwillig auf ein Gespräch mit uns ein, und war einer der wenigen Serben, die ich als deutschfreundlich gesinnt kennenlernen durfte. Sein Zivilberuf war Archivar. Minister war er nur wenige Wochen gewesen. Es war die Zeit, in der es den Dreierpakt Deutschland–Italien–Jugoslawien gab (1940/41). Diese seine Regierungsfunktion ist ihm zum Verhängnis geworden. Sein Schicksal nahm er offensichtlich so ergeben hin, als wäre er ein Moslem.

Freimütig erzählte er uns von seinen Erlebnissen, auch von den Begegnungen mit den damaligen politischen Größen. So habe ihn Hermann Göring bei einem Besuch in seinem Haus mit anderen Gästen in den Dachboden geführt und seine Kindereisenbahn vorgeführt. Bei einem Galadiner sei er neben Axel Munthe plaziert worden und habe sich mit diesem Tischnachbarn köstlich unterhalten. Er bedauere, daß er von diesem bekannten Schriftsteller und Arzt kein Buch habe lesen können.

Nachdem im Gefängnis über vierhundert Albaner als Politische festgehalten wurden, kamen wir auf diese zu sprechen. Karlo Koschitz war an deren Sprache interessiert und konnte eine Grammatik ergattern. Er hatte mit den Albanern Kontakt gefunden, und diese zeigten sich überglücklich, daß sich Karlo mit ihrer Sprache und ihrer Kultur beschäftigen wollte. Ich sah, wie ihn die Skipetaren umringten, als sich dazu die Gelegenheit bot.

Bata Jovanović zeichnete uns an diesem Nachmittag ein anschauliches Bild von diesem so wenig bekannten Volk und seiner Geschichte.

Er schilderte uns ausführlich die historischen Anfänge in diesem Lande; wie dann im 15. Jahrhundert Skanderbeg durch 25 Jahre regierte, ehe die Türken einrückten und der Balkan zu einem Großteil über 400 Jahre von ihnen besetzt blieb. Er wußte eine Menge Einzelheiten darüber, wie während des Ersten Weltkrieges im Norden die Österreicher und im Süden die Italiener einmarschierten. Er kannte die Geschichte des selbständigen Königreiches, das es 1928 wurde, bis es bereits elf Jahre später von Italien annektiert wurde. Er konnte noch die Besetzung durch deutsche Truppen 1943 mitverfolgen. Wie es jetzt in der Republik unter kommunistischer Herrschaft aussehe, wisse er allerdings nicht. Wir staunten, wie dieser Fachmann sein gespeichertes Wissen mit allen Daten geradezu aus dem Ärmel schüttelte. Zu guter Letzt bemühte er sich, uns verständlich zu machen, welche Bedeutung die Albanerfrage noch und in der weiteren Zukunft haben könnte.

Als wir uns verabschieden mußten, betonte er, wie sehr auch er sich gefreut habe, interessierte Zuhörer gefunden zu

haben. Dem Valstyn riet er, wenn er ein Hochschulstudium anstrebe, das der Politikwissenschaften zu wählen. Dies sei das lohnendste und würde ihn sicherlich befriedigen. Ich war über diesen Rat nicht wenig erstaunt, nachdem er schließlich als Politiker Übles erfahren mußte.
Mit diesem Gespräch, das uns der alte, liebenswürdige Herr geschenkt hat, ging für uns ein selten denkwürdiger Sonntag zu Ende. Gleichzeitig war dieser Tag der Abschluß einer Haftepoche in Mitrowitz. Am Montag fanden wir drei uns, die wir uns schon an das Leben in der kleinen Zelle gewöhnt hatten, mit unserem Bündel in einem Massenlager mit sechzig Sträflingen.

Unter Kriminellen

Zunächst war ich von dem Wirbel in dem Raum ganz benommen. Ich war einen solchen Lärm gar nicht mehr gewohnt, saß auf dem schmalen Strohsack und sah dem Treiben ringsum zu. Es gab einen ganz anderen Tagesablauf. Täglich wurde Zählappell gehalten, dabei durften wir uns auf dem blankpolierten Parkett zwischen Strohsäcken aufstellen, wenn die Namen aufgerufen wurden.

Bald nach unserem Einzug kündigte der Vodnik, der Zugführer, einen weiteren Neuankömmling an; es sei ein Pfarrer aus unserer Stadt Mitrowitz. Da stand ein Geistlicher verdattert unter der Tür und brachte eine Matratze mit. Die Sträflinge drängten sich um ihn in der Meinung, daß von diesem etwas zu holen wäre. Einer entriß ihm die Matratze, die wohl Eigentum des Geistlichen war, legte sie am Ende des Mittelganges auf den Boden und setzte sich darauf. So ein Ding hätte zwischen den Strohsäcken keinen Platz, betonte er. Ich erkannte in dem ungeschlachten, groben Kerl jenen vermeintlichen Taubstummen aus dem Kino. Jetzt konnte er reden und nannte sich Muto.

Kleinlaut fragte mich der Pfarrer, wie er sich in dieser großen Gemeinschaft verhalten müsse. Er kenne die Hausordnung nicht, bisher sei er in Einzelhaft gelegen.

Einige stritten sich um den Liegeplatz neben ihm, offensichtlich in der Erwartung, der Neuling könne etwas mitgebracht haben. Beim abendlichen Zählappell nahm sich der Vodnik den Geistlichen vor: »Du hast also gewettet, daß du nach durchzechter Nacht bei der Frühmesse noch fähig wärest,

das Lied Micika moja (Mein Mitzele ...) zu singen und die Kirchenbesucher würden in ihrer andächtigen Versunkenheit dies gar nicht merken.« Die Sträflinge lachten, und der Pfarrer sah erschrocken drein. Er brachte nur verlegen und stotternd hervor: »Das ist doch alles Unsinn; da stimmt doch kein Wort!« Die Häftlinge, durchwegs rauhe Gesellen, fanden an diesem Theater ihr Vergnügen und hatten damit für einige Zeit eine Unterhaltung.
Der Geistliche sah auf meinem Schlafplatz ein Schundheft liegen, das ich von einem Banater Bauern bekommen hatte. Er bat darum, denn Lesestoff war ja äußerst rar. Er gab mir die Broschüre bald wieder enttäuscht zurück. Von da an hielt sich der Pfarrer an mich, erzählte mir aus seinem Leben, unter anderem sprachen wir viel über Tirol, das er aus seiner Studienzeit kannte. Von ihm erfuhr ich auch manches über Bekannte, die in Einzelhaft waren. So über General Stimaković, den Kommandeur der vierten kroatischen Jägerbrigade, den ich während des Einsatzes kennen- und als vornehmen Mann schätzen lernen konnte. Er sei leider übergeschnappt, erzählte mir der Pfarrer. Er studiere ständig Mathematik, um seiner Tochter bei ihrem Studium helfen zu können, wenn er entlassen würde. Sie besuche derzeit die letzte Gymnasialklasse.
Wir wurden tagsüber zu verschiedenen Diensten eingeteilt und fanden uns am Abend in der großen Stube zusammen. Muto sahen wir seit Tagen auf der Matratze sitzen und in einem Schulheft schreiben. Neugierige wollten von ihm erfahren, wozu das gut sei. Das seien seine Memoiren, erklärte er und war schließlich dazu bereit, daraus vorzulesen. Er hatte seine Lebensgeschichte journalistisch gar nicht schlecht aufbereitet. Sie begann damit, wie er bereits als Kind zum Betteln ausgeschickt wurde und dabei lernte, sich taubstumm zu stellen, um mehr Erfolg zu haben. Er konnte eine Taubstummenschule besuchen, dort die Mitschüler in

ihren Gebärden und Verhalten studieren und ihre Sprache erlernen. Damit hat er sich recht gut durchs Leben geschlagen, ohne arbeiten zu müssen. Im Weiteren brachte er verschiedene Weibergeschichten zur Darstellung.
Ein mannstolles Weibsbild hat sich ihn zu ihrem Vergnügen ins Bett geholt. Daß er nichts ausplaudern könne, hielt sie für besonders günstig. In einer Ekstase hat er aber sein »Gebrechen« vergessen und zu reden begonnen. Darüber ist die Dirne dermaßen erschrocken, daß sie auf die Straße lief, schrie und ihn als den »Leibhaftigen« bezeichnete. Diese Begegnung ist für ihn zum letzten Akt im Taubstummentheater geworden, und der Vorhang ist im Gefängnis gefallen. Gleich, ob wahr oder erfunden, die Geschichte fanden alle phantasievoll.

Im Hof drehte ich die Runden des öfteren mit einem alten Ungarn, dessen Name mir entfallen ist. Aber seine Geschichte blieb mir gut in Erinnerung. Sie bewies mir, wie klug die Ungarn die Magyarisierung ihrer Minderheiten betrieben und wie groß der Nationalstolz dieses Herrenvolkes sein konnte. Er trug zwar noch einen slawischen Namen, war aber ständig bemüht, die Höflichkeitsformen der Ungarn zu betonen und bemühte sich, die charakteristischen Umlaute der Ungarn auszusprechen, weil er deren Sprache so wohlklingend fand.
Seinerzeit sei auch seine Frau in dieses Gefängnis eingeliefert worden, und ihn habe man zu zwanzig Jahren verurteilt. Als er die Möglichkeit erhielt, ein Gnadengesuch einzubringen, habe er gebeten, zuvor darüber mit seinem ungarischen General sprechen zu dürfen. Das Gespräch wurde gestattet, und der General habe betont, Ungarn erwarte von seinen Bürgern, daß sie alles tun, um rasch und gesund heimzukommen. Auf Ansuchen sei die Strafe auf achtzehn Jahre herabgesetzt worden. Jetzt war der Mann verbittert und

untröstlich. Wie habe er sich zu einer solchen Demütigung herbeilassen können und um Gnade bitten wollen! Bei seinem Alter würde er die Freiheit nach achtzehn Jahren nie erleben. Er berichtete auch, er sei zu einem kriminellen Landsmann in eine Zelle gesperrt, der ihn jede Nacht verprügle.

Erich fand eine Gelegenheit, dies der Gefängnisverwaltung zu melden. Die beiden wurden daraufhin tatsächlich getrennt.

Zeitweise rief man mich zu Dolmetscherarbeiten. So erlebte ich, wie ein Häftling den Besuch seiner Schwester erhielt. Sie brachte Erdnüsse mit und reichte den Papiersack über die beiden Barrieren, die Besucher von den Häfltingen im Sprechzimmer trennten. Die Tüte fiel zu Boden, und die Nüsse lagen über den ganzen Raum verstreut. Wie ein kleines Kind kroch der Gefangene auf dem Boden umher, jagte den Kernen nach und rief unentwegt: »Kikériki, Kikériki! (Erdnüsse!)« Dabei plapperte er kindisches Zeug, bis die kurz bemessene Besuchszeit um war. Der Schwester rannen die Tränen über die Wangen, als sie das Gehabe ihres Bruders und dessen Zustand mitansehen mußte.

Es war Wochen später, als wir beim Rundgang aus den Räumen im Erdgeschoß ein dumpfes Brüllen wie von einem Tier und undefinierbare Laute hörten. Ich drängte mich mit anderen an die Luke, aus der die Töne kamen. Auf den Zehenspitzen stehend konnte man einen Blick hineinwerfen. Darin sahen wir einen Käfig aufgebaut, an dessen Sprossen der »Kikériki-Mann« wie ein Affe herumkletterte. Wir blieben dabei unbeobachtet, denn die Blicke der Wachposten wie der meisten Mitgefangenen waren auf das Dach des Gebäudes gerichtet. Es war nämlich eine Reparatur notwendig geworden, und ein Gefangener, der als Fassadenkletterer bekannt war, hatte Auftrag, die Instandsetzung durchzuführen. Es war sehenswert zu beobachten, wie er

sich in großer Geschwindigkeit die Regenrinne emporhantelte und an dem schmalen Gesimse schwindelfrei weiterschwang.
Dies gab Anlaß, daß andere versuchten, ihre physischen Fähigkeiten zu demonstrieren. So zeigte Erich seinen Handstand und war beinahe gekränkt, als ein kroatischer Leutnant sich in dieser Haltung noch länger zu behaupten vermochte. Dieser bot dabei ein recht komisches Bild, weil er O-Beine hatte, die zudem viel zu kurz geraten waren.
Der Hof bot immer wieder Gelegenheit, andere Menschen kennenzulernen. So traf ich einen ehemaligen Polizeidirektor, mit dem ich auf die Zustände im Gefängnis zu sprechen kam. In ruhiger, überlegter Weise wollte er mir erklären, daß alles, was ich unverständlich und unmenschlich fände, nicht als absonderlich sehen sollte. Je weiter man im slawischen Raum nach Osten käme, um so alltäglicher seien derartige Zustände in Straflagern.
Wenn wir Österreicher zu Übersetzungsarbeiten eingeteilt wurden, waren wir froh, vor allem dann, wenn wir dabei zusammenarbeiten durften. Karlo bekam einen Bericht über den Begründer des Cetniktums in die Hände, der mich natürlich ebenfalls interessierte.

Es war ein serbisch-chauvinistischer Geistlicher, dessen Namen ich mir leider nicht gemerkt habe. Er wurde von der deutschen Wehrmacht in Kosovska Mitrovica aufgegriffen und mußte damals seinen Lebenslauf zu Protokoll geben:
Danach hatte er in England studiert und dann in Bosnien in einem Kloster mit strengen Regeln gelebt. Die Ordensmänner lebten in Einzelzellen und wurden von orthodoxen Nonnen versorgt. Photos von ihm, wie von seinem Neffen lagen beim Akt. Weiter fand sich der Bericht eines anderen Cetniks, der als Gewährsmann über den Geistlichen zu

berichten wußte, daß dieser unter Depressionen gelitten habe und zeitweilig die Nerven verloren habe.
In diesem Cetnikakt war noch manches über ihren Kampf gegen die Tito-Partisanen auf seiten der deutschen Wehrmacht zu lesen; auch über ihren letzten militärischen Anführer, Oberst Draźa Mihajlović. Dieser war vom geflüchteten König zum Kriegsminister ernannt worden und hat auch nach der Kapitulation der Deutschen im Frühjahr 1945 noch weitergekämpft. 1946 geriet er in Gefangenschaft und wurde als Kriegsverbrecher abgeurteilt. Davon hatten wir bereits in einem Zeitungsausschnitt gelesen. Einige Mitstreiter dieses Obersten konne ich hier im Gefängnis kennenlernen.
Beim Warten im Gang des Glaspalastes waren zwei solche ehemalige serbische Offiziere neben mir im Gespräch. Der eine schilderte gerade eine Jagdszene in so lebhaften Bildern, daß ich gebannt hinhorchen mußte. In brütend heißer Sonne sei er im Sumpf gestanden und habe auf das Wild gepaßt. Er beschrieb mit großer Anschaulichkeit alles, was er um sich sah an Getier und Pflanzen, Frösche und wie eine Schlange hervorkroch. Plötzlich kam der Erzähler ins Stocken und brach zusammen. Blut floß ihm aus dem Mund; er hatte schwere Tuberkulose, und wie ich hörte, ist er vierzehn Tage später verstorben.
Mit Cetniks kam ich noch öfter zusammen. Einer davon, der auch nach 1945 noch weiter gegen die Kommunisten gekämpft hatte, erzählte mir, wie er einmal ganz knapp der Gefangennahme entronnen sei. Als nämlich die »narodnooslobodilaćka armija«, so hieß die Volksbefreiungsarmee Titos, die Wälder durchkämmte, in denen sie versteckt lagen, und sie nicht mehr auszuweichen vermochten, hätten sie sich im Laub verkrochen, das sie in einem Graben zusammengeweht fanden. In so dichter Schützenkette seien die Soldaten anmarschiert, daß sie unweigerlich auf sie treten mußten. In seiner Angst habe er aus dem Laubhaufen geru-

fen: »dŕźi se levo, viće levo od mene, druźe! (Links, halte dich weiter links, Genosse!).« Tatsächlich sei der Trupp abgeschwenkt und der Spuk sei an ihm vorübergegangen.
Es war einer jener Serben, die zunächst in deutsche Kriegsgefangenschaft gerieten und dann in den Lagern dazu überredet wurden, der Cetnikorganisation beizutreten. Sie sahen darin eine Möglichkeit, auf diese Weise in ihre Heimat zurückkehren zu können. Seine Gefangenschaft hatte er in Norddeutschland erlebt und voller Bewunderung erklärte er mir, dort habe man die Milchkannen einfach an die Straßenkreuzungen stellen können, ohne daß sie gestohlen worden seien.
Beim Übersetzen der Archivunterlagen fanden sich Berichte von mehreren jugoslawischen Staatsbürgern, die als Angehörige der deutschen Wehrmacht oder als kroatische Legionäre in russische Gefangenschaft geraten waren. Jetzt wollte man nach ihrer Heimkehr feststellen, ob diese Männer nicht von den Sowjets als »Mitarbeiter« gewonnen worden waren und im Spionagedienst gegen die »Abweichler« in ihrer Heimat angesetzt waren.
Ein Bericht war für mich so erschütternd, daß ich ihn nicht vergessen konnte und hiermit festhalten will:
Auf dem Transport nach Sibirien in ein Gefangenenlager haben sich grauenhafte Szenen abgespielt. Auf der durch Wochen dauernden Fahrt in Viehwaggons waren die verschiedenen Nationalitäten zusammengepfercht. Hunger und Durst wurden so groß, daß auch Fälle von Kanibalismus vorkamen. Italiener und Rumänen seien es gewesen, die neben dem Berichterstatter an den Leichen genagt hätten. In den Lagern wurden unter den Mannschaften Spitzel gewonnen, die sich bereit fanden, ihre ehemaligen Offiziere auszuhorchen. Der Gewährsmann hat in solchem Auftrag in den Zelten das Feuer unterhalten und dazu Holz herbeischaffen müssen. Er zählte in seinem Bericht auch die Namen der

»Umzuerziehenden« auf. Mesić, Karlo Galić und ein Pfarrer wurden unter anderen im Protokoll genannt. Diese kamen nach der Schulung in die jugoslawische Legion, die General Georgijević befehligte. Sie marschierten erneut an die Front, diesmal auf seiten der Russen gegen die Deutschen. Der Dank des Vaterlandes bestand schließlich darin, daß die drei oben Genannten in Topčider hingerichtet wurden.
Sehr selten gab es etwas Belustigendes zu übersetzen. So etwa wenn im Fragebogen stand: ›Wann wurde er repatriiert?‹ und als Antwort war zu lesen: ›Bei Gott, Bruder, ich wurde nie repatriiert!‹ Der Befragte verstand unter Repatriierung die Anwerbung für den NKWD.
Über alle diese Dinge durften wir nie miteinander reden und uns schon gar nicht lustig machen. Diesbezüglich waren unsere »Vorgesetzten« äußerst empfindlich und Lachen war beinahe ein Staatsverbrechen. Wortgetreu mußte alles übertragen werden, gleichgültig ob sinnvoll oder nicht. Das Serbische strotzte von oft falsch verwendeten Fremdwörtern. Neben den Militarismen, die bereits in der Türkenzeit in die Umgangssprache Eingang gefunden hatten, wurden Worte aus dem Französischen wörtlich übersetzt, wobei viele für Slawen unverständliche Ausdrücke entstanden.
Während des Krieges unter der Regierung von Ante Pavelić erfolgte der Aufruf zum Kampf gegen die Fremdwörtermanie. Es wurden kroatische Kunstwörter erfunden wie ›Krugoval‹ (= Rundwelle) für Rundfunk oder ›slikokaz‹ (= Bilderzeig) für Kino usw. Gleichzeitig wurde jegliches Fluchen verboten und mit strengen Strafen belegt. Dies war ein äußerst schwieriges Unterfangen, galt doch bei allen Balkanvölkern der Fluch als etwas richtig Männliches, und ohne einen solchen konnte kaum ein Satz beendet werden. Energisch wurde vor allem bei Domobranen und Ustaschen durchgegriffen, und dem Kroatenführer gelang etwas, was man bis dahin für unmöglich hielt. Jetzt aber, nach der

Befreiung fluchte man um so wilder drauflos, so daß es mir oft kalt über den Rücken lief.
Ich kam wieder in die Isolierung und saß allein in einer Zelle. Ich wußte nicht recht, ob ich froh darüber sein sollte, nicht mehr unter Kriminellen leben zu müssen. Ein Paket meiner Angehörigen mit einer Nußpotitze darin war für mich angekommen. Es war dies eine meiner Leibspeisen und allzugern hätte ich sie mit Kameraden geteilt. Leider hatten die zu Hause den Strudl wohl noch ofenwarm zur Post gebracht, um mir eine Freude zu machen. Die Fülle war jetzt verschimmelt. Ich freute mich dennoch über jeden Brosamen aus der Heimat und hatte zudem einen riesigen Hunger. Schimmel hin oder her, ich schlang diese Kostbarkeit in mich hinein.
Bald stellten sich Übelkeit, Erbrechen und schließlich Durchfall ein. Auf dem Weg zum Waschraum beobachtete mich ein Albaner, der zum Gangdienst eingeteilt war: »Ist dir schlecht? Gib das Kochgeschirr her!« befahl er mir. Wie im Flug wanderte das Geschirr vom 2. Stock durch alle Geschosse in den Keller, in die Küche, und in unwahrscheinlich kurzer Zeit flog das Gefäß, von einer Albanerhand zur anderen gereicht, mit heißem Tee gefüllt, denselben Weg zurück. Das Getränk brachte mir bald Linderung. Drguti nannte sich dieser Albaner, und aus dieser flüchtigen Begegnung wurde beinahe eine Freundschaft.
Zwanzig Jahre hatte das schmächtige Bürschchen aufgebrummt erhalten. Er war Absolvent der Handelsakademie und wurde ebenso wie sein Schwager, ein Lehrer, als politisch Verdächtiger hinter Schloß und Riegel gesetzt. Beide waren hier an Tuberkulose erkrankt. Drguti gestand mir, daß er wohl kaum die Freiheit wiedersehen werde, und so überlege er, ob er nicht seine junge Frau freigeben sollte. Zwanzig Jahre werde und könne er nicht durchhalten. Er wollte wissen, wie ich als Mitteleuropäer in einem solchen Fall handeln würde. Ich erzählte ihm von Karl Beuschel, dem

Volksdeutschen aus Syrmien, der seine Frau nicht wiedersehen konnte und die Entscheidung seinem »Luisele« in Osttirol überließ.
Diesmal war meine Einzelhaft nur von kurzer Dauer, und ich kam wieder in eine große Gemeinschaftsstube. Darin herrschte ausnahmsweise Ordnung. Der Grund dafür war wohl, daß der Stubenälteste, ein Banater Schwabe, die verschiedenen Sprachen und unterschiedlichen Mentalitäten kannte.
Ich kam neben einem Arzt zu liegen. Er verabreichte sich von Zeit zu Zeit eine Spritze, die er nur in gewöhnlichem Leitungswasser reinigte. Ich wußte nicht, wozu oder wogegen. Auf der anderen Seite war einer, der früher ein bekannter Industrieller war. Dann kam Petrović, ein krimineller Serbe, den alle geradezu fürchteten. Ein ausgesprochen ekelhafter Kerl, mit dem sich niemand anlegen wollte. In der Stube galt strenges Rauchverbot, doch an seiner Lippe klebte ständig ein Tschick.

Gleich nach dem Wecken um 5 Uhr rückten die ersten Kommandos zur Arbeit aus. Die Innendienstler wurden erst später aufgerufen und zumeist zum Schälen von Rüben und Kartoffeln eingeteilt. Nach wenigen Tagen, ich war zum Innendienst befohlen und dazu noch nicht abgerufen, kam Petrović vom Außendienst zurück. Er mußte schwere Schläge bekommen haben, war jedenfalls arg zugerichtet. Die Mitgefangenen umringten ihn und erkundigten sich scheinheilig, was passiert sei; denn alle vergönnten ihm die Hiebe. Wir erfuhren allmählich, daß er von zwei Albanern verdroschen wurde, die dazu bei der Arbeit am Ringofen Gelegenheit fanden. Mich nahm es nicht wunder, denn wenn er konnte, versuchte er auch mich immer wieder zu sekkieren. Auch jetzt hielt er es auf seinem Lager nicht lange aus, kam und stellte sich so vor mich hin, daß ich nicht mehr

im Buch lesen konnte, das ich gerade in der Hand hielt. Wir hatten noch nie ein Wort miteinander gesprochen, und ich hatte Mühe zu schweigen. Er stieß mich mit dem Fuß. – Zum Glück wurden wir zum Küchendienst abgerufen, und die erwartete Schlägerei unterblieb.
Der Herbst rückte an, und die Nächte wurden empfindlich kalt. Ich hatte ein Paket mit rohen Kaffeebohnen erhalten. Das sah einer, kam auf mich zu und bat um Bohnen. Er würde mir dafür eine Decke verschaffen. Gerne ging ich auf diesen Tausch ein. Der neue Bekannte hieß Rudi Merenyi, ein grobknochiger Mensch mit gütigen, aber kranken Augen. Es war ein Geistlicher vom Orden der Pauliner, deren Stammkloster in Ungarn war. Er beschrieb seine Ordenstracht. Eine Art Tunika, ein weißer Umhang sei ihr Kennzeichen. Jeder Pauliner muß einen zweiten Beruf erlernt haben. Er war ausgebildet als Geodät und sei bei seinen Vermessungsarbeiten mit einem Esel durchs Land gezogen. Ich sah ihn auch jede freie Stunde nutzen, Mathematik zu studieren. Während eines Gottesdienstes in einer Agramer Kirche, den er mit Ordensfrauen gefeiert habe, sei er von der Kanzel heruntergeholt worden. Gleichzeitig habe man auch alle Nonnen verhaftet.
Immer wieder wurden in der Unterkunft Veränderungen getroffen. Diesmal wurden alle Volksdeutschen aus der Stube wegverlegt, auch der Banater Schwabe. So galt es, einen neuen Stubenältesten zu wählen. Die Serben waren einstimmig für Petrović. Die Kroaten, Italiener und Ungarn waren bemüht, einen gemeinsamen Gegenkandidaten aufzustellen und schlugen Merenyi vor. Doch dieser lehnte ab. In der Stube waren auch mehrere Albaner, darunter Drguti. Auch der wollte nichts von diesem Amt wissen. Als schließlich alle Albaner ihm versprachen, sie würden ihn in jeder Lage unterstützen, war er dazu bereit.
Im Oktober 1951 erhielten wir zum erstenmal seit Kriegsende in der Gefangenschaft Decken. Das war gerade vor dem

Auszug der Volksdeutschen aus unserer Stube. Diese wollten ihre Decken mitnehmen, aber die Neueinziehenden wollten von ihnen den begehrten Wärmeschutz übernehmen. Bei dem Trubel und Durcheinander sind einige Decken abhanden gekommen. Der neue Stubenälteste Drguti wurde dafür haftbar gemacht. Das Diebesgut wurde schließlich gefunden. Alle Diebe wurden zum großen Leidwesen von Mehmed Drguti zünftig verdroschen. Der Stubenälteste hatte es gar nicht leicht, diesem Chaos wieder Herr zu werden. Doch seine Landsleute scharten sich um ihn wie eine Leibgarde. Für mich hieß es allerdings bereits wieder Abschied nehmen von dieser Gesellschaft. Mit meinem Karton unter dem Arm und die alte aufgedoppelte Plane über die Schulter gehüllt, marschierte ich über die Stiege einen Stock höher in ein neues Massenquartier. Bei diesem Umzug wurde ich links und rechts von einem Skipetaren begleitet, so hatte es Drguti befohlen.
Neue Gesichter starrten mich an, solche, die mich gleichgültig ließen, auch solche, die mich anwiderten. Zu meiner großen Freude aber fand ich in diesem Raum meine beiden Freunde Erich und Karlo wieder.
Es gab wieder Stunden, in denen wir einander von der Heimat und unserer Jugendzeit erzählen konnten. Valstyn ließ uns an seinen Erlebnissen in der Studentenzeit teilhaben, von Bergtouren und waghalsigen Kletterpartien. Ich konnte mich keiner derartigen Heldentaten rühmen. Ich kannte wohl die Bergspitzen im Gailtal. Als Buben sind wir jedoch nur die verfallenen Schützengräben aus dem Ersten Weltkrieg abgekrochen, um Granatsplitter zu sammeln. Einen ganzen Rucksack voll brachten wir ins Tal. Am Ende der Ferien hat mir dann die Mutter den Inhalt vom Balkon in den Hof geleert. Solches Zeug gehöre höchstens ins Museum, meinte sie.
Jetzt erst erfuhr ich von Karlo in allen Einzelheiten, wie es

ihm nach der Gefangennahme in der Untersteiermark erging. Zunächst kam er in ein Lager in Laibach. Als Ausweis hatte er lediglich seinen Geburtsschein bei sich, darin stand beim Geburtsort in Klammer Slowenien. »Du weißt wohl, was das für dich bedeutet?« machte ihn ein Antifa-Mann aufmerksam. Daraufhin ist er in derselben Nacht geflohen. In Pachern konnte er bei einem Onkel ein Versteck finden. Von Nachbarn erfuhr er, daß dieses Gebiet durchkämmt würde, denn in den umliegenden Wäldern hielten sich »Kriźrij«, also kroatische Kreuzler, die Ustaschen, verborgen. Er mußte annehmen, daß auch er schon einmal gesehen wurde, und floh erneut. Unter der Draubrücke saß er die längste Zeit und beobachtete die Posten, bis er gefaßt wurde. Er sei von drüben und wolle wieder heim. Man schenkte ihm keinen Glauben, und er wurde nach Marburg gebracht. In der Reiserschen Villa saß die UDBA, der er vorgeführt wurde. Bei der Vernehmung hat er sich bald verhaspelt, denn er wußte nicht, was der Preis für Brot und Milch in Klagenfurt war.
Ein Gefängnis in Agram war die nächste Station, wo er in der Küche beschäftigt wurde, obwohl er vom Kochen keine Ahnung hatte. Jeden Morgen ging er in den Kellergängen mit zwei Hunden auf Rattenfang, wovon es eine Unmenge gab. Der Schäfer und ein Pinscher waren mit ihren ehemaligen Herren, deutschen Offizieren, eingeliefert worden.
Wenn er am Morgen den schweren Holzkübel an den Zellentüren vorbei durch den Gang schob, sang er »Großer Gott, wir loben dich«. Die Häftlinge sangen leise mit und drängten zu den Türen. Auf diese Weise glaubte er, den Kameraden Mut machen zu können. Als ein Posten, den er zu wenig respektvoll grüßte, ihn nach Strich und Faden fertigmachen wollte, reagierte Karlo auch auf seine Art: »Ich lese dir am Abend Psalmen vor und singe alte Kir-

chenlieder«, bot er ihm an. Tatsächlich fand sich der Drusche bei ihm ein, zeigte sich versöhnt und hörte ihm interessiert zu.
Diese Spätherbsttage waren für mich besonders schwer. Ich verfiel in Depressionen, von Zeit zu Zeit in eine Art Lagerkoller und mied jedes Gespräch.

Heimkehr Weihnachten 1951

Es ging auf Weihnachten 1951 zu, und das trostlose Einerlei des Alltages wollte kein Ende nehmen. Zwölf Jahre in diesem Gefängnis werde ich nie überleben. Das sollen nun die siebten Weihnachten in der Gefangenschaft sein. Die Stunden der Zweifel wurden immer häufiger und drohten in Verzweiflung umzuschlagen. Gerüchte aller Art waren ständig im Umlauf. Die deutsche Bundesregierung bemühe sich um uns, und der Deutsche Gesandte Dr. Ulrich sei in der Anstalt gewesen. Immerhin waren noch um die 1000 Kriegsgefangene in Jugoslawien.

Die Stimmung unter den deutschen Häftlingen war gut, als tatsächlich Ende Oktober ein Trupp von 100 und Ende November noch einmal ebensoviele repatriiert wurden. Dann hörten wir nichts mehr. Es gab wieder Vernehmungen, es hieß, vor der Heimfahrt müßte jeder noch einmal ein Verhör mitmachen. Es solle noch im Dezember für 100 weitere Deutsche die Stunde der Erlösung schlagen. Adenauer soll bei Wirtschaftsverhandlungen mit Jugoslawien deren Freilassung erzwungen haben. Wer wird sich in Österreich für die paar verurteilten Landsleute einsetzen und sie herausholen können? Und wenn, werde ich als Österreicher gelten?

Eines Tages wurden meine beiden Freunde Erich und Karlo aufgerufen. Sie sollten sich angeblich zur Heimfahrt fertig machen. Das war für mich begreiflicherweise ein arger Schock, als ich mich von ihnen verabschieden mußte. Wieso die beiden und ich nicht? An diesem Heiligen Abend werde ich ganz allein sein müssen. Tage später stand ein Posten

unter der Tür und hieß mich, mitsamt meinen Habseligkeiten, mitzukommen. Der »Kommandir« führte mich durch mehrere Höfe, die alle von hohen Mauern umgeben waren, hin zum Verwaltungsgebäude. In einem langen Gang ließ er mich stehen und lange warten. Eine Tür ging auf, und ein deutscher Kamerad trat heraus, ganz verstört im Gesicht: »Das ist meine Heimatanschrift«, flüsterte er. »Solltest du heimkommen, dann sag bitte den Meinen, wo du mich das letzte Mal gesehen hast.« Er wurde abgeführt, und ich kam zum Verhör in den Vernehmungsraum.
Ein jugoslawischer Oberst saß am Schreibtisch: »Du wirst heimkommen«, sagte er. Ich wußte nicht, wie mir war, und ich konnte zunächst keinen Laut hervorbringen. »Warum redest du nicht? Freust du dich nicht?« »Doch!« stammelte ich. »Ja, du wirst heimkommen; doch du darfst nicht nach Wien«, fuhr er fort. »Das will ich gar nicht«, war meine Antwort. »Vielleicht doch?« »Nein ich will bestimmt nicht dahin«, beharrte ich. »Vielleicht willst du dort einmal ein Fußballspiel anschauen«, drängte er weiter. »Ganz sicher nicht! Fällt mir gar nicht ein!« betonte ich erneut. »Wehe, wenn du in diese Stadt fährst! Ich warne dich!« belehrte er mich eindringlich. »Du wirst unter Kontrolle stehen und von unseren Leuten beobachtet werden. Ein Teil von Wien ist von Russen besetzt. Ich warne dich, dahin zu fahren!« wiederholte er, und ich versicherte erneut: »Nein, nein, ich werde bestimmt nicht dahin fahren.«
Ich wurde abgeführt, zurück durch die verschiedenen Höfe, bis wir den ehemaligen Besucherraum erreichten. Darin war eine große Zahl von Wartenden. Der Raum war mit Strohsäcken ausgelegt. Wir seien jene 100, die als nächste entlassen würden. Die Stimmung in dieser Halle kann man sich gar nicht vorstellen, und wie mir zumute war, kann ich nicht beschreiben.
Die Führung dieses Transportes sollte der ehemalige Kom-

mandeur der 11. Luftwaffendivision General Henke übernehmen. Geld darf nicht mitgenommen werden, hieß es. Wer solches besitzt, kann sich in der Kantine der Kommandire etwas kaufen. Die von den Arbeitseinsätzen kamen, hatten gar nicht wenig Geld und holten sich Eßwaren und Getränke. Ich traute der Sache nicht so recht und wollte die wenigen Dinare behalten.
In diesem Raum sollten wir uns langsam auf die Freiheit vorbereiten. Alle sprachen von dem, was sie in der Heimat erwarten würde. Es wurde viel gesungen, und dem Alkohol entwöhnt und körperlich geschwächt, fielen manche am ersten Abend vorzeitig auf die Strohsäcke.
Ich lernte einen Unteroffizier kennen und im Gespräch kam ich darauf, daß es jener Gefangene im Glaspalast war, der mir aus der Zelle sein Eßgeschirr entgegenhielt und um etwas Eßbares bettelte. Er klagte mir seine große Not. Es sah so aus, als ob er jetzt wieder nicht zur Entlassung käme, weil er keinen Namen mehr habe. Das kam so:
Seine Mutter war aus dem Osten geflüchtet, und als wir im Frühjahr 1946 das erste Mal nach Hause schreiben durften, wußte er von dieser keine rechte Anschrift. Vorsichtshalber setzte er in der Adresse auch den Mädchennamen der Mutter hinzu, in der Hoffnung, daß die Post sie so eher finden könnte. Ihr Mädchenname war »Horländer«. Dieser Brief wurde ihm zum Verhängnis. Horländer hieß nämlich auch der letzte Gestapochef von Belgrad, der als Kriegsverbrecher gesucht wurde. Die Briefzensur brachte diesen Unteroffizier in das Verbrecherregister, obwohl er mit Gestapo oder SS nicht das mindeste zu tun hatte. So geriet er in die Mühle, wollte bei den Verhören seinen richtigen Namen verteidigen und keine Verbrechen gestehen. Er wurde daher so lange gefoltert, bis er bereit war, sich als Horländer zu Verbrechen zu bekennen, und wurde als solcher verurteilt. Jetzt bestand für ihn erneut das Problem bei der Entlassung. Bei Angabe

seiner Heimatanschrift und damit seines eigentlichen Namens lief er Gefahr, wieder in das Gefängnis zu wandern. Es mußte daher für ihn eine fingierte Adresse gesucht werden, denn entlassen mußte er als Horländer werden.
Die Aufregung unter den Versammelten wuchs von Tag zu Tag. Einer wollte von mir wissen, wie das sein wird, wenn er seiner siebzehnjährigen Tochter gegenübertreten werde, die er als Achtjährige zum letztenmal gesehen hatte.
Wir mußten antreten, und es wurde durchgezählt; da waren es neunundneunzig statt hundert, die für den Transport bereit standen. Der Fehlende sei als Wahnsinniger aus dem Fenster des Lazarettes gesprungen und habe sich beide Beine gebrochen, wurde gemeldet. Henke wollte unbedingt erreichen, daß man den Verletzten dennoch mitnehmen könnte. Es ging mit uns ohne diesen ab zum Bahnhof von Sremska Mitrovica. Dort standen für uns drei Waggons bereit, die an einen Personenzug angehängt wurden.
An den Bahnhöfen wurden unsere Wagen von Polizisten bewacht, und unser aller Hoffnung war, daß jetzt nichts mehr dazwischen kommen möge. Es war bereits dunkel geworden, als wir die Grenzstation Assling (Jesenice) passierten und in den Tunnel einfuhren. Ab der Scheitelhöhe hörten wir, wie die Räder schneller zu laufen begannen, und wir atmeten erleichtert auf. Es ging hinunter in das kärntnerische Rosental. Wir waren in Freiheit, in der Heimat!
Es war der 22. Dezember 1951, als ich meine Eltern bei den Verwandten im Gailtal wiederfinden durfte. Seit sie in Wien ausgebombt waren, hatten sie hier Unterschlupf gefunden. Das Glücksgefühl, die ersten Weihnachten in Freiheit zu erleben, vermag ich nicht zu beschreiben.
Bald aber mußte ich erkennen, daß es gar nicht so einfach ist, sich nach zehn Jahren in der zivilen Welt zurechtzufinden. Mein Gesundheitszustand stand nicht zum besten, meine Empfindlichkeit war groß. Bald gab es Probleme, die meine

arg strapazierten Nerven in große Anspannung versetzten. Daß wir zu Hause »wie Helden gefeiert« würden, wie es mir Mirković, der mitgefangene Jude, prophezeite, habe ich nie erwartet. Dafür gab es jedoch kleine Sorgen genug, an die ich nie gedacht hatte.
Um nicht in der ausgefransten Sträflingskleidung umherlaufen zu müssen, wurde mir eine Wehrmachtsbluse zu einem »Steirer« umgeschneidert. Ich fiel trotzdem auf der Straße auf, und ein Vetter schenkte mir einen grauen Loden. Solche Joppen habe man schon vor sieben Jahren abgelegt.
Ich meldete mich bei der Polizei, wo die Personalien aufgenommen wurden. Als ich den Beamten angab, daß ich erst jetzt entlassen wurde, meldete sich im Hintergrund der Wachstube eine Stimme: »Dann sind Sie ein Kriegsverbrecher.« Ich sah dem Biederen in das Gesicht und bemühte mich, ruhig zu bleiben. Ich war froh, als der Vernehmende mit einer abweisenden Handbewegung eine weitere Diskussion verhinderte und zur nächsten Frage überging.
Um Österreicher zu werden, waren noch weitere Formalitäten notwendig. Als gebürtiger Südtiroler und seit 1940 deutscher Staatsbürger wurde ich zunächst an die »Rückwandererstelle der Südtiroler« in Innsbruck verwiesen. Ich schrieb dahin und erhielt die Zusicherung, daß ich mich nach Italien »rückbürgern« lassen kann. Ich wollte aber Österreicher sein und in diesem Land bleiben.
Bei der Kärntner Landwirtschaftskammer erhielt ich eine vorläufige Anstellung als Bauleiter einer Waldaufschließungsgruppe in Villach. Der Polier zeigte mir seinen Lohnstreifen und wollte den meinen sehen. Ich wagte es nicht, diesen aus meiner Tasche zu ziehen. Wie sollte ich dem Mann erklären, warum ich einen Hilfsarbeiterlohn erhielt und dabei Akademiker sein wollte? Auf meine Frage, wie das mit den Militär- und Gefangenenzeiten sei, was davon

als Vordienstzeit anrechenbar sei, hieß es: »Bis zur Pensionierung bringen Sie noch genug Jahre zusammen.«
Forstingenieure gab es im Land genug, die sich um Posten bewarben, und mein Hochschulstudium in Agram konnte nicht anerkannt werden, da es diesbezüglich mit Jugoslawien kein Abkommen gab. Ich mußte mich einem Nostrifizierungsverfahren an der Hochschule für Bodenkultur unterziehen, also in Wien, in jener Stadt, die ich nicht betreten sollte, wie ich ja geloben mußte.
Um eine Einstellung im höheren Dienst der Forstverwaltung erreichen zu können, entschloß ich mich, eine entsprechende Staatsprüfung in Wien abzulegen. Ich wurde schriftlich, mündlich und in der Forstpraxis noch einmal geprüft. Danach konnte ich Anstellung bei der Landesforstinspektion in Tirol finden.
Immer wieder waren Vorsprachen und Vorstellungen notwendig. Bei einer Vorladung kam die Frage: »Wieviel Kirchensteuer haben Sie bisher bezahlt?« – »Nichts?« – Der Mann hinter dem Schreibtisch schüttelte den Kopf, suchte nach allen möglichen Erklärungen, ehe er mich zu Wort kommen ließ. Wieso das möglich sei, jetzt erst heimgekehrt; er konnte sich nicht genug wundern.
Bei der nächsten Vorstellung gab es das gleiche Bekenntnis von mir, wieder eine Verwunderung und schließlich den Ausruf: »Ach! Sie sind so einer!«
Ich stand da, und es traf mich wie jener Peitschenhieb des berittenen Partisanen nach der Gefangennahme, der ebenfalls schrie: »I ti si takav jedan! – Auch du bist so einer!«
Ich hörte die Stimme Crncević', des berüchtigten Kommandanten von Zrenjanin bei der Einlieferung in das Vernehmungslager, der mich mit dem Deutschlandlied frotzeln wollte, als er mich zornig anfuhr: »I ti si takav jedan iber ales (über alles)!«

Wenn ich erzählen sollte, wo ich zwischen 1945 und 1951 gewesen sei und was ich erlebt habe, hörten sie mir ungläubig zu. Dachten es, sprachen es nicht aus, aber ich las es oft genug in den Gesichtern so mancher Menschen: »Du bist auch so einer!«

Ja, ich war so einer, und jeder, der in meinen Aufzeichnungen liest, soll wissen, daß dies die volle Wahrheit ist.

Statt eines Nachworts

Die Erlebnisse des Krieges und der Gefangenschaft müssen wir als einen Advent erkennen, der auf ein besonderes Weihnachten zuführt. Dieses größere Weihnachten ist unsere ersehnte Heimkehr, mit der ein neuer Lebensabschnitt beginnen wird. Auf diese Zeit sollten wir uns vorbereiten.

Dann sollte die Wahrheit gesagt werden – nicht als Keim zu neuem Haß, sondern zu begreifen, was das Leben lebenswert macht:

Die Abkehr von Diktatur und Gewalt jeglicher Art, die Achtung des Andersgläubigen und Andersartigen, die Liebe von Mensch zu Mensch, getragen von der Liebe Gottes.«

Graf Adalbert von Neipperg, OSB.
(Gedanken aus einem seiner Vorträge
in Werschetz im Dez. 1946)

Mein Lebenslauf

Fabian Ferdinand, Dipl. Ing. (Forstingenieur)

Geboren wurde ich am 1. Februar 1913 in Franzensfeste, Südtirol.

Eltern: mein Vater Fabian Fortunat war Beamter der Südbahn, verheiratet mit Veronika geb. Teutsch aus Kurtinig, Tirol.

Kindheit: die Kleinkinderjahre erlebte ich in Südtirol, bis zum Jahreswechsel 1918/19 der Vater von den Italienern des Landes verwiesen wurde. Nach kurzem Aufenthalt in Oberperfuß und Götzens zog die Familie – ich hatte noch zwei jüngere Brüder – nach Marburg in der Steiermark, wo mein Vater bei der Südbahn Anstellung erhielt.

Schulbildung: vom 1. 9. 1919 bis 28. 6. 1923 besuchte ich die Volksschule und vom 1. 9. 1923 bis 24. 6. 1930 die Realschule in Marburg. Die Matura legte ich am 24. 6. 1930 ab. Von Herbst 1930 bis 10. 2. 1936 studierte ich an der Universität Agram, wo ich an der Forstfakultät diplomierte.

Praxis: vom 11. 3. 1936 bis 11. 9. 1936 arbeitete ich als Volontär beim Forstreferenten in der Bezirkshauptmannschaft Marburg.

Militärdienst: am 15. 10. 1936 wurde ich zum Militärdienst nach Sarajevo einberufen und legte am 15. 7. 1937 an der Artillerieschule die Abschlußprüfung für Reserveoffiziere ab.

Berufsausübung: vom 15. 7. 1937 bis 31. 12. 1938 stand ich im Dienste des Fürsten Odescalchi und war auf dessen Gütern in Ilok in Syrmien mit Forsteinrichtungsarbeiten und im Revierverwaltungsdienst beschäftigt.

Waffenübung: vom 15. 7. 1938 bis 15. 9. 1938 hatte ich eine Waffenübung, verbunden mit einem topographischen Kurs in Kalinovik bei Sarajevo zu leisten und schloß diesen mit der vorgeschriebenen Prüfung ab.

Reichsautobahn: zu Beginn des Jahres 1939 bewarb ich mich um eine Anstellung bei der deutschen Reichsautobahn und erhielt eine solche als Vermessungsingenieur bei der Bauleitung in Villach. So war ich vom 15. 2. 1939 bis 28. 2. 1942 mit Tachymetrieren, Polygonisieren und Nivellieren beschäftigt.

Dolmetscherausbildung: zwischendurch wurde ich zur Dolmetscherkompanie nach Berlin bzw. Greifswald eingezogen und erhielt in der Zeit von 1. 5. 1941 bis 31. 12. 1941 eine diesbezügliche Ausbildung.

Staatsbürgerschaft: aufgrund meiner Geburt war ich österreichischer Staatsbürger, nach Übernahme der Südbahn durch die jugoslawische Staatsbahn erhielt ich mit meiner Familie das Heimatrecht in Marburg und damit die jugoslawische Staatsbürgerschaft. Über mein Ansuchen hatte ich am 16. 7. 1940 die deutsche Staatsbürgerschaft erlangt.

Organisation Todt: mit 1. 3. 1942 wurde ich zur Organisation Todt überstellt und als Obertruppführer nach Finnland und Norwegen entsandt. Wir waren bis 20. 11. 1942 an der Reichsstraße 50 mit dem Bau von Schneetunnels und Schneezäunen am Kvaenangenpaß beschäftigt.

Deutsche Wehrmacht: am 20. 11. 1942 wurde ich als Artillerieleutnant der Reserve nach Pilsen einberufen, erfuhr einen Schießlehrgang in Jüterbog und wurde danach am 13. 6. 1943 zum Einsatz auf dem Balkan entsandt. Bis zum Ende des Krieges leistete ich Dienst bei einer kroatischen Division als Verbindungsoffizier.

Kriegsgefangenschaft: beim Rückzug geriet ich am 14. 5. 1945 in der Untersteiermark in Gefangenschaft. Nach entbehrungsreichen Märschen kam ich nach Peterwardein und danach in die Lager Werschetz und Zrenjanin. Ich wurde zu landwirtschaftlichen Arbeiten, beim Bau eines Stadions und später als Dolmetscher verwendet. Dabei hatte ich Protokolle zu übersetzen und Abschreibearbeiten zu leisten, zunächst in den sogenannten Kriegsverbrecherlagern Zrenjanin und Werschetz und ab 19. 12. 1949 im Gefängnis von Mitrowitz. Am 22. 12. 1951 wurde ich als einer der letzten österreichischen Kriegsgefangenen entlassen.

Berufsausübung: vom 4. 2. 1952 bis 30. 6. 1954 fand ich als Taxator bei der Waldstandsaufnahme in Kärnten Arbeit. Vom 1. 7. 1954 bis 31. 1. 1955 war ich Bauleiter bei der Waldaufschließung im Dienste der Forstabteilung bei der Landwirtschaftskammer in Klagenfurt.

Verehelichung: seit 10. 4. 1954 bin ich mit Karoline geb. Wastl aus Kirchbach im Gailtal verheiratet.

Nachtrag:

Mit 1. 2. 1955 wurde Fabian in den Dienst bei der Landesforstinspektion für Tirol übernommen und trat am 31. 12. 1978 als Oberforstrat in den Ruhestand.

Er verstarb nach kurzer Krankheit am 18. 1. 1986 im Krankenhaus Stockerau, Niederösterreich.

Seine Frau Karoline folgte ihm am 22. 5. 1986 im Tode nach. Beide wurden im Grabe der Eltern von Dipl. Ing. Fabian am Pradlerfriedhof in Innsbruck beigesetzt.

Anmerkung:

Zur *Organisation Todt (O. T.),* benannt nach dem damals für das Bauwesen zuständigen Reichsminister Fritz Todt, konnten Bauarbeiter und Techniker verpflichtet werden. In zivilen Arbeitsbrigaden zusammengefaßt, wurden sie beim Bau von Festungsanlagen sowie von Straßen und Brücken hinter der Front eingesetzt.

Während des Sommers 1945 wurden 3000 deutsche und österreichische Offiziere und Beamte im Offiziersgefangenenlager Werschetz (Vršac) gesammelt und eingesperrt.

Eine bekannte Erscheinung im Lager war Oberst Freiherr von Andrian, der wegen angedichteter »Verbrechen« zum Tode verurteilt, dann aber zu 20 Jahren Zwangsarbeit begnadigt wurde.

Im November 1945 wurde ein Teil der Lagerinsassen aus Werschetz in ein anderes Lager, das sich in Karlsdorf (Karlovac) befand, abtransportiert.

Die Dozenten der »Stacheldraht-Universität« hielten ihre Vorträge und Vorlesungen zunächst aus Raummangel im Freien ab.

Ein wichtiges Ereignis im Lager war die tägliche Ankunft des Brotwagens. Den beiden Eseln, die das Gefährt zogen, ging es besser als den meisten Gefangenen.

Die Gefangenen waren eingesperrt wie Schwerverbrecher. Im ganzen Zuchthaus, auch in der Krankenstube, waren die Fenster mit Gitterstäben versehen.

Am 18. Mai 1949 trat ein Teil der Gefangenen einen Fußmarsch von 16 km in das Arbeitslager Potporanije an, wo sie zu schwerster Arbeit am Theiß-Donau-Kanal eingesetzt wurden.

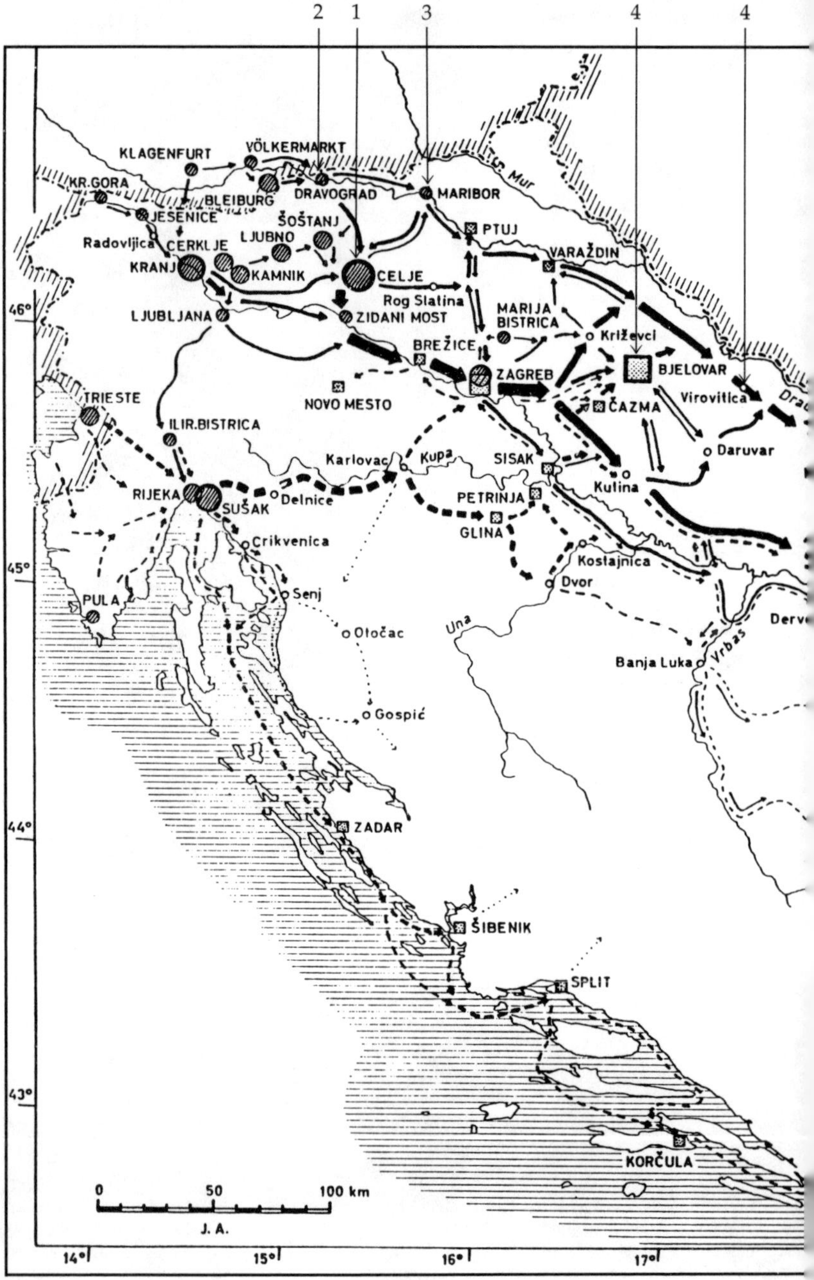

Der Leidensweg von Ferdinand Fabian:

1. Das Kriegsende in Cilli (Celje)
2. Gefangennahme durch Bulgaren in Unterdrauburg (Dravograd)
3. Auffanglager in Marburg (Maribor)
4. »Sühnemarsch« über Bjelovar und Virovitica unter Bewachung durch Ustaschen

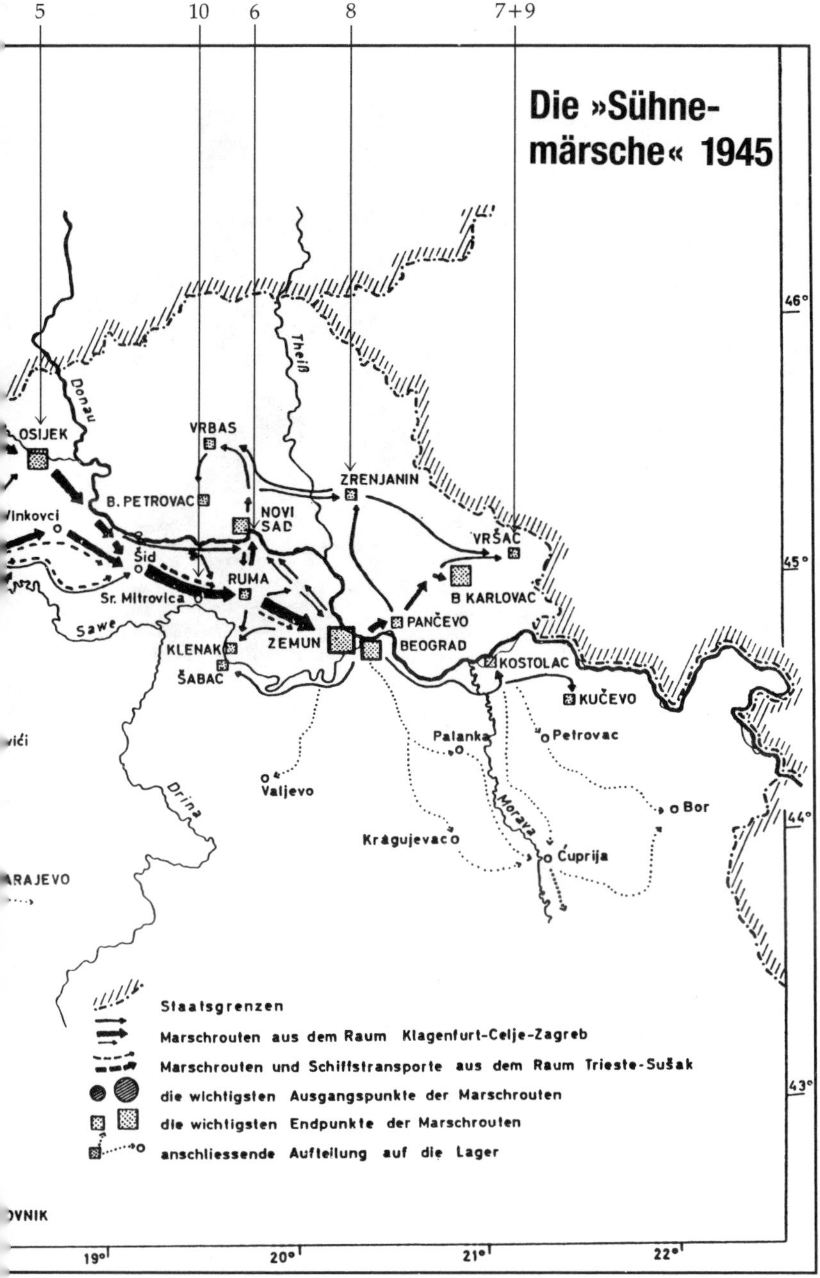

5. Marschgruppe der deutschen Offiziere nach Esseg (Osjiek) und durch die Frusca Gora (Gebirge)
6. In den Kasematten der Festung Peterwardein an der Donau bei Nausatz (Novisad)
7. Offizierslager Werschetz (Vršac)
8. Vernehmungslager Zrenjanin
9. Zum Tode verurteilt in Werschetz (Vršac)
10. Staatsgefängnis Mitrovica